YANNICK MILDNER

Die Träume des Levon

YANNICK MILDNER

Die Träume des Levon

ENTWICKLUNGSROMAN

Impressum

Yannick Mildner
Leuschnerstr. 19
64646 Heppenheim

Umschlaggestaltung und Satz: Sprudelkopf Design | www.sprudelkoepfe.com
Umschlagmotiv: iStockphoto © Fug4s, © IanChrisGraham, © Ivan Snegirev
Abbildungen im Innenteil: iStockphoto © Nosyrevy, © tamara_kulikova
Lektorat: Friederike Fischer
Druck: epubli – ein Service der neopubli GmbH, Berlin

Social Media:

yannick_bluered

Yannick BlueRed

Yannick BlueRed

Inhaltsverzeichnis

– Kapitel 1 –

Die verschwundene Freundin

Levon schreckte hoch und griff zur linken Betthälfte – nichts. Mit einem Satz sprang er auf und war hellwach. Voller Panik betätigte er den Lichtschalter und starrte ungläubig auf das leere Bett. Wo war Yuna? Er eilte aus dem Schlafzimmer und öffnete die Tür des Nachbarzimmers, in dem sich ebenfalls ein Bett befand. *Vielleicht ist sie hier*, dachte Levon und schaute sich im Raum um. Nichts als Leere schlug ihm entgegen. Enttäuscht ging er zurück und legte sich wieder ins Bett. Seine Blicke wanderten über die weiße Zimmerdecke, die in der Dunkelheit der Nacht nur sanft vom Mondlicht beschienen wurde. Levon seufzte. So lange war Yuna schon nicht mehr gekommen, dass er sich mittlerweile Sorgen machte. *Ob es sie überhaupt noch gibt?*, dachte er und drehte sich im Bett zur Seite. Sein Blick schweifte zum Fenster, hinter dem die kahlen Äste des Ginkgobaums hin und her tanzten. Es war eine stürmische, regnerische Nacht. Levon zog die Bettdecke etwas höher und streichelte sich über seine linke Brust. *Schade, dass es nicht ihre Hand ist*, sagte er sich im Stillen und schloss langsam die Augen.

Die Gartenarbeit am nächsten Tag stellte sich als anstrengend heraus. Levon stapfte durch den aufgeweichten Boden und sammelte die Äste ein, welche der Sturm in der vergangenen Nacht heruntergerissen hatte. „Im Frühjahr werde ich Kornblumen pflanzen“, flüsterte er, während es immer noch nieselte.

„Na, Levon, fleißig am Arbeiten?“

Neben ihm war plötzlich eine laute Stimme ertönt, sodass Levon herumfuhr und ein vertrautes Gesicht mit breitem Lächeln vor sich sah.

„Hast du mich erschreckt, Einar!“, sagte er und klammerte sich mit immer noch rasendem Puls am Rechen fest.

„Mal auf die Uhr geschaut?“, fragte Einar süffisant und tippte ein paar Mal mit dem Zeigefinger auf seine Armbanduhr.

„Oje, ich hab ganz die Zeit vergessen“, erwiderte Levon, als er bemerkte, dass es schon 14:30 Uhr war.

„Ich dachte, ich komme mal bei dir vorbei und schaue nach dem Rechten, nachdem du nicht am Treffpunkt erschienen bist“, fuhr Einar fort. Levon hob beide Hände zur Entschuldigung und ging eilig ins Haus, um seine Sporttasche zu holen.

„Jetzt kriegst du die Bälle um die Ohren geschossen“, sagte Levon grinsend und ballte die Faust.

„Das will ich sehen“, sagte Einar, der zwischen den Pfosten stand und erwartungsvoll in seine Torwarthandschuhe klatschte. Levon nahm Anlauf und schoss den Ball in Richtung Tor. Mit einem Hechtsprung fischte Einar ihn aus dem Winkel und stieß einen lauten Jubelschrei aus, während Levon auf die untergehende Sonne blickte. Sonnenuntergänge hatten ihn schon immer fasziniert. Der Übergang vom Tag zur Nacht hatte etwas Magisches, fand er. Die Augen leicht zusammengekniffen, schaute Levon auf die hinter den Bergen versinkende Sonne und den Regenbogen, der sich gebildet hatte. Ob es wirklich einen Schatz am Ende eines jeden Regenbogens gab? Er lachte bei dem Gedanken.

Zu Hause unter der Dusche musste Levon immer noch an die Abendröte denken. Wie konnte ein Sonnenuntergang mit seinen Farben nur so perfekt sein? Wie war es möglich, dass die Natur so vollendet funktionierte? Konnte das wirklich Zufall sein oder steckte mehr dahinter? „Gibt es Wunder oder nicht?“, murmelte Levon vor sich hin, während ihm das warme Wasser über den Rücken prasselte und er die Augen für einen Moment schloss. Immer noch grübelnd, trat er schließlich aus der Dusche und streifte sich seinen grünen Schlafanzug über. *Jetzt noch die Jeans, den Pullover und den Mantel anziehen, und dann kann es losgehen*, dachte er sich.

Der Mond schien hell, als Levon auf die Straße trat und sich auf den Weg machte. Er war allein und konnte nachdenken. Über sich. Sein Leben. Alles. Irgendwann würde es schon klappen, sagte er sich, während er an seiner alten Grundschule vorbeilief. Aber wie lange noch? Wie lange musste er noch darauf warten? Tief in Gedanken versunken, schlenderte Levon an seinem ehemaligen Gymnasium vorbei. „Die Studienzeiten waren viel besser“, raunte er vor sich hin, während ihm die Worte seines früheren Englischlehrers durch den Kopf gingen: *Ihr werdet die Schulzeit noch vermissen. An der Uni müsst ihr euch viel mehr selbst beibringen. Da bekommt ihr nicht alles genau erklärt.* Müde lächelnd schüttelte Levon den Kopf. Die Freiheit an der Universität war für ihn viel größer gewesen. Freiheit – die brauchte er auch – und zwar möglichst bald. Langsam ballte er seine linke Hand zur Faust und sein Schritt wurde schneller. Er würde es der ganzen Welt zeigen, versprach Levon sich voller Entschlossenheit. Alle würden es sehen – auch Viola.

Dann lief er über die große Brücke – jene Brücke, die er als Kind so oft mit seinem Vater überquert hatte. Mit leuchtenden Augen schaute er in die Tiefe hinunter. Sein Blick blieb an einer Sporthalle hängen. Das Ziel fest vor Augen, setzte er seine Beine wieder in Bewegung. Nach zehn Minuten schnellen Schrittes kam Levon an der Halle an. Nur der Ruf einer Eule war in der Ferne zu hören, sonst war alles still. Eine schwarze Träne kullerte aus seinem rechten Auge und lief die Wange hinab. So viele Stunden hatte er hier früher verbracht, erinnerte Levon sich. Damals, als das Leben noch unbeschwert gewesen war. Keine Verpflichtungen. Keine Zwänge. Kein Kampf. Nur Spaß. Nostalgie überkam ihn. Ob er das Gefühl von damals wieder hervorrufen konnte? *Ja, kannst du*, sagte eine Stimme in seinem Kopf. *Es ist vorbei, find dich damit ab*, meinte eine andere. Er fasste sich an die Schläfen, als wollte er die zweite Stimme verscheuchen.

Wieso hatte es so laufen müssen, wie es gelaufen war? Warum schafften andere es, aber er nicht? Fragen bohrten sich wie Spieße in ihn hinein und verursachten Schmerz in seiner Seele. *Das werde ich nicht hinnehmen*, schwor Levon sich. *Ich kämpfe.* Er schaute zu der Leiter an der Seite der Halle, ging energisch die wenigen Meter nach vorn und griff nach den Sprossen. Stück für Stück stieg Levon hinauf, bis er auf dem Dach angekommen war. Dann drehte er sich und blickte über die Stadt. Ein Schleier der Dunkelheit lag über ihr. Wind brandete auf und wehte das Ende seines Mantels etwas zur Seite. Während Levon über das Dach lief, atmete er tief durch, als wollte er Kraft tanken für die Zukunft. Dann breitete Levon seine Arme aus, schloss die Augen und legte den Kopf in den Nacken, das Gesicht zum Himmel gewandt. Fast wirkte es wie ein Ritual, als er seine Lippen ein wenig bewegte und Worte ausstieß, die keiner Sprache zuzuordnen waren. Eine Zeit lang verweilte Levon noch auf dem Dach, dann stieg er die Leitersprossen wieder hinunter und begab sich auf den Heimweg.

Durch das kalte und feuchte Wetter sammelten sich langsam Wassertröpfchen auf seinem Gesicht, die ihn erfrischten. Als Levon wieder in seine Straße einbog, glänzten seine kämpferischen Augen im Licht der Laterne. Zu Hause legte er sich sofort ins Bett. Die Arme weit ausgebreitet, begann Levon zu beten. Erst für alle anderen, dann für sich. „Auf geht's, Levon – auf geht's", flüsterte er am Ende entschlossen, bevor er sich ins Reich der Träume verabschiedete.

- Kapitel 2 -

Violas Besuch

„Brauchst du mich nicht mehr?"

Levon riss die Augen auf und schreckte im Bett hoch. Woher war diese Stimme gekommen? Er kniff die Augen zusammen und blinzelte Richtung Schlafzimmertür, die einen Spalt weit aufzugehen schien. Träumte er gerade? Hektisch berührte Levon sich, um festzustellen, ob seine Sinne ihn täuschten oder die Situation wirklich real war. Den Blick weiter auf die Tür geheftet, beobachtete er, wie jemand langsam ins Schlafzimmer trat. Schemenhaft konnte Levon ein diabolisches Grinsen ausmachen. „Viola!", entfuhr es ihm, und er richtete sich ganz im Bett auf. „Wie bist du hier hereingekommen?"

Sie setzte sich auf die Bettkante und lachte. „Ab und zu habe ich eben immer noch die Möglichkeit, zu dir zu kommen", entgegnete sie selbstbewusst. Viola schaute ihm in die Augen, ihre Pupillen weiteten sich etwas und sie zog die Schultern fragend an. „Und? Bekomme ich keine Antwort mehr auf meine Frage?"

„Nein, ich denke nicht, dass ich dich noch brauche", sagte Levon nach einigem Zögern.

„Ach, komm", sagte Viola grinsend, „wenn ich wollte, könnte ich dich immer noch haben. Oder würdest du mir widerstehen?" Elegant schwang sie ihre Beine ins Bett und legte sich neben ihn. Viola nickte ihm herausfordernd zu, während sie immer noch grinste. „Ist es nicht unbequem, so aufrecht dazusitzen?", fragte sie ihn. Ohne Worte rutschte Levon auf der Matratze nach unten und sank ins Bett. „Hab ich's mir doch gedacht", sagte Viola siegessicher und rückte noch näher an ihn heran. Er konnte ihre Wärme spüren. Plötzlich umwehte ihn ein eisiger Windzug. Levon schaute zum Fenster hinaus, doch der Ginkgobaum bewegte sich nicht.

„Nach was schaust du?", fragte sie ihn.

„Nach nichts", antwortete er knapp. Mit ihrem Ellenbogen stieß sie ihn leicht an. Levon spürte, wie sein Herz schneller schlug. Konzentriert starrte er an die Decke. *Nicht nachgeben*, sagte eine Stimme in ihm, *nicht nachgeben.*

„Hast du noch unser Buch und alle Briefe, die ich dir geschrieben habe?"

„Ja", antwortete Levon.

„Du schaust doch bestimmt noch ab und zu rein, stimmt's?", fragte Viola weiter.

„Was möchtest du von mir?" Levon stellte nun seinerseits die erste Frage, obwohl er die Antwort bereits kannte.

Jeder erlebt irgendwann mal seine große Liebe. Bei Levon war das vor einigen Jahren geschehen. Auch wenn es nicht seine erste Beziehung gewesen war, hatte ihn Viola von Anfang an in ihren Bann gezogen. Das erste Treffen war für ihn ein einschneidendes Ereignis gewesen. Damals war Levon an einem kühlen, regnerischen Winterabend aus seiner Haustür getreten und mit dem Regenschirm in der Hand die Straße entlanggejoggt. Auf keinen Fall hatte er beim ersten Date zu spät kommen wollen. Ihm waren nur noch wenige Minuten geblieben. Schließlich hatte Levon ihr Haus erreicht und völlig außer Atem mit dem Zeigefinger die Klingel betätigt.

Sie hatte ein schwarzes Kleid mit violetten Blumen getragen, das ihm gefiel.

„Komm rein", sagte Viola und lächelte ihm zu.

Schnell zog er seine Schuhe aus und folgte ihr nach oben. Sie setzte sich auf ihren Schreibtischstuhl, er legte sich auf ihr Bett. Nach einigen Stunden fasste Levon einen Entschluss: *Ich muss versuchen, sie auch hier herüber zu bekommen.* Nachdem sie unter der Bedingung, dass er sie nicht anfassen sollte, eingewilligt und Levon das kleine Licht neben den beiden gelöscht hatte, lagen sie nebeneinander.

„Dir fällt es ganz schön schwer, mich nicht anzufassen, oder?", sagte sie verschmitzt nach einer ganzen Weile.

Ja, es fällt mir schwer, dachte er insgeheim. Es war ein Knistermoment. Irgendwann spürte er, dass sie ihm den Kopf zuneigte. Sie küssten sich. Mitten in der Nacht war Levon freudetrunken den kurzen Weg nach Hause gelaufen. Selten in seinem Leben war er so glücklich gewesen wie in diesem Moment und auf diesem Nachhauseweg. Levon hatte siegestrunken die Fäuste geballt und jeden Meter genossen.

Wenn man einen Menschen kennenlernt, zeigt dieser sich von seiner besten Seite. Man weiß nichts über ihn. Kennt nicht seine Schattenseiten, seine Geheimnisse. Seine Abgründe. Die Absage am Valentinstag, weil es Violas bester Freundin nicht gut ging, traf ihn. Viola wollte

Schauspielerin werden. Und gut in der Schule sein. Unmissverständlich schrieb sie Levon, dass ihr diese Dinge wichtiger seien als er.

Verliebt man sich in einen Menschen, macht man sich verletzbar. Levon konnte tagelang kaum etwas essen vor Liebeskummer. Trotzdem schrieb er ihr wieder. Erklärte, was ihn verletzt hatte. Dass es oberflächlich sei, was sie gesagt hatte. In ihr gemeinsames Buch schrieb Viola später, dass es ihr leidtue, ihn mal so verletzt zu haben. Er hätte ihr gezeigt, was Liebe sei.

Levon und Viola zelebrierten ihre Zuneigung. Er schrieb ihr nachts Nachrichten, die sie morgens las. Sie stellte ihm Kuchen vor die Tür. Regelmäßig saßen die beiden nachts im Hof seiner alten Grundschule und beobachteten die Tiere, die vorbeiliefen. Levon war stolz, mit diesem Mädchen zusammen zu sein. Er ging zufrieden ins Bett und wachte zufrieden auf.

Doch sie stritten sich ständig. Er sah hinter jedem kleinen Fehler von ihr den Rückschritt zur Oberflächlichkeit. Sie war unzufrieden, weil er nicht bei dem Auftritt ihrer Theatergruppe war, obwohl er mit Freunden auf Abifahrt weilte und die beiden es vorher besprochen hatten. Irgendwann, als sie mit ihrer Familie Probleme hatte und Levon und Viola auch mal wieder Streit hatten, machte sie am Telefon eine Andeutung, die Levon aufhorchen ließ. Er rannte so schnell er konnte zu ihr und klingelte. Es war wohl kein wirklicher Selbstmordversuch, sondern ein Hilfeschrei. Trotzdem schreckte es ihn auf, dass seine Freundin Tabletten mit hochprozentigem Alkohol geschluckt hatte und ihr selbst gebasteltes Messer zum Ritzen auf dem Tisch lag.

Nachdem sie ihn eine Weile verbal attackiert hatte, gingen sie schließlich zu ihm, wo die beiden die Nacht eng aneinandergekuschelt verbrachten.

Irgendwann hatte Levon das Gefühl, dass es nicht mehr ging. Wenn man dauernd streitet, überlagert das früher oder später die Liebe. Es heißt nicht, dass man nicht mehr liebt, aber im Kopf ist nur noch der Streit präsent. So kam es dazu, dass er ihr eines Tages mitteilte, es sei zu Ende, um es zwei Tage später jedoch wieder zu bereuen. Aber Viola kam nicht mehr zurück. Die Blumen und die Entschuldigungskarte landeten mit dem Hinweis, dass sie keine Lust hätte, ihre Mülltonne damit vollzumachen, wieder vor seiner Haustür. Kurze Zeit später zu erfahren, dass seine Ex-Freundin nun mit einem guten Freund von ihm zusammen war, machte Levon die Sache nicht leichter. Schon gar nicht, wenn es der einzige Freund war, dem Levon anvertraut hatte, dass die Beziehung nicht gut lief. Auch die Tatsache, dass Viola mit ihm fremdgegangen war, während die Beziehung zwischen Levon und ihr zwar schon brüchig war, aber noch lief, half ihm nicht, die Sache besser zu verarbeiten. „Man kann einen Menschen nicht ändern", sagte sich Levon. „Man kann kurz- und mittelfristig bewirken, dass dieser Mensch sich anders verhält. Im Zweifelsfall aber kehrt er zu seinen alten Verhaltensweisen und Mustern zurück. Ein Mensch kann sich höchstens selbst ändern."

„Schau mal, was ich extra für dich angezogen habe", sagte Viola nun. Im sanften Mondschein konnte Levon ihr Kleid erkennen. „Kennst du das noch? Das gefiel dir doch immer so."

„Ja“, sagte Levon.

„Weißt du noch, damals?“, fuhr sie mit süffisanter Stimme fort. „Damals musstest du dich auch sehr zusammenreißen, um deine Finger bei dir zu behalten, als ich neben dir lag. Und irgendwann hast du es dann nicht mehr ausgehalten.“

„Ja“, sagte er abermals kurz und knapp.

„Und wie fühlt es sich jetzt an?“, fragte sie und bohrte weiter nach.

„Nicht ganz so wie damals.“

„Ja, ja“, sagte sie und stieß ein lautes Lachen aus. „Ist dir alles ganz egal, bestimmt.“

„Das sage ich nicht“, antwortete er ihr.

„Immer noch derselbe wie damals. Immer diskutieren wollen“, sagte Viola provokant.

In Levon breitete sich ein Siegeswille aus. „Wir müssen nicht diskutieren, du kannst einfach gehen“, sagte er in einem bestimmenden Ton.

„Dann würdest du mich ja schon ein zweites Mal wegschicken“, meinte sie kämpferisch. „Weißt du nicht mehr, wie du damals gelitten hast?“, fuhr sie fort. „Du hast damals sogar einen Kuschelteddy mit ins Bett genommen, um nicht so alleine zu sein und dich an etwas festhalten zu können. Als erwachsener Mensch.“

„Ich schäme mich nicht für meine Gefühle“, antwortete Levon.

„So eine wie mich findest du nie mehr“, sagte Viola. Langsam wurde ihre Stimme unsicherer. Levon schwieg. *Halte aus. Halte aus. Halte aus*, sagte die Stimme in ihm. *Halte aus*. Neben sich konnte er ein lautes Seufzen vernehmen.

„Du bist unbelehrbar", sagte Viola, als sie langsam aus dem Bett stieg. Levon schwieg weiter. Konzentriert starrte er immer noch an die Decke. Hoffentlich würde Viola gleich weg sein. Dann hätte er ihr standgehalten.

„Bist du dir sicher?", fragte sie ein letztes Mal.

„Geh!", antwortete Levon laut und sah sie entschlossen an. Wortlos verließ sie den Raum und schloss die Tür hinter sich. Voller Erleichterung wandte Levon den Kopf zur Seite. Eine enorme Anspannung fiel von ihm ab und er atmete tief durch. Dann überkam ihn eine große Erschöpfung. Mit letzter Kraft legte sich Levon die rechte Hand auf die linke Brust und begann, sie sanft zu streicheln. Er drehte sich vom Rücken auf die Seite und öffnete die Augen noch einmal kurz, um zum Fenster zu schauen. Neben dem Mond war nur der hell leuchtende Polarstern am Himmel zu sehen. Kurz überkam ihn eine leichte Zufriedenheit. Dann schlief er ein.

– Kapitel 3 –

Der Zauberwald

Levon hechelte beim Lauf durch den Wald. Die Steigung und der weiche Boden waren anstrengend für ihn. Warmer Schweiß lief ihm ins Auge, während langsam die Anhöhe in Sicht kam. Noch ein paar Meter, dann würde es vorerst nicht mehr bergauf gehen. Auf der Lichtung angekommen, konnte er das ganze Tal der Rosen überblicken. Das Bergpanorama in der Ferne erschien ihm nach dem anstrengenden Lauf wie eine Belohnung. Kurz verweilte Levon, um ein paar Dehnübungen zu machen, dann joggte er weiter. Mit jedem Kilometer hatte Levon das Gefühl, dass er stärker wurde. Der warme Sommerwind strich ihm um die Nase und er nahm den Geruch von frisch gemähtem Gras wahr. Nach einiger Zeit erreichte er das nächste Dorf. Wie schön seine Heimat war, dachte er und spürte eine große Verbundenheit. *Schon so lange hier und niemals weg gewesen.* Levon stützte die Hände auf die Knie und atmete durch. Zufrieden freute er sich auf den Heimweg. Während er langsam zurücklief, schweiften seine Blicke zum Himmel, wo die Sonne langsam unterging. Es wurde frischer und Levon rannte, um nicht zu frieren. Nach einer Weile erreichte er eine Gabelung. Von wo war er noch mal gekommen? Levon bog nach links ab und rannte weiter. Er kam an einer Häusergruppe vorbei und lief einen steilen Weg hinunter. Stirnrunzelnd wurde er langsamer. An diesen Weg konnte er sich nicht erinnern, also joggte er wieder zurück. Die Bäume schoben sich im Wind bedrohlich hin und her, als wollten sie ihn warnen. Levon hatte das Gefühl, nicht voranzukommen, obwohl er ständig in Bewegung blieb. Schließlich kam er wieder an einer Gabelung an. Welchen Weg sollte er nehmen? Kurz verfluchte er seinen schlechten Orientierungssinn. Er würde seinem Gefühl vertrauen, beschloss er und wählte die rechte Abzweigung. Während er schneller lief und versuchte, sich zu orientieren, schaute von einem Baumwipfel eine Eule zu ihm herab. Als er sie erblickte, vergrößerten sich ihre orangenen Pupillen zu walnussgroßen Kreisen. Wollte sie ihm etwas sagen? Er konnte seinen Blick kaum von dem Tier abwenden.

Endlich erreichte Levon wieder die Lichtung am Wald. Als er emporblickte, bemerkte er, dass die Sonne mittlerweile fast vollständig untergegangen war. Plötzlich zog ein weicher Nebel um ihn herum auf. Im Sommer? Ungewöhnlich. Bald schon war der Nebel so stark geworden, dass Levon nichts mehr sehen konnte. Er setzte sich auf einen bemoosten Stein und starrte nach vorn, auch wenn er kaum fünf Meter weit schauen konnte. Langsam hüllte ihn der Nebel ein und nahm eine gräuliche Farbe an. Fast hatte Levon das Gefühl, der Nebel würde ihn durchdringen. Auf einmal sah er im Augenwinkel etwas. Erschrocken drehte er sich um die eigene Achse. Mit weit aufgerissenen Augen sah er, dass verschiedene Tiere auf ihn zukamen. Aus allen Richtungen strömten Rehe, Füchse, Glühwürmchen und andere Waldbewohner herbei und bildeten einen Kreis um ihn. In einem Abstand von einigen Metern verharrten sie. Ein junges, neugieriges Reh wollte Levon berühren, wurde jedoch von einem anderen Reh sanft zurückgestoßen. Wie hypnotisiert starrte Levon auf die Tiere, die sich um ihn herum versammelt hatten. Weshalb waren sie bei ihm? Er konnte sich keinen Reim darauf machen.

Nach zehn Minuten drehten sich die Tiere um und verstreuten sich wieder im Wald. Ihr Weggang lief so synchron ab, dass Levon den Eindruck hatte, sie könnten stumm kommunizieren. Ohne derselben Spezies anzugehören. Als ob sie sich alle kennen würden.

So schnell der Nebel gekommen war, so schnell verschwand er auch wieder. *Ein Glück*, dachte sich Levon und ging wieder los. Nach einer gefühlten Ewigkeit sah er endlich die Lichter der Häuser und lief aus dem Wald heraus. Levon trat auf einen Vorsprung, von dem aus er die gesamte Stadt überblicken konnte. *Schön, wieder hier zu sein*, dachte er sich und begann, die letzten drei Kilometer nach Hause zu laufen. Die leuchtenden Straßenlaternen wärmten ihn und gaben ihm ein Gefühl von Geborgenheit. Er breitete seine Arme aus und wollte die Stadt umarmen. Ein warmer Sommerregen ergoss sich über den Häusern und Levon hatte das Gefühl, als wollte ihm jemand von oben einen Gruß senden. Er zog sein T-Shirt aus und erhoffte sich eine heilende Wirkung von dem Regen, der sanft auf seinen Körper prasselte. Vielleicht würde sich irgendetwas dadurch ändern, war seine Hoffnung, während er die Augen schloss und sich vollständig auf das Gefühl des knisternden Regens konzentrierte. Vielleicht würde danach etwas anders sein. Einige Minuten blieb er so, dann zog sich Levon das Shirt wieder an und bog in seine Straße ein. *Was für ein Abend*, dachte er und schüttelte etwas ungläubig den Kopf. An der Haustür stieß er auf Aaron, den Nachbars-Kater. Zärtlich miauend schmiegte sich Aaron an Levon und schaute ihn eindringlich an, als wollte er sagen, dass er für ihn da sei. „Aaron, mein Schöner", sagte Levon und schob seinen Kopf vor, um dem Tier noch näher zu sein. Sanft stieß Aaron den Kopf gegen ihn und legte seine Tatze in Levons Hand. „Komm rein, es regnet", sagte Levon und öffnete die Haustür. Blitzschnell tapste Aaron durch die Tür.

Manchmal hatte Levon den Eindruck, Aaron wäre gar nicht wirklich ein Kater, sondern ein Mensch in Gestalt eines Katers. So einfühlsam, heilend und tröstend wirkte er auf ihn. So oft kam er genau dann vorbei, wenn es wieder einmal schwer für Levon wurde – konnte das Zufall sein? Er war froh, dass es ihn gab. Viele Jahre kannten die beiden sich jetzt schon. Irgendwann hatte er unvermittelt im Hof gestanden und sich sofort so offen gegenüber Levon gezeigt. Von da an tollte er regelmäßig bei ihm durch den Garten und war ein Entdecker, der alles herausfinden wollte. Ein, zweimal war er auf Levons Rücken gestiegen und hatte von dort die Welt betrachtet. Levon lächelte beim Gedanken an die Vergangenheit, während ihm kurz darauf unter der Dusche heißes Wasser über den Rücken lief und ihm eine wohlige Wärme schenkte. Kurz schüttelte es ihn und seine Nackenhaare stellten sich auf. Leise hörte er durch das prasselnde Wasser hindurch, dass Aaron an der Badezimmertür scharrte. Levon stieg aus der Dusche und öffnete die Tür. Sofort machte Aaron es sich im behaglich warmen Raum gemütlich und begann, sich zu putzen. Levon lachte und streichelte ihm über den Kopf. *So ein Toller*, dachte er sich, als er Aaron anschaute und die Augen immer wieder langsam zukniff und wieder aufmachte. Aaron zwinkerte langsam zurück, was Levon ein breites Grinsen entlockte. Die beiden verstanden sich.

- Kapitel 4 -

Treffen im Sunrise Paradise

Als Levon das Haus verließ, schien der Mond hell. Er trat in die Pedale und der Lichtschein seines Fahrrads bahnte sich den Weg durch die Straße. Obwohl Levon warm angekleidet war, zog er den Reißverschluss seiner Jacke wegen des kalten Fahrtwinds noch etwas höher und bog auf die Hauptstraße ab. Bis in die Felder benötigte er nur wenige Minuten. Von dort fuhr er über die Brücke am Fluss und bog nach rechts in ein kleines Waldstück ein. Sein Atem blies warme Luft in die Nacht und formte weiße Wolken. In ein paar der wenigen Häuser am Waldrand, an denen Levon vorbeikam, brannte noch Licht. Nach zwei weiteren Kilometern erschien auf der linken Seite ein Eingangstor, das sanft vom Mondlicht bestrahlt wurde. Über dem Tor prangte in gelben Lettern vor blauem Hintergrund die Aufschrift „Sunrise Paradise“. Levon bog ab und brachte das Rad an einem Birnbaum zum Stillstand.

Dann setzte er sich in die behagliche Holzhütte und wartete. Bald schon öffnete sich die Tür und eine freudige Stimme ertönte: „Na, Levon, immer noch nyctophil?“

„Alvin“, rief Levon und grinste über das ganze Gesicht, „na klar, weißt du doch“, antwortete er, während die beiden sich herzlich umarmten und einander auf den Rücken klopften. „Wieder schwer gerade?“, fragte Alvin mit hochgezogenen Augenbrauen. Levon nickte. „Leute wie wir haben es schwerer, Levon“, sagte Alvin. „Du darfst niemals aufgeben.“ Er tippte sich mit Zeige- und Mittelfinger aufs Herz.

„Ich weiß“, flüsterte Levon, dessen Blick nachdenklicher wurde.

„Wir sind Menschen, die zu viel denken und zu wenig machen“, fuhr Alvin fort.

Levon presste die Lippen ein wenig zusammen und sah ihn zustimmend an. „Es fällt schwer, das abzustellen“, sagte Levon und musste husten.

„Krank?“, fragte Alvin.

„Ich hoffe nicht“, antwortete Levon. „War gestern zu lange im Wald unterwegs. Vielleicht hab ich mir da was Kleines eingefangen.“

„Ich frage mich, ob die Leute überhaupt begreifen, wie verletzend sie sind, und ob es noch irgendjemand zu schätzen weiß, wenn man sich die Mühe macht, stundenlang auf jemanden zu warten, der einen zuvor bereits versetzt hat“, sagte Levon etwas später mit Zornesfalten auf der Stirn.

„Wieder mal eine schlechte Erfahrung gemacht?“, fragte Alvin. Levon nickte langsam und deutlich. „Du darfst niemals aufgeben“, wiederholte Alvin. Er ging einmal um die Sitzbank herum und nahm neben Levon Platz. „Levon“, sagte Alvin leise, während er ihm über den Rücken strich, „du bist ein toller und vor allem intelligenter Typ.“ Eine Träne kullerte Levon über die Wange und fiel zu Boden.

„Dieser Kerl hier“, fuhr Alvin fort und packte Levon dabei kraftvoll an beiden Schultern –, „das bist du. Und du darfst dich niemals verleugnen oder an dir zweifeln. Es gibt Situationen, da hast du nur noch dich. Da darfst du dich nicht selbst vorher weggeworfen haben.“

„Du hast recht“, sagte Levon mit leiser, aber kämpferischer Stimme. „Danke, dass du immer da bist.“ Alvin schaute ihn an und legte sich seine flache Hand auf die linke Brust. Levon tat es ihm gleich.

„In perpetuum leones“, sagte Alvin mit geballter Faust und leuchtenden Augen.

„In perpetuum leones, mein Freund“, erwiderte Levon, und beide erhoben ihre Gläser.

Levon atmete tief ein und pustete die Luft dann wieder hinaus, als wollte er alles Verbrauchte aus sich herauslassen.

„Gehen wir in den Garten?“, fragte Alvin.

„Auf jeden Fall“, antwortete Levon und lächelte. Gemeinsam standen sie auf und traten aus der Holzhütte in die tiefe Finsternis hinaus. Es war eine sternenklare Nacht.

„Siehst du den Pfeil da oben?“, fragte Alvin und deutete auf die Sternenformation am Himmel. „Ich hoffe, jemand schießt einen Glückspfeil so tief in dein Herz, dass ab dann für immer Funken aus ihm fliegen.“

„Das ist eine schöne Vorstellung“, sagte Levon mit zittriger Stimme. Beide umarmten sich. Für einen kurzen Moment hatte Levon den Eindruck, ihre Hände würden im Mondschein farbig schimmern.

„Kann man hier eigentlich auch übernachten?“, fragte Levon und neigte den Kopf etwas zur Seite.

Grinsend wandte sich Alvin ihm zu: „In der Garage sind noch zwei Zelte zum Ausklappen und auch Schlafsäcke", sagte er mit freudiger Stimme.

„Dann lass sie uns holen", rief Levon und rannte los. Schnell hatten die beiden Freunde die Zelte auf dem Rasen ausgeklappt. Sie freuten sich wie zwei Grundschulkinder, die zum ersten Mal zusammen übernachten konnten und nun überlegten, was sie alles tun würden.

„Ist ganz schön frisch heute", sagte Alvin.

„Ab in den Schlafsack", schlug Levon als Lösung vor. Kurze Zeit später lagen sie nebeneinander in ihren Zelten. „Erzähl was Schönes, Alvin", forderte Levon seinen Freund auf.

„Weißt du noch damals, als wir Detektive sein wollten und planten, unsere Zentrale bei dir im Keller einzurichten?", fragte Alvin erwartungsvoll.

Levon lachte und kniff dabei die Augen fest zusammen: „Ja. Natürlich", stieß er aus. „Da waren wir in der Grundschule. Und ich hatte ein Notizbuch, in dem ich festgehalten habe, was wir als richtige Detektive alles brauchen. Mit der Polizei wollten wir auch zusammenarbeiten", sprudelte es aus Levon heraus. „Was glaubst du, wie die geschaut hätten, wenn zwei Grundschüler im Polizeirevier aufgetaucht wären und nach einer Kooperation gefragt hätten?", wollte er von Alvin wissen.

„Guten Tag, wir sind zwei renommierte Detektive und hätten Interesse an einer Zusammenarbeit mit Ihnen", sagte Alvin in ernstem Ton und mimte einen Detektiv. Levon brach in lautes Gelächter aus. „Wir bitten Sie, über dieses Gespräch Stillschweigen zu vereinbaren, bis die vertraglichen Bedingungen geklärt sind.“ Alvin schauspielerte weiter. Levon hielt sich den Bauch vor Lachen. „Unsere Klienten kommen aus der ganzen Welt. Wir hoffen, Sie wissen es zu schätzen, dass ein solches Detektivduo Ihnen seine Dienste anbietet.“

„Aufhören, Alvin“, rief Levon, der sich im Zelt krümmte. Tief atmete er aus und versuchte, sich von seinem Lachkrampf zu erholen. „Das war gut“, sagte er zu seinem Freund. „Schön, mal wieder so herzhaft zu lachen.“

„Freut mich, dass ich zu deiner Erheiterung beitragen kann“, sagte Alvin zufrieden. Noch einige Zeit tauschten die beiden Geschichten vom einen zum anderen Zelt aus. Irgendwann siegte die Müdigkeit und beide schliefen lächelnd ein. Gegen Ende der Nacht bildete sich frischer Morgentau, der die umliegende Landschaft in ein Meer aus Kristallen verwandelte. Wasser tropfte sacht von ihren Zelten und reflektierte das Licht der aufkommenden Morgensonne. Ein Grünspecht kam auf den Rasen geflogen und suchte nach Ameisen in der Erde. Zwei Habichte flogen majestätisch über das Sunrise Paradise und landeten in einem Baum. Alvin öffnete zuerst die Augen. Levon schmeckte die frische Morgenluft und inhalierte den Sauerstoff. „So“, sagte er und setzte sich auf. Während Alvin den Reißverschluss des Zeltes hochzog, ertönte Levons Stimme: „Guten Morgen, Herr Detektivkollege“, rief er und lachte mit etwas angerauter Stimme.

„Guten Morgen, Kompagnon. Schon etwas Verdächtiges entdeckt?“ Alvin spielte mit.

„Ja. Diese Feuchtigkeit könnte darauf hinweisen, dass es heute Nacht eine deutliche Senkung der Temperatur gab“, sagte Levon und deutete wild gestikulierend auf das Wasser außen am Zelt. Beide fingen an zu lachen.

„Lass uns frühstücken“, rief Alvin, der schon auf halbem Weg zur Holzhütte war und seinen Freund mit einer Handbewegung dazu aufforderte, mitzukommen.

„Ja, klar, was gibt es denn?“, fragte Levon süffisant. „Grashalme mit Morgentau?“

„Viel besser“, rief Alvin ihm aus der Holzhütte zu. „Brötchen, Orangensaft, Beeren und Nüsse.“

„Schön wär's“, murmelte Levon vor sich hin. „Hätten wir gewusst, dass wir übernachten, hätte ich gestern eingekauft“, rief er Alvin zu.

„Ach, nicht nötig“, entgegnete der und kam mit langsamen Schritten wieder zu den Zelten. „Schau“, sagte er. Levon blickte nach oben. In der Hand hielt sein Freund ein Tablett mit all den Dingen, die er gerade aufgezählt hatte. Levon schüttelte ungläubig den Kopf und runzelte die Stirn. Wie in Zeitlupe breitete er die Arme aus. „Wo hast du denn die ganzen Sachen her?“, fragte er schließlich. Alvin grinste und genoss den Moment, weswegen er seine Antwort noch ein paar Sekunden hinauszögerte. „Ach, ich hatte gestern so ein Gefühl, deshalb war ich vorher noch einkaufen. Und wie man sieht, hatte ich den richtigen Riecher.“ Alvin setzte sich und stellte das Tablett zwischen den beiden ab.

„Aber woher?“, wollte sein Freund wissen.

„Ich weiß eben, was du magst“, sagte Alvin und deutete mit seiner Hand um sich herum auf den Garten. „Natur- und Nachtliebhaber“, stellte er abschließend fest.

„Du bist wirklich unglaublich.“ Levon fand kaum mehr Worte für ihn. *Was für ein aufmerksamer Freund, was für ein toller Mensch.* Ihm fielen nur positive Worte für Alvin ein.

Den ganzen Tag verbrachten sie noch im Sunrise Paradise, redeten, machten einen Spaziergang im angrenzenden Wald, brachten die Garage auf Vordermann und lachten viel zusammen.

„Lass uns nach Hause fahren“, sagte Alvin, als es längst wieder dunkel geworden war. Levon nickte ihm zu. Beide schwangen sich auf ihre Fahrräder und fuhren getrennter Wege in die Nacht.

So ein toller Freund, dachte Levon, als er sich zu Hause bettfertig machte. Wenn er ihn nicht gehabt hätte, hätte er oft nicht gewusst, was er tun sollte. Im Schlafanzug schritt er zum Fenster seines Zimmers und schaute zum Himmel. *Ich hoffe, jemand schießt einen Glückspfeil so tief in dein Herz, dass ab dann für immer Funken aus ihm fliegen.* Er hatte Alvins Stimme immer noch im Ohr. Die beiden waren sich so ähnlich, stellte Levon fast ungläubig fest. *So jemand ist sehr wertvoll*, sagte er sich, während er auf den im Mondlicht grün schimmernden Gartenteich schaute. „Zeit, schlafen zu gehen“, flüsterte Levon und legte sich ins Bett. Kurze Zeit später schlief er ein.

– Kapitel 5 –

Skyline-Romantik

Levon blickte über die beleuchtete Skyline der Stadt. Der Fluss glänzte im Licht der Wolkenkratzer gelb und die sanften Wellen waren zu erkennen. Der Ausblick entlockte Levon einen anerkennenden Pfiff. Mit einem zärtlichen Griff an die Schulter signalisierte er Felicitas, dass er stehen bleiben wollte. Charmant lächelnd wandte sie sich ihm zu. Mit ihr Hand in Hand über die Brücken des Flusses zu laufen und im Hintergrund die leuchtende Stadt bei Nacht zu sehen, war einer der schönsten und romantischsten Momente, die er bisher erlebt hatte. Er legte Felicitas einen Arm um die Taille und lehnte den Kopf an ihren.

„Gefällt es dir hier mit mir?“, fragte er erwartungsvoll. Felicitas nickte und schaute ihn mit ihren großen Augen intensiv an.

Kurz zuvor hatten sich die beiden zum ersten Mal geküsst. „Wollen wir uns auf die Bank setzen?“, hatte Levon sie, nicht ohne Hintergedanken, gefragt, als sie am Ufer entlangspaziert waren. Felicitas hatte eingewilligt. Als die beiden auf der Bank saßen und den Ausblick genossen, hatte er sie an sich gezogen und so für noch mehr Nähe gesorgt. Geduldig hatte Levon gewartet, bis Felicitas irgendwann zu ihm hochgeschaut hatte. Dann war er mit seinem Gesicht noch näher gekommen, bis die beiden sich schließlich geküsst hatten.

Levon hatte Talent dafür, den richtigen Moment zu erwischen. *Das hat ja alles so geklappt, wie ich wollte,* dachte er sich zufrieden, während seine Hand durch ihre langen, dunklen Haare strich. „Gehen wir jetzt noch etwas trinken?", fragte er sie.

„Oh ja, sehr gerne", erwiderte Felicitas und schaute ihn freudig an. „Ich kenne eine gute Bar. Da müssten wir allerdings ein bisschen laufen", fuhr sie fort.

„Ich laufe liebend gerne mit dir", entgegnete Levon und biss sich dann leicht auf die Unterlippe.

„Na dann", sagte Felicitas lächelnd. Händchenhaltend liefen die beiden am Sommerfest vorbei und sahen lachende und strahlende Menschen. „Hier ist ja einiges los", stellte Felicitas fest.

„Bei uns aber auch", entgegnete Levon und lachte. Langsam entfernten sie sich von den Menschenmassen und kamen in ein ruhigeres Viertel.

„Da vorne ist es schon", sagte Felicitas und zeigte auf ein rot leuchtendes Schild. Sanft ließ Levon ihre Hand los und machte ein paar schnelle Schritte. Dann öffnete er die Eingangstür und bat sie herein.

„Sehr aufmerksam", sagte Felicitas grinsend und trat ein. Da es immer noch warm war, gingen die beiden in den Außenbereich der Bar.

„Du siehst toll aus", entfuhr es Levon, nachdem er seinen Caipirinha probiert und dabei Felicitas gemustert hatte.

„Oh, danke schön", entgegnete sie. „Du aber auch. Und mir gefällt dein Hemd." Sie revanchierte sich für sein Kompliment.

„Möchtest du dich neben mich setzen?", fragte er sie lächelnd. „Gegenüber zu sitzen ist zwar zum Reden gut, aber zum Kuscheln eher unpraktisch", sagte Levon noch etwas mutiger. Felicitas grinste und erhob sich von ihrem Sessel. Dann ging sie die wenigen Schritte zu ihm und ließ sich nieder.

„So gefällt mir das schon besser", sagte er und legte seinen Arm um sie. Bedacht neigte sie ihren Kopf in Levons Richtung und legte ihn auf seiner Brust ab. *Es tut gut, den Beschützerinstinkt ausleben zu können*, dachte Levon, während er sie streichelte. Sie strahlte Wärme und Geborgenheit aus. Als der Kellner zu ihrem Tisch zurückkam, lachte er ob der veränderten Sitzposition der beiden. „Wollt ihr Decken?", fragte er. Mittlerweile war es frisch geworden.

„Ja, gerne", sagte Levon. Gemeinsam eingekuschelt spürte er kurz darauf, wie sich ein langsam pulsierendes Gefühl in seinem Körper ausbreitete. Es drang in jeden Zentimeter vor und versorgte ihn mit Glückshormonen.

Mittlerweile war es 4 Uhr nachts. So ein langes Date hatte er noch nie gehabt. Levon schaute auf Felicitas herunter, deren Kopf immer noch an seiner Brust lag. Inzwischen hatte sie die Augen geschlossen. Ob sie wohl gerade an etwas dachte? Behutsam beugte Levon den Kopf zu ihr herunter und machte kurz vor ihren Lippen halt. Langsam kam sie ihm, die Augen immer noch geschlossen, entgegen, während er an ihrem Mund ein Lächeln erkennen konnte. Gefühlvoll küssten sie sich schließlich, während es in Levons Innerem immer weiter und weiter pulsierte.

„Wollen wir langsam gehen?", fragte Levon, der sich müde und erschöpft, aber glücklich fühlte.

„Ja“, sagte Felicitas, die immer noch an seiner Brust liegend die Augen öffnete und ihn sanft anlächelte. Als die beiden die Bar verließen und sich auf den Weg zu Felicitas’ Haus machten, waren die Straßen menschenleer.

„Danke für den schönen Abend“, sagte Levon und drückte Felicitas an sich.

„Danke *dir*“, erwiderte sie. Während die beiden sich zum Abschied küssten, fiel Levon der schummrige Schein eines grünen Lichts am Horizont auf. Aus der Entfernung konnte er nicht erkennen, woher es kam. Levon musste husten.

„Oh, ich hoffe, du erkältest dich nicht“, sagte Felicitas mit fürsorglicher Stimme.

„Nein, bestimmt nicht“, sagte Levon und wollte beschwichtigen. Vielleicht war er bei seinem Ausflug in den Wald doch ein wenig krank geworden, aber im nächsten Moment legte er wieder den Fokus ganz auf Felicitas. „Schlaf schön und träum was Süßes von uns“, rief er ihr zu, als er zu seinem Auto lief.

„Du auch“, sagte Felicitas verschmitzt und warf ihm einen letzten Blick zu. „Schreib mir, wenn du gut angekommen bist“, bat sie.

„Mache ich“, antwortete er. Bevor Levon ins Auto einstieg, richtete er den Blick zum Himmel. Ihm fiel auf, dass Neumond war. *Jetzt aber nach Hause*, sagte er sich.

Kaum ein Auto fuhr mehr auf der Autobahn und Levon genoss die Freiheit auf der Fahrt. Nachdem er in seine Einfahrt eingebogen war und den Wagen abgestellt hatte, schrieb er als Erstes Felicitas, dass er gut angekommen war. Danach schaffte Levon es gerade noch in seinen Schlafanzug, bevor er ins Bett fiel und einschlief.

Erst um 13 Uhr wurde er wieder wach. Es war Samstag. *Herrlich*, dachte er sich, *toller Abend, tolle Frau und dann noch ausgeruht und ausgeschlafen ins Wochenende starten. Daran könnte ich mich gewöhnen.* Levon grinste vor sich hin, als er die Treppenstufen zum Erdgeschoss hinunterlief. Beim Biss in sein Brötchen hatte er das Gefühl, er schmecke das frisch geerntete und pure Getreide. Waren es andere Brötchen als sonst? Auch die Trauben schienen einen noch volleren Geschmack zu haben als üblich. Der Fruchtzucker entfaltete ein angenehmes Aroma auf seiner Zunge – so fühlten sich Küsse von Felicitas an. Levon legte den Zeigefinger quer auf seine Unterlippe, als wollte er prüfen, ob sie immer noch prickelte. Er versank in seinen Gedanken und erinnerte sich an ihren weichen Mund, die langen, schwarzen Haare und ihre großen, ozeanblauen Augen. Er hoffte, sie bald wiederzusehen.

- Kapitel 6 -

Die Zeit heilt alle Wunden?

„Wie lange ist das mit Viola eigentlich schon her?" Alvin und Levon saßen am Fluss und ließen ihre Beine in der sanften Strömung baumeln.

„Fünf Jahre mittlerweile", antwortete Levon und nahm einen Schluck von seinem kühlen Bier.

„Ich weiß noch, wie lange du gelitten hast", sagte Alvin, „und wie du deinen Alltag in der Zeit trotzdem meistern konntest. Du hast es klasse gemacht." Bei den letzten Worten klopfte er seinem Freund anerkennend auf die Schulter.

„Danke, Alvin", sagte Levon und lächelte ihm zu. „Das mit der Bewältigung des Alltags war aber nicht von Anfang an so", merkte er kritisch an. Zu Beginn hatte er nur weinend im Bett gesessen und sich mit der Decke über dem Kopf verkriechen wollen. Nachts war die Einsamkeit am schlimmsten gewesen. Nichts und niemanden zu haben, an dem er sich festhalten konnte, hatte Levon damals fast zerrissen. Alles war so schrecklich für ihn gewesen. Eine Welt war zusammengebrochen.

Ich glaube, ab diesem Zeitpunkt haben meine Nachtspaziergänge angefangen, stellte Levon stumm fest. In tiefer

Dunkelheit war er damals immer aus dem Haus gegangen und durch die Stadt gelaufen. Hatte nachgedacht. War durch verlassene Straßen gestreift und am See entlanggeschritten. War an Orte gegangen, die für Viola und ihn besonders gewesen waren. Hatte Dinge noch einmal durchlebt. Geweint. Hoffnung geschöpft. Als Levon nach sieben Monaten abends um sein altes Gymnasium gelaufen war, hatte er gemerkt, dass er nun langsam mit der Sache zurechtkam.

Heilte die Zeit alle Wunden? Darauf konnte er keine wirkliche Antwort finden. Levon drehte den Kopf zu Alvin: „Menschen lieben vor allem aus Egoismus. Aus einem Gefühl heraus, durch die Bestätigung ihrer Liebe Befriedigung zu erhalten. Liebt man selbst nicht oder nicht mehr, sind die Gefühle des anderen den meisten Menschen recht egal. Dann wird schlecht behandelt, ignoriert und verletzt. Menschen verhalten sich dann wie Kinder gegenüber Weihnachtsgeschenken, mit denen sie eine Zeit lang gespielt haben und die dann langweilig wurden. Sie landen in der Ecke, wo sie verstauben. Wen interessiert schon Empathie?“

Alvin reagierte zunächst nicht und schaute mit versteinerter Miene auf den gegenüberliegenden Deich. Dann legte er sein Kinn auf die linke Handinnenfläche und schien angestrengt nachzudenken.

„Was denkst du?“, fragte Levon ihn ungeduldig.

„Ich denke, du hast recht“, antwortete Alvin. „Das ist tatsächlich eine Unsitte in dieser Gesellschaft.“

„Warum ist es so?“

„Liegt vermutlich an der Erziehung“, murmelte Alvin vor sich hin.

„Warum sehen so viele Menschen in Beziehungen einen Endpunkt?“, fragte Levon nun. „Ich meine, warum sehen es so viele als unmöglich an, für immer …“

Alvin unterbrach ihn: „Oh, schon klar. Ich weiß, was du meinst“, sagte er leise und schaute zu seinem Freund hinüber. „Weil uns eingetrichtert wird, dass alles ein Ende hat. Heute ist alles limitiert. Portioniert. Rationiert. Ein paar Jahre tanzt man hier, ein paar Jahre da – dann heiratet man, lässt sich wieder scheiden. Trifft wieder jemand Neues. Und so geht es dann weiter.“

„Lebensabschnittsgefährte“, sagte Levon, lachte und schaute zu seinem Freund hinüber.

„Genau, dieses schreckliche Wort fasst es gut zusammen“, sagte Alvin. „Heute wirft man eine Sache lieber weg, anstatt sie gemeinsam zu reparieren. Liebe ist nichts mehr wert und austauschbar geworden“, fuhr er fort.

Wegwerfgesellschaft, dachte Levon. Er war wütend darüber.

„Tu weiterhin etwas dagegen“, sagte Alvin auf einmal.

„Weiterhin?“, fragte Levon. „Was meinst du damit?“

Bedächtig nickte sein Freund mit dem Kopf und stellte dann seinerseits eine Frage: „Wie hast du dich bisher immer verhalten, wenn du eine Frau wolltest?“

Levon dachte kurz nach: „Na ja, ich habe versucht, immer ich zu sein, ihr zu zeigen, wie sehr ich sie mag, und darauf gehofft, dass es dann in einer Beziehung mündet“, antwortete er schließlich.

Erneut nickte Alvin: „Du hast dich bisher nicht verbiegen lassen und willst immer noch die eine Frau, mit der du für immer glücklich leben kannst“, meinte er schließlich. „Seit ich dich kenne, war das nie anders bei dir. Andere wollten rausgehen und viele Frauen haben – du warst nie so. Du hasst Oberflächlichkeit. Du hast deine Fehler. Und du wirst an ihnen arbeiten müssen. Aber eine Sache kann dir niemand nehmen: deine Echtheit."

„Danke, Alvin", sagte Levon mit einem Kloß im Hals. Wieder musste er daran denken, wie lange er Viola geliebt hatte und wie schwer es ihm gefallen war, sich von ihr zu lösen. „Ich bin ein potenziell Abhängiger", sagte er und wollte erklären, was er damit meinte. Doch erneut hatte sein Freund längst verstanden, was er damit sagen wollte.

„Ich weiß", sprach Alvin. „Wenn du das Gefühl hast, dass mehr daraus werden könnte, gewöhnst du dich sehr schnell an Menschen. Dann kannst du dich im Handumdrehen verlieben. Und dich damit sofort verletzbar machen."

Genau, dachte Levon, *genau*. So schnell hatte er sich damals in Viola verliebt, dass er nach einigen Monaten schon nach Verlobungsringen geschaut hatte. So sicher war er sich gewesen, dass die beiden heiraten würden.

„Ihr habt euch damals wirklich sehr geliebt, oder?" Alvin riss ihn wieder aus seinen Gedanken.

„Abgöttisch", antwortete Levon nachdrücklich. *Du wirst ein toller Vater.* Ihm schossen plötzlich Sätze aus einem Brief von ihr ins Gedächtnis. *Ich bin so betrunken von dir.* Auf einmal erinnerte er sich daran, was sie ihm alles geschrieben hatte. Wie sie alle vier Wochen gefeiert hatten, wieder einen Monat länger zusammen zu sein. Das Picknick am See, bei dem die beiden Sekt getrunken, Erdbeeren und Trauben gegessen und zusammen gekuschelt hatten. Auf einmal kam Levon das Bild einer geplatzten Seifenblase deutlich vor Augen. Alle Träume, die gemeinsam geplante Zukunft, die Verlobung, Heirat, Kinder – alles war damals in sich zusammengefallen. Die Trümmer hatten ihn lange unter sich begraben.

„In solchen Zeiten erkennt man die Bedeutungslosigkeit vieler anderer Dinge. Dass man im Leben nicht viel braucht. Dass vieles irrelevant ist", erinnerte er sich.

„Ich glaube an dich, Levon", sagte Alvin mit überzeugter Stimme. „Und du darfst nie den Glauben an dich verlieren", fuhr er fort. „Du selbst bist das Wichtigste, was du hast. Wirf dich niemals fort."

Levons Haare stellten sich auf und er zitterte kurz. Solche Worte berührten ihn. Er kniff die Augen zusammen und schob den Unterkiefer nach vorn. In der untergehenden Sonne blitzten seine Pupillen gefährlich. Vor seinem geistigen Auge malte er sich aus, wie er brüllte. *Wie ein Löwe*, dachte Levon und zeigte dabei seine Zähne, als wollte er andeuten, dass er jemanden zerfleischen konnte.

Alvin betrachtete die Szenerie und schwieg. Es schien, als würde er genau nachvollziehen können, was in Levon vorging. Als wäre er eine erfahrenere Version von Levon, die all seine Erlebnisse schon ein paar Jahre zuvor durchgemacht hatte. Als wüsste er genau, wann er eingreifen musste und wann er ihn an der langen Leine lassen konnte. Wie ein älterer Bruder, der auf seine Geschwister aufpasste und im richtigen Moment mit dem richtigen Ratschlag zur Seite stand. Alvin rückte näher an Levon heran. Plötzlich nahm er Levons Wangen zwischen beide Hände. Levon stockte. Eindringlich flüsterte Alvin ihm etwas ins

Ohr. Anschließend schauten die beiden zusammen zum Himmel, als erwarteten sie ein Naturschauspiel. Die Köpfe nach hinten geneigt, blieben sie einige Minuten in dieser Position sitzen. Danach standen sie fast synchron auf und gingen gemeinsam davon. Ein Mann kam ihnen mit einem kleinen Jungen entgegen. „Schau mal, da oben hat gerade etwas gezuckt“, sagte der Mann und deutete mit dem Zeigefinger auf eine nicht exakt auszumachende Stelle am Himmel.

„Was war das, Papa?“, fragte das Kind.

„Ich weiß es nicht, es war so schnell wieder weg“, antwortete der Vater. Levon und Alvin schauten sich an. Ein Grinsen huschte über ihre Gesichter.

- Kapitel 7 -

Alisha

Knapp ein Jahr war vergangen, seit Levon sich bei einem Tanzkurs angemeldet hatte. Die Leute dort waren ihm sympathisch. Immer mittwochs und freitags fuhr er in die Nachbarstadt, um seinem Hobby nachzugehen. Alisha war weitgehend unauffällig, bis er eines Tages eine Nachricht von ihr erhielt. „Hallo, Levon. Sei nicht traurig. Ich weiß, was du gerade durchmachst. Ich mag dich. Ich möchte dir helfen." *Sympathisch*, dachte Levon. Ihre Nachricht schlug ein wie eine Bombe. Sie veränderte etwas in ihm. Aufmerksamkeit war ihm sehr wichtig. War es normal geworden, dass man heute nicht mehr darauf achtete, wie es anderen Menschen ging? Alisha schien anders zu sein. Sie meldete sich auch, wenn er sich nicht mehr meldete. Sie gab ihm auch, wenn er ihr nichts gab. Sie schien keine Anforderungen, keine Bedingungen an ihn zu stellen. Alisha schien diese Extraprozente zu geben, die Levon so sehr schätzte. Bei ihr musste er nicht zwingend die Initiative ergreifen – sie tat es selbst. So kam es zu ihrem ersten Treffen.

Es war ein nebliger Herbstabend, als Levon den Motor seines Autos startete und aus der Ausfahrt fuhr. Er achtete nicht genau darauf, hatte aber den Eindruck, dass wieder einmal Neumond war. Die Straßen wirkten an diesem Abend verlassener als sonst. Als ob die Menschen wegen Levon zu Hause bleiben und ihm den Vortritt lassen würden. Als ob die Straßen ein einziger roter Teppich wären, der nur für ihn ausgerollt worden war. Als ob jemand sagen wollte: „Die Stadt gehört heute dir allein!"

Alisha öffnete die Tür seines Wagens.

„Na, alles klar?", fragte Levon.

„Jetzt schon", antwortete sie. Irgendetwas drang in Levons Herz ein. Ganz leise und klein. Er konnte es noch nicht wirklich fühlen. Aber es war da. Der Nebel auf der Straße wurde immer dichter. Levon fiel es zunehmend schwerer, die Fahrbahn zu erkennen. Er hatte eine CD eingelegt. „Wie du merkst, höre ich eigentlich so ziemlich alles an Musik", sagte Levon und versuchte damit, seine aufkommende Anspannung zu verdrängen.

Das Planetarium war an diesem Abend gut besucht. Warum war er plötzlich so aufgeregt, fragte sich Levon, als das Programm begann. Sollte er sie anfassen? Lieber noch nicht. *Zu früh*, sagte er sich. Er merkte, dass er es wollte. Wann war der richtige Moment? So aufgeregt war er lange nicht mehr gewesen. Aber warum? Er hatte sie doch schon so oft zuvor beim Tanzkurs gesehen und nie irgendetwas verspürt.

Levon legte langsam seinen Arm um sie. Er spürte, wie sie sich sanft an ihn kuschelte und den Kopf auf seiner Brust ablegte. Funken sprühten aus Levon. Was war mit ihm? Beide schauten nach oben, wo die Planeten kreisten. Levon und Alisha hielten inne. Sie genossen den Moment. Stundenlang ging es so weiter. *Ich will, dass dieser Moment niemals endet*, schoss es Levon durch den Kopf. *Was ist mit mir?*, fragte er sich, *was passiert mit mir?*

Warum hat er mich eigentlich nicht geküsst?, sollte Alisha sich später fragen. *Ich hatte nicht das Bedürfnis*, dachte Levon sich seinerseits später. Das zwischen Alisha und ihm war für ihn keine normale Sache. Und sein Herz sagte ihm, dass er keine normale Sache daraus machen sollte.

„Wie fandest du die Vorstellung?" Levon begann das Gespräch, als sie in seinem Auto wieder heimwärts fuhren.

„Ich fand sie gut. Und du?", erwiderte sie.

„Ich fand sie auch gut. Aber der Mittelteil hat etwas langgezogen gewirkt", sagte er. Niemand außer ihnen war unterwegs. Immer noch war Levon aufgeregt. Aber es fühlte sich gut an. Etwas Lebendiges hatte sich in ihm breitgemacht.

„Wo sind wir hier eigentlich?", fragte Alisha plötzlich. Levon schaute sich um, aber nichts kam ihm bekannt vor. *Wie peinlich*, dachte Levon. Er war falsch abgebogen. „Tja, wir kommen heute wohl nicht mehr heim", sagte Alisha grinsend, während Levon anfing zu lachen. Mit dem Kopf machte er eine kleine Bewegung nach hinten, als wollte er ausdrücken, dass Alisha im Wagen schlafen könne.

„Nett wie ich bin, würde ich dir sogar die Rückbank überlassen", sagte er ihr schelmisch.

„Da bin ich ja dann ganz alleine", erwiderte sie.

„Und hast viel Platz." Er ließ sich auf das Spiel ein.

„Tz", sagte Alisha und drehte sich weg, als ob sie beleidigt wäre.

„Oder willst du, dass ich dir Gesellschaft leiste?" Levon ging spielerisch wieder einen Schritt auf sie zu.

„Nö, zu spät", antwortete sie und schaute ihn herausfordernd an. Levon liebte es, wenn Frauen an den richtigen Stellen frech waren. Er war verrückt nach dem Knistern, das es erzeugte. *Hoffentlich setzt das Feuer in mir nicht das Auto in Brand*, dachte Levon, während er eine tiefe Wärme in sich spürte. Mittlerweile hatte er wieder den richtigen Weg gefunden. „Ärgerst du mich etwa?", fragte er und stieß sie leicht mit seinem Arm an.

„Würde ich niemals machen", entgegnete sie ihm verschmitzt. Bis zu Alishas Haus begegnete ihnen kein einziges Auto.

„Wann sehen wir uns wieder?", fragte Alisha, als sie aus Levons Wagen stieg. Die Funken in seinem Körper sprühten nur so.

„Nächste Woche?", fragte er.

„Ja, gerne", entgegnete sie. Dann umarmten sie sich zum Abschied.

Levons Heimfahrt war wie ein Triumphzug nach vielen Niederlagen. Er rollte über den roten Teppich und wollte seinen Fans am Straßenrand zuwinken. Er fühlte sich wie ein Boxer, der von allen abgeschrieben worden war und in der allerletzten Runde unerwartet doch noch den K. o. gesetzt hatte. Der sich am Ende zu den Zuschauern dreht, die ihn schon ausgebuht hatten, und selbstbewusst mit dem Zeigefinger auf die Brust tippt, als wollte er sagen: „Ich habe hier das Kommando. Ich habe es euch allen gezeigt. Jetzt kommt meine Zeit."

An seiner Haustür stieß er auf Aaron, der bereits auf der Fußmatte saß und ihn zärtlich empfing. „Aaron, mein Schöner", sagte Levon. „Da bist du ja wieder." Er beugte sich zu ihm herunter und begann, seinen Kopf zu streicheln. Aaron schmiegte sich an ihn. „So ein schöner Kater", sagte Levon. *Er ist wirklich immer in besonderen Momenten da. Egal, ob es einem besonders schlecht geht oder besonders gut*, dachte sich Levon. Als würde er ein Gespür dafür haben, einen siebten Sinn. Als Levon bereits seinen Schlafanzug anhatte und noch einmal die Treppenstufen zum Erdgeschoss hinunterging, um die Haustür abzuschließen, sah er, dass Aaron immer noch auf der Fußmatte saß und in die Dunkelheit blickte. Er wirkte auf ihn wie ein Beschützer. Wie sein Krafttier, das keine negativen Energien durch die Tür ließ. *Er macht so einen menschlichen Eindruck*, dachte Levon, als er sich ins Bett legte und dankbar für diesen Tag war. Der Ginkgobaum im Garten bewegte sich nicht. Es war windstill. Levon lauschte. Kein Ton war draußen zu hören. So ruhig war es lange nicht mehr gewesen. Dann drehte er sich zur Seite und schlief zufrieden ein.

- Kapitel 8 -

Weg ins Paradies?

Arm in Arm schritten Levon und Alisha auf der Bergspitze entlang. Hoch über den Wolken bot sich ihnen ein spektakuläres Panorama. Levon blickte auf die Wolkenformation und breitete die Arme aus, als wollte er in die Wolken hineinfliegen. *Sie sind bestimmt weich*, dachte Levon und erinnerte sich daran, wie er als Kind auf einem Flug mit seinen Eltern den Wunsch verspürt hatte, auszusteigen und sich auf die Wolken zu legen. „Es ist schön hier mit dir. Gefällt es dir auch?“, fragte er Alisha und sah erwartungsvoll zu ihr hinüber.

„Ja, mir gefällt es sehr“, antwortete sie.

Heute ist ein guter Tag, dachte Levon, als die beiden weiterspazierten. „Denkst du, es gibt hier oben auch Bären?“, fragte er sie mit einem süffisanten Grinsen.

„Ja“, sagte sie und nickte zu ihm herüber. „Da ist doch schon einer.“ Levon musste lachen.

Der Weg führte sie immer höher und höher, bis sie schließlich an einem Schloss ankamen.

„Willst du es haben?“, fragte er sie und nickte in Richtung des prachtvollen Bauwerks.

„Wenn du es dir leisten kannst“, entgegnete sie grinsend mit selbstsicherer Stimme.

„Klar." Levon spielte weiter mit ihr. „Du musst dich dann eben um den Haushalt kümmern, ich bin ja schon mit Herrschen beschäftigt", sagte er, um sie zu necken.

„Das würde dir wohl so gefallen."

Leicht kniff Levon ihr in den Arm.

„Lieb sein", sagte sie mit neckischer Stimme und schaute ihm dabei in die Augen. Sanft strich er über ihren warmen Rücken und entlockte Alisha einen liebevollen Blick. „So kannst du gerne weitermachen", sagte sie.

Alisha, Natur und Romantik – alles zusammen löste in ihm ein behagliches Gefühl aus. „Gehen wir jetzt noch zu mir?", fragte Levon mit hoffnungsvoller Stimme.

Alisha lächelte. „Ja, gerne."

Langsam schritten sie den Weg wieder hinunter, bis sie an einem Aussichtspunkt ankamen, der genau auf Höhe der Wolken lag. *Das muss wohl der Übergang zwischen Erde und Himmel sein*, dachte Levon still, während er fasziniert nach vorn blickte. Eine Weile standen beide da und schauten auf die gemächlich vorbeiziehenden Wolken. Dann setzten sie den Rückweg zum Auto fort.

Während der Fahrt zu sich nach Hause spürte Levon wieder das Pulsieren in seinem Körper. Warum war dieses Gefühl so stark? Was geschah mit ihm? Levon hatte nichts dagegen. Alle Ampeln waren grün, sodass sie schnell bei ihm zu Hause ankamen. „Willkommen", sagte er, als Alisha über die Türschwelle trat und die ersten Schritte in sein Reich machte. Nachdem Levon ihr aus der Jacke geholfen und sie ihre Schuhe ausgezogen hatte, gingen die beiden nach oben.

Sie betraten sein Schlafzimmer.

„Kuscheln?", fragte Levon mit selbstbewusster Stimme.

„Ja", antwortete Alisha überzeugt. Eigentlich war Levons Lieblingsseite im Bett rechts. Diesmal lag er links, doch er bemerkte es kaum. Gefühlvoll streichelten sie einander, während Levon Alishas Puls fühlte.

„Bist schon etwas aufgeregt, hmm?", sagte er zu ihr und wollte sie damit ein wenig verunsichern.

„Vielleicht", entgegnete sie.

Levon fühlte sich so wohl in ihrer Nähe. Er hatte schon die ganze Zeit an diesem Tag den Wunsch verspürt, sie zu küssen. *Jetzt ist der richtige Moment*, flüsterte eine Stimme in seinem Kopf. Levon drehte sich vom Rücken auf die Seite, stützte sich auf einen Ellenbogen und beugte sich über Alisha. Er fühlte sich stark. Tief im Inneren hörte Levon das laute Brüllen eines Löwen, der bereit war, sich das zu holen, was er wollte. Levon stützte sich nun mit beiden Händen auf der Matratze ab und verharrte eine Weile dicht vor ihren Lippen. Er sah sie so intensiv an, dass er das Gefühl hatte, in ihre Seele blicken zu können. In ihren Pupillen war etwas, das Levon noch nie zuvor gesehen hatte. Alisha schaute ihm so intensiv in die Augen, dass er ihr in diesem Moment wohl jeden Wunsch erfüllt hätte – so besonders war sie bereits jetzt für ihn. Langsam überwand er noch die letzten Zentimeter bis zu ihrem Mund. Alisha kam ihm etwas entgegen. Alles um sie herum stand in Flammen, als sich ihre Lippen berührten und die beiden sich zum ersten Mal küssten. Levon wollte, dass die ganze Welt die Flammen sah. Er küsste sie wieder und wieder. Es fühlte sich so gut an, so gut …

„Du weißt gar nicht, wie gut das tut", sagte Alisha plötzlich und sah ihn freudetrunken an. „Ich würde am liebsten noch ewig hierbleiben."

Ihre Worte lösten ein Erdbeben tief in Levon aus. Er war verrückt nach dem, was sie sagte. Nach einem schier endlos wirkenden Entzug hatte er endlich wieder Stoff. Echten Stoff. Reinen Stoff.

„Du bist aber auch ganz schön aufgeregt“, sagte Alisha, als sie seinen Puls fühlte.

„Ich liege ja auch mit einer schönen Frau im Bett“, entgegnete er. Ihm gefiel, dass sie so aufmerksam war. Ihm gefiel, dass er so viel spürte. Ihm gefiel alles. Er genoss es, neben ihr zu liegen. Er genoss es, dass sie neben ihm lag. „Küss mich“, flüsterte Levon ihr ungeduldig zu. *Ich kann nicht genug von ihr bekommen*, schoss es ihm durch den Kopf, während er ihre Lippen spüren durfte. Dann lagen die beiden wieder eng beieinander. *Ihre Augen*, sagte eine Stimme in Levons Kopf, *ihre Augen*. Wieder richtete er sich im Bett auf und beugte sich über sie. Minutenlang schaute er sie an, während auch Alisha den Blick fest auf ihn gerichtet hatte. Zärtlich rieben sie ihre Nasen aneinander, wie es Vögel beim Schnäbeln taten. Zwischenzeitlich ließ sich Levon immer wieder auf seine Bettseite zurückfallen und atmete tief durch.

„Streichel mich“, forderte er sie schließlich auf, obwohl sie einander schon die ganze Zeit liebkosten. Levon konnte alle Farben in seinem Herzen spüren, während sie ihn an der Brust kraulte. Das kräftige Rot war der Pulsgeber, der einen schnellen Takt vorgab. Das Orange wärmte ihn und strahlte weit durch ihn hindurch nach außen. Ein hell leuchtendes Gelb beflügelte seinen Geist und ließ Levon daran denken, wie richtig sich alles anfühlte. Das Grün beruhigte ihn und half ihm bei der Regeneration, sodass er sich auf die nächsten temperamentvollen Küsse vorbereiten konnte. Der blaue Farbton gab ihm Sicherheit und Selbstvertrauen. Die letzte Farbe, die er spürte, war Violett. Sie verströmte etwas Geheimnisvolles und Mystisches in Levon. Seine Träume wurden von dem Violett nach außen reflektiert und im ganzen Raum verteilt.

Sein Blick fiel auf die Uhr. „Alisha", sagte er leise. „Langsam musst du los, sonst kommst du zu spät zur Party."

„Ach, ich will aber noch gar nicht los", entgegnete sie trotzig.

„Du bist zuckersüß", sagte Levon und kniff ihr zärtlich in die Wange. Dann sprang er mit einem Satz aus dem Bett und lächelte sie an. Langsam setzte sich auch Alisha in Bewegung und stand leise seufzend auf.

„Hast du alles?", fragte Levon und blickte sich im Raum um.

„Ich denke schon", antwortete Alisha. „Wenn nicht, bringst du es mir eben beim nächsten Mal vorbei."

„Aber nur, wenn ich gut drauf bin", antwortete er grinsend. Die beiden gingen die ersten Meter zur Zimmertür, als Levon sie sanft an den Schultern packte und zärtlich gegen die Wand drückte. Alisha atmete heftiger, während er ihr Gesicht zu sich heranzog, bis die beiden Stirn an Stirn standen. „Na, aufgeregt?", fragte Levon selbstbewusst, aber auch mit Herzklopfen.

„Das fragt gerade der Richtige", antwortete Alisha.

Da hatte sie wohl nicht unrecht. Levon saugte sich mit den Lippen an ihrem Hals fest. „Ohne Knutschfleck gehst du nicht", sagte er bestimmend. Alisha lächelte verlegen. Nachdem die beiden noch einige Küsse ausgetauscht hatten, gingen sie nach unten.

Als Levon sie nach draußen begleitete und auf die Straße trat, war der gesamte Himmel in einen goldenen Farbton getaucht. Die Sonne schien und es war warm. *Kalifornien in meiner Heimatstadt*, dachte er sich, während er Hand in Hand mit Alisha die Straße entlanglief. Die Verabschiedung war Levon immer wichtig. Beim Abschiedskuss biss er ihr zärtlich in die Lippen und hielt dabei mit beiden Händen ihr Gesicht. „Fahr vorsichtig und schreib mir, wenn du gut angekommen bist“, sagte Levon und wandte sich zum Gehen. Kurz drehte er sich noch einmal zu ihr um und winkte ein letztes Mal freudig. Danach ging er wieder zurück ins Haus. Sein ganzes Schlafzimmer roch nach ihr. Immer noch berauscht und tief in Gedanken versunken, lächelte er.

Als Levon abends schlafen ging und seinen Kopf auf das Kissen legte, war ihr Geruch immer noch da. Er wollte sie bei sich haben. „Streichel mich am Rücken“, flüsterte Levon, als läge Alisha neben ihm. Er strich sich über die Brust und stellte sich vor, wie es wäre, wenn sie ihn jetzt berühren würde. Er wollte von ihr geküsst werden. Er wollte sie küssen. Er wollte mit ihr kuscheln. Er wollte mit ihr einschlafen. Er wollte ihr schöne Worte ins Ohr flüstern. Er wollte von ihr überrascht werden. Er wollte lebendig sein. Schließlich schlief Levon ein.

- Kapitel 9 -

Fallen lassen

Levon rannen die Schweißperlen von der Stirn, während er seine Runden drehte. Das Joggen half ihm immer, abzuschalten. Heute würde er das erste Mal bei Alisha zu Hause sein. Seine Mundwinkel zeigten nach oben, bis er breit grinsen musste. In seinem Körper tanzten die Endorphine. Beim Gedanken an das baldige Wiedersehen mit ihr lief er schneller und schneller. Es schien, als wäre Kraft von außen in seinen Körper geströmt. Levon fühlte sich, als könnte er ewig so weiterlaufen, ohne zu erschöpfen. Nach einer guten Stunde war seine Laufeinheit beendet. Kraftvoll stieg er aufs Fahrrad und fuhr nach Hause. Seine Vorfreude wurde immer größer, und als Levon singend unter der Dusche stand, konnte er das Wiedersehen mit ihr kaum mehr erwarten. Als er aus der Kabine trat, spürte er, wie erneuert seine Haut war – keine einzige alte Hautzelle schien mehr an seinem Körper zu sein.

Nachdem Levon sich angezogen hatte, stieg er ins Auto und machte sich auf den Weg. Gerade ging die Sonne unter. Der tiefblaue Himmel und ein feuerroter Sonnenuntergang entwickelten eine intensive Farbexplosion am Horizont. *Wie kann es so perfekt sein?*, fragte sich Levon wieder. War das wirklich Zufall? Die Ampel vor ihm war rot. Langsam ließ Levon das Auto ausrollen und kam zum

Stillstand. Die Augen leicht zusammengekniffen, blickte er in Richtung Horizont, um das Naturschauspiel zu verfolgen. Langsam gingen seine beiden Zeigefinger nach oben. Gleichzeitig hob Levon den Kopf und schaute zum Himmel. Am Ende ballte er die Fäuste. Die Ampel wurde wieder grün und er fuhr weiter.

Als Alisha ihn an der Haustür empfing, bemerkte Levon, dass sie noch attraktiver aussah als bei ihrem letzten Treffen. *Was passiert mit mir?*, fragte er sich erneut, als die beiden in Alishas Schlafzimmer gingen. Es machte den Eindruck, als würden sie sich schon jahrelang kennen und wissen, dass sie dasselbe wollten.

„Gemütliches Bett", sagte Levon freudig und testete mit der Hand die Beschaffenheit der Matratze. Alisha grinste. Sanft strich er ihr durch die Haare, während sie sich an ihn kuschelte. Levon schloss die Augen. Er merkte, dass er schwerer atmete und Alisha immer näher kam. *Wie im Film*, dachte er. Voller Leidenschaft küssten sich die beiden. Danach kuschelten sie eng umschlungen weiter. Levons Blick wanderte zur Decke. *Was für ein Sternenhimmel*, dachte er und schloss erneut die Augen. Seine Sinnesorgane waren so aktiv, dass er alles intensiver wahrnahm als sonst. Er sah Alisha minutenlang an, schmeckte ihren Mund, streichelte ihren Körper und roch ihren Duft. Endlich konnte er loslassen. Vor seinem inneren Auge entstanden plötzlich Bilder von Menschen, welche die Berliner Mauer zum Einsturz brachten. Er hoffte – und hoffte – und hoffte. „Du schöne Frau", flüsterte er ihr ins Ohr, was sie kurz zusammenzucken ließ.

„Du schöner Mann", hauchte sie ihm entgegen.

Levon wollte, dass sie ihm alles sagte, was er schon immer hatte hören wollen. Er war süchtig danach. *Ich will sie an mir spüren*, fuhr es ihm durch den Kopf, und im selben Moment zog er sein T-Shirt aus. „Streichel mich", sagte er leise und legte sich auf den Rücken. Langsam begann sie, über seine Brust zu streichen, während Levon die Augen schloss. Er wollte, dass sie es für immer tat. Oder zumindest so lange, bis er geheilt war. Bis wieder alles gut war. Bis er frei sein konnte. Er bekam eine Gänsehaut, drehte sich zu ihr und zog sie zärtlich an sich. Gefühlvoll küssten seine Lippen ihre Stirn. Levon spürte das laute Pochen seines Herzens. Es fühlte sich gut an. Wann konnte er sich endlich wieder vollständig lebendig fühlen?

Er malte sich aus, wie es bald werden könnte. Wie er alles, was er immer hatte tun wollen, ausleben würde. Ohne zu warten. Ohne Angst. Wie er endlich ausbrechen könnte. Er stellte sich vor, wie er nachts aus seiner Gefängniszelle in einen Tunnel hinabsteigen würde, an dem er neun Jahre lang mit bloßen Händen gearbeitet hatte. Wie er durch das hell leuchtende Licht am Ende des Tunnels in die Freiheit laufen und die ganze Nacht durchmarschieren würde, bis er das Gefängnis weit hinter sich gelassen hätte. Dann würden sie sich treffen und auf eine Insel fliegen. Genießen. Erleben. Mit Liebe berauschen. Frei sein. *Bald muss es so weit sein*, dachte Levon. *Es wird höchste Zeit.*

„Na?", sagte er und nickte ihr herausfordernd zu.

„Na?" Sie nickte selbstbewusst zurück.

Levon grinste. Mittlerweile war es weit nach Mitternacht. „Langsam muss ich gehen", sagte er bedauernd.

„Oh", entgegnete sie etwas traurig.

„Aber wir sehen uns ja bald wieder“, sagte Levon, während er ihr liebevoll in die rechte Wange kniff. Hastig nickte sie. Sie hatte wieder diesen intensiven Blick, den er so liebte. So wollte er von einer Frau angeschaut werden. „Man soll dann gehen, wenn es am schönsten ist“, sagte er mit neckischer Stimme.

„Ja, ja“, antwortete sie, „nicht so frech sein, der Herr.“ Levon kniete sich im Bett auf und zog sie an sich. Hingebungsvoll küsste er sie. Danach zog er den Kopf etwas zurück und sah auf ihre Lippen. Er wollte jeden Millimeter von ihnen kennen.

„Was gibt's denn da zu schauen?“, fragte sie kess.

„Na, das“, entgegnete Levon und nickte in Richtung ihrer Lippen.

„So, so“, sagte sie und hob zufrieden grinsend den Kopf. „Ich begleite dich noch nach unten“, sagte Alisha, dann standen die beiden auf und gingen zur Tür.

Als Levon seine Schuhe anzog, freute er sich darüber, dass er Alisha gleich noch einmal küssen durfte. „Es war sehr schön bei dir“, sagte er, während sich ihre Lippen ein letztes Mal in dieser Nacht näherten. „Es war sehr schön *mit* dir“, sagte er, um es noch präziser auszudrücken.

„Ich fand es auch sehr schön“, entgegnete sie.

Levon hielt sie mit beiden Händen an der Hüfte fest, während sie sich innig küssten. „Schlaf schön und träum was Süßes“, sagte er zum Abschied.

„Du auch. Und schreib mir, wenn du daheim bist“, entgegnete sie.

Danach schritt Levon nach draußen in die Nacht. Keine Menschenseele war zu sehen. Nachdem er ins Auto eingestiegen war, hielt Levon kurz inne und klopfte sich auf die Schulter. Dann fuhr er los. Nach zehn Minuten Fahrt erschien auf der Gegenfahrbahn plötzlich ein Reh. Levon erschrak, weil er es erst im letzten Moment sah. Niemals hätte er noch rechtzeitig bremsen können, wenn das Reh auf seiner Fahrbahn gewesen wäre. Aber es war nicht auf seiner Fahrbahn. Vielleicht brach jetzt eine Zeit des Glücks an? Langsam bog er mit dem Auto in seine Einfahrt ein und drehte den Schlüssel um. Levon atmete ruhig und gleichmäßig. Dann stieg er aus und lief gemächlich zur Haustür. Auf einmal stieß etwas gegen sein Bein. Levon sah nach unten. „Aaron", rief er erfreut. „Da bist du ja wieder." Der Kater streifte um sein Bein und sah dann zu ihm hoch, als wollte er fragen, wie das Treffen gelaufen sei. Levon bückte sich zu ihm herunter und streichelte sein weiches Fell. „Ich liebe dich", sagte er zu dem Tier und streckte ihm den Kopf entgegen, was der Kater mit einem zarten Stups quittierte. Schließlich setzte sich Levon auf die Treppenstufen vor dem Haus. Sofort legte sich Aaron auf seinen Schoß. „Heute sind wir ja wieder sehr verschmust", sagte Levon und lachte, während das Tier es sichtlich genoss, bei ihm zu sein und die Augen schloss. In der Ferne hörte Levon das sanfte Rauschen der Autobahn. Eine halbe Stunde saßen die beiden gemeinsam auf der Treppe, bis Levon aufstand und sich von Aaron verabschiedete. „Bis morgen", sagte er. Der Kater schloss seine Augen langsam und öffnete sie dann wieder. Levon lächelte und tat es ihm gleich. Dann ging er ins Haus. „Jeder Schritt nach oben ist ein Schritt Richtung Freiheit", flüsterte Levon, während er freudetrunken die Treppen in den ersten Stock hinaufging. Als er kurze Zeit später im Bett lag, schossen ihm die Bilder der vergangenen Stunden noch einmal in den Kopf. Es war genau so gelaufen, wie er es sich gewünscht hatte. Alles war perfekt gewesen. Beim Gedanken daran stieg ihm ein Duft von frischer Minze in die Nase. Sehnsucht überkam ihn, weil er gleich allein einschlafen musste. *Schade, dass sie nicht hier ist. Schade, dass ich nicht mit ihr kuscheln kann. Schade, dass ich ihr gerade keine Geborgenheit schenken kann. Schade, dass ich sie jetzt nicht küssen kann*, sagte Levon sich. Langsam wurde er müder. Bald fielen ihm die Augen zu. Ein kurzes Grinsen huschte noch über sein Gesicht – dann schlief er ein.

- Kapitel 10 -

Blindes Verständnis

„Na, Levon, wie war's?", fragte Alvin, während die beiden bei schönstem Sonnenschein auf einer Picknickdecke in den Feldern saßen und den goldenen Oktober genossen.

„Das weißt du doch", antwortete Levon grinsend.

„Klar, aber ich will es von dir persönlich hören. Und du willst es mir bestimmt auch gerne erzählen, wie ich dich kenne", sagte Alvin und gab ihm einen kleinen, freundschaftlichen Stoß.

„Es war sehr schön." Levon erzählte ihm von dem Abend. Dass er bei ihr er selbst sein konnte. Sich lebendig fühle. Er alles an ihr wahnsinnig attraktiv fand. Sein Monolog schien nicht enden zu wollen. Alvin hörte aufmerksam zu und stellte nur ab und zu kurze Nachfragen.

Als Levon zu Ende erzählt hatte, schaute ihn Alvin an und fragte: „Und?"

„Was meinst du?", fragte Levon.

„Und denkst du, sie ist die Richtige?"

„Ich könnte es mir auf jeden Fall vorstellen", sagte Levon hoffnungsvoll.

„Dass es so gut zu passen scheint, hattest du ja schon lange nicht mehr", entgegnete Alvin.

„Neun Jahre", sagte Levon leise. In seiner Stimme schwang eine riesige Hoffnung mit, was Alvin bemerkte.

„Ich wünsche dir alles Glück der Welt", sagte er, während er seinem Freund über den Rücken streichelte.

„Danke, Alvin, ich weiß es sehr zu schätzen, dich zu haben. Du bist der beste Freund, den man sich nur vorstellen kann." Die beiden verstanden sich blind.

„Komm, ich zeige dir etwas", sagte Alvin auf einmal und stand auf. Er führte Levon zu einer Stelle am Fluss. „Setz dich", forderte er und deutete neben sich.

Still nahm Levon auf dem Deich Platz. „Was ist hier?", fragte er neugierig.

„Warte ab." Alvin schaute auf seine Uhr. „Noch zwei Minuten."

Levon betrachtete aufmerksam den Fluss, der sich einige Meter unter ihnen befand. Was würde gleich passieren? Plötzlich stieg Nebel über dem Wasser auf. Er war dichter als gewöhnlich und kam näher. Schnell hatte er die beiden Freunde eingehüllt. Die Sonne war mittlerweile fast untergegangen. Nur die letzten Strahlen drangen noch zu ihnen durch und tauchten den Nebel in einen lilafarbenen Ton. Levon streckte die Hand aus und wischte durch die Nebelschwaden. Plötzlich bemerkte er, dass sie sich verschieben ließen. „Alvin", sagte er, „man kann den Nebel ja verschieben."

„Ich weiß", sagte Alvin ruhig und sah seinem Freund dabei in die Augen.

„Aber wie kann das sein?", fragte Levon verblüfft.

Kurz hielt Alvin inne, als wollte er sich die richtigen Worte für seine Antwort überlegen. Dann begann er: „Im

Leben musst du dich manchmal großen Herausforderungen stellen. Eine Menge Negatives kann sich dabei auf dein Herz legen." Er legte Levon die Hand aufs Herz. „Wenn dein Herz von Nebel umhüllt ist, kann es nicht mehr klar fühlen", fuhr er fort. „Es liegt an dir, ob du den Nebel von ihm fernhältst oder nichts machst."

Während Levon über Alvins Worte nachdachte, wischte er mit seinen Händen den auf ihn zukommenden Nebel nach links und rechts weg. „Das geht aber oft nicht so einfach wie hier", sagte er skeptisch.

„Richtig", entgegnete sein Freund, „und wenn der Nebel erst mal in dir drin ist, ist es noch viel schwieriger, dein Herz wieder von ihm zu befreien."

„Wie hält man den Nebel draußen?", fragte Levon erwartungsvoll.

„Ich weiß es nicht", sagte Alvin.

Levon sah ihn verdutzt an. „Aber Alvin, du bist so intelligent – du weißt doch sonst immer Bescheid."

„Hier nicht, Levon", sagte Alvin mit ruhiger Stimme. „Ich habe selbst noch kein Rezept dafür gefunden. Und es wird bei allen Menschen etwas anders sein. Du wirst einen eigenen Weg finden müssen."

Ein kalter Schauer lief Levon über den Rücken. Sonst hatte sein Freund immer die besten Ratschläge. Dass er hier passen musste, wunderte ihn. Es war das erste Mal, dass er so eine Antwort von Alvin bekommen hatte.

„Ich weiß nicht alles, Levon." Alvin griff die Verwunderung seines Freundes auf. „Manchmal kann ich dir nur zeigen, was wichtig ist, aber nicht, wie der Weg dorthin aussieht. Du musst ihn selbst finden. Du ganz alleine. Ich werde immer bei dir sein. Aber am wichtigsten ist, dass du immer bei dir bist."

Levon starrte nach vorn in den Nebel und suchte nach den richtigen Worten. „Warum erzählst du mir das alles genau jetzt? Im Moment geht es mir doch gut."

Alvin zögerte kurz, dann sagte er mit Bedacht: „In den guten Zeiten musst du dir die Stärke und Vernunft holen, die dir in den schlechten Zeiten fehlt."

„Ich denke, du hast recht", erwiderte Levon, „aber ehrlich gesagt will ich mir über schlechte Zeiten jetzt gar nicht so viele Gedanken machen, sondern einfach den Moment leben."

Alvin nickte und lächelte leicht. „Nachvollziehbar", sagte er, allerdings mit wenig Überzeugung in der Stimme. „Eine der größten Schwächen der Menschen ist, dass sie in guten Zeiten vergessen, was sie in schlechten Zeiten durchmachen mussten. Wie wertvoll es ist, gesund zu sein, wissen die meisten Menschen erst, wenn sie nicht gesund sind. Wie wertvoll es ist, Liebe zu empfangen, merken die meisten Menschen nur, wenn sie keine Liebe geschenkt bekommen. Menschen wissen etwas oft nur durch Mangel zu schätzen", führte Alvin aus. „Wäre es nicht viel schöner, wenn man auch in den guten Zeiten dankbar sein würde?" Er zog die Augenbrauen hoch und schaute zu seinem Freund herüber.

„Natürlich, da hast du vollkommen recht", antwortete Levon.

Mittlerweile war die Sonne am Horizont vollständig untergegangen und der Nebel so dicht, dass beide sich nur noch schemenhaft erkennen konnten.

„Wollen wir gehen?“, fragte Levon. Er nahm ein kurzes Nicken von Alvin wahr und beide standen gleichzeitig auf. Gemeinsam liefen sie zurück zu der Stelle, an der sie zuvor gepicknickt hatten, und packten ihre Sachen. Danach schwangen sie sich fast synchron auf ihre Fahrräder und fuhren den Lichtern der Stadt entgegen.

„Es ist immer interessant mit dir“, sagte Levon, als sie vor seinem Haus standen und sich verabschiedeten.

„Danke schön, Levon. Das ist ein tolles Kompliment für mich“, erwiderte Alvin. Beide streckten die Arme aus und umarmten einander innig. Als ihre Köpfe aneinander lagen, hatte Levon das Gefühl, er hätte für den Bruchteil einer Sekunde einen lilafarbenen Schimmer zwischen Alvin und sich gesehen. Vielleicht war es nur eine Spiegelung der Straßenlaterne? Danach ging er ins Haus. *Endlich ins Bett,* dachte er und zog sich gähnend seinen roten Schlafanzug an. Langsam ging Levon ins Schlafzimmer und kippte das Fenster. Es war wieder stürmisch und der Ginkgobaum im Garten tanzte hin und her. Im Wetterbericht hatte es eigentlich geheißen, dass es ruhig bleiben solle. Levon wunderte sich etwas. „Na ja, immer kann man nicht richtigliegen“, sagte er lächelnd, dann hechtete er mit einem kleinen Sprung ins Bett. „Gute Nacht, Levon“, sprach er zu sich selbst – kurz darauf war er eingeschlafen.

– Kapitel 11 –

Richtung Freiheit

Das Sommerfest der Tanzschule warf seine Schatten voraus.

„Kommst du auch?“, fragte Alisha, als die beiden nach dem Tanzunterricht die Schule verließen.

„Darüber habe ich mir noch gar keine Gedanken gemacht“, antwortete Levon.

„Komm doch vorbei“, sagte Alisha und lächelte ihm dabei charmant zu. „Ich würde mich freuen.“

„Dann sollte ich es mir wohl mal überlegen“, entgegnete Levon und grinste. „Komm, ich fahre dich noch nach Hause“, sagte er und nickte zu seinem Auto. Gemeinsam stiegen die beiden ein. Sofort wandten sie sich einander zu. Levons Hände wanderten zu ihrem Gesicht und hielten es fest, während Alisha hingebungsvoll immer und immer wieder seinen Mund küsste. Erst nach einer halben Ewigkeit zogen beide ihre Köpfe etwas zurück. Levon spürte seinen rasenden Herzschlag. Er schnaufte, als hätte er gerade einen 100-Meter-Lauf zurückgelegt. Alisha ging es nicht anders. Beide schienen auf diesen Moment gewartet zu haben – allein im Auto, ohne die restlichen Teilnehmer des Tanzkurses. Endlich Zeit zu zweit. *Sie wird immer attraktiver und attraktiver*, dachte sich Levon, während er Alisha in die Augen sah. Ihr Blick hatte etwas Überlegenes, obwohl er der Ältere der beiden war. „Das hat sehr gut getan“, sagte er, immer noch schnaufend.

„Oh ja, das stimmt allerdings“, pflichtete ihm Alisha bei.

„Du schöne Frau“, platzte es aus Levon heraus.

„Du schöner Mann“, entgegnete sie.

Levon konnte das Feuerwerk in seinem Körper fühlen und sehen. Die knallenden Geräusche des Schwarzpulvers, die bunten Farben der Leuchtspur – violette und goldene Muster säumten sein Herz und tauchten es in ein Meer von Gefühlen.

„Komm gut nach Hause und meld dich, wenn du angekommen bist“, sagte Alisha, als sein Wagen vor ihrem Haus zum Stillstand kam.

„Mache ich“, sagte er. Levon streckte seine Arme aus und legte sie um Alishas warmen Körper. „Streich mir über den Rücken“, flüsterte er ihr zu. Sofort spürte er ihre Hände, die über seinen Rücken kreisten und ein heilendes Gefühl erzeugten. „Nicht aufhören“, bat Levon. Er schloss die Augen, aber es wurde nicht dunkel. Helles Licht strömte in ihn hinein, während er weiterhin die kreisenden Bewegungen von Alishas sanften Händen wahrnahm. Nach einigen Minuten öffnete er die Augen wieder. „Danke schön. Das hast du sehr gut gemacht“, sagte Levon zu ihr. „Hier kommt deine Belohnung.“ Gefühlvoll umarmte er sie und zog sie zu sich heran. Sein Blick war auf ihre Augen gerichtet. Zärtlich biss er ihr in die Unterlippe. Levon bemerkte ein leichtes Zittern bei Alisha. „Na, gefällt dir das etwa?“, fragte er neckend. Etwas schüchtern nickte sie und lächelte dabei. Levon hob den Kopf und küsste ihre Stirn. Ein verlegenes „Oh“ entfuhr Alisha, die noch tief atmete.

Levon nahm ihre linke Hand und küsste sie ebenfalls. Dann schaute er Alisha eindringlich an. „Schlaf schön und träum was Süßes von uns“, sagte er, als Alisha ausstieg.

„Mache ich“, sagte sie, drehte sich ein letztes Mal um und schenkte ihm ein unwiderstehliches Lächeln. Er beobachtete Alisha noch, bis sie die Haustür schloss. Dann startete Levon den Motor seines Wagens und fuhr los.

Als er zu Hause angekommen war und aus dem Auto stieg, schaute er zum Himmel. *Wir haben zunehmenden Mond*, stellte Levon fest. In knapp einer Woche würde Vollmond sein. Er schloss die Haustür auf und schritt in den Flur. Levon spürte, dass er immer noch ein wenig schnaufte. *Aber es fühlt sich angenehm und gleichmäßig an*, stellte er zufrieden fest. Schnell war der Pyjama angezogen und Levon lag im Bett. Konzentriert achtete er auf seine Atmung. Die Gleichmäßigkeit beruhigte ihn. Langsam geriet Levon in Trance. Alle Muskeln entspannten sich, bis er seinen Leib nicht mehr spürte. Dann verließ sein federleichter Körper langsam die Matratze. Zentimeter für Zentimeter stieg Levon nach oben. *Freiheit*, schoss es ihm durch den Kopf, als sein Körper durch den Raum schwebte. *Freiheit.* Eine Weile flog er sanft durchs Schlafzimmer. Schließlich fühlte Levon, wie sein Körper sich gemächlich wieder dem Bett näherte. Sanft setzte er auf der Matratze auf. *Schade, dass sie nicht hier ist*, dachte Levon und griff neben sich, als wollte er Alisha streicheln. „Ich will dich beschützen“, flüsterte er leise. Dann schlief er ein.

Die Sonne schien hell durch das Schlafzimmer, als Levon wach wurde. *Ich bin so ausgeruht*, war sein erster Gedanke.

So ausgeruht wie lange nicht mehr. Plötzlich klingelte das Telefon. Levon schwang sich aus dem Bett und lief die wenigen Schritte bis ins Arbeitszimmer. Als er abnahm, hörte er eine freudige Stimme in seinem Ohr: „Guten Morgen, Levon. Na, schon wach?"

„Alisha", rief er begeistert, während sich sein Mund zu einem breiten Grinsen formte. „Ja, gerade aufgewacht."

„Du Langschläfer", sagte sie und lachte. Levon wusste genau, wie sie gerade schaute. Er hatte ihren schelmischen Gesichtsausdruck vor Augen. Ihren provokanten, aber charmanten Blick. Die leicht zusammengekniffenen Augen, die sagen wollten: „Ich kann mit dir mithalten. Ich fordere dich gerne heraus."

„Hast du meine Frage gehört, Levon?"

Er schreckte kurz auf. „Oh, Entschuldigung. Ich war gerade so verzaubert von dir und habe einen kurzen Moment nicht zugehört."

„So, so, du machst Sachen", entgegnete Alisha. „Ich habe gefragt, ob der Herr mittlerweile weiß, ob er zum Sommerfest kommt."

Levon lächelte. „Ja, ich komme. Aber ich weiß noch nicht, wie lange ich bleibe."

„Wie wäre es denn, wenn du einfach bei mir übernachtest?", fragte Alisha.

Levon ballte in freudiger Anspannung die Faust. „Das Angebot nehme ich gerne an", sagte er, ohne sich anmerken zu lassen, dass er insgeheim schon auf diese Frage gehofft hatte.

„Da freue ich mich", sagte Alisha. „Dann bis morgen. Es wird bestimmt gut."

„Ja, bestimmt.“ Levons Gedanken kreisten schon darum, wie der Abend werden würde. „Du bist die Beste“, platzte es auf einmal aus ihm heraus.

„Oh“, sagte Alisha leise. „Das gefällt mir.“

„Das glaube ich dir. Ich freue mich auf morgen. Bis dann“, sagte Levon und stellte das Telefon wieder zurück in die Station. Ein lautes „Ja!“ entfuhr ihm, als er ins Badezimmer ging, um sich umzuziehen. Mit beiden Fäusten wedelte er durch die Luft, als hätte er nach einem langen Marathon endlich das Ziel erreicht. „Morgen wird gut, Levon“, sagte er vor sich hin. „Morgen wird sehr gut.“

– Kapitel 12 –

Kuscheln, Küssen, Körperkontakt

Levon knöpfte das weiße Hemd zu, während er sich im Spiegel betrachtete. Sein Blick wanderte zur Anzugshose. Als Nächstes begutachtete er, ob die schwarzen Schuhe wirklich keinen Fleck aufwiesen. Zuletzt zog er sein Sakko an. „Dann kann's ja losgehen", murmelte er zufrieden und trat aus der Haustür. Der angenehm leichte Wind eines warmen Herbstnachmittags begrüßte ihn. Langsam schritt Levon zum Auto und setzte sich hinein. Als er den Schlüssel gedreht hatte, schob er die vorbereitete CD mit seinen Lieblingsliedern ein. Er ließ die Scheibe herunter, um die laue Luft zu spüren, und fuhr los. Die Sonne schien hell, als Levon über die Bundesstraße fuhr. Schließlich bog er auf den Parkplatz der Tanzschule ein, auf dem bereits etliche Autos standen. „Viel los", murmelte er und stellte den Wagen ab. Sein Herz pochte. Langsam stieg er aus und lief zum Eingang. Er schob den rechten Ärmel seines Hemds etwas hoch und blickte auf die Uhr. Gerade noch pünktlich. Er grüßte die ersten bekannten Gesichter. Dann sah er Alisha. Sie trug ein langes, rotes Kleid. Levons Herz schlug schlagartig noch schneller. Eleganten Schrittes kam sie auf Levon zu und legte ihre Arme um ihn. „Dein Herzschlag ist aber ganz schön schnell", sagte sie bei ihrer Umarmung.

„Tja", entgegnete er knapp.

„Schön, dass du da bist", hauchte Alisha ihm zu, während sie sich ganz dicht neben ihn stellte. Das Belohnungssystem in Levons Kopf lief auf Hochtouren. Er genoss ihre Nähe. Ihre Wärme. Ihren Mut. Ihre Schönheit.

Sie drehte sich zu ihm um. „Lass uns tanzen", flüsterte sie ihm ins Ohr. Levon nickte leicht. Er spürte, wie sein Herz von Glückshormonen überschwemmt wurde.

Beim langsamen Walzer hoben und senkten sich ihre Körper gemeinsam, während die beiden sich immer wieder tief in die Augen schauten. Aus dem Augenwinkel sah Levon die anderen Tanzpaare ringsum. Alisha nickte ihm herausfordernd zu und kniff die Augen etwas zusammen. Langsam beugte Levon den Kopf zu ihr vor. Auch sie kam noch näher. *Jetzt wird es passieren*, sagte er sich. Beide schlossen die Augen. Die sanfte Berührung ihrer Lippen auf seinem Mund ließ seinen ganzen Körper kribbeln. Tausende Ameisen liefen ihm über Arme und Beine und wanderten an seinem Hals entlang. *Ich liebe es, wenn es alle wissen*, sagte Levon sich. *Alle sollen es sehen.* Längst hatten die beiden aufgehört zu tanzen. Längst hatte Levon beide Hände um Alishas Hüfte gelegt. Längst hatten die anderen sie bemerkt.

„Ich bin so gerne in deiner Nähe", sagte Levon, während er Alisha freudetrunken ansah.

„Ich bin auch sehr gerne in deiner Nähe", sagte sie mit liebevoller Stimme.

Über Stunden wich Alisha Levon nicht von der Seite. *Genau so will ich es haben*, stellte er fest. *Genau so muss eine Frau für mich sein. Aufmerksam, empathisch, wertschätzend.* Er streichelte sie, während die beiden auf dem Balkon des Ballsaals saßen, die anderen Tanzpaare überblickten und dabei an ihren Caipirinhas schlürften. Sanft drückte er Alishas Kopf in seine Richtung und signalisierte ihr damit, dass sie ihn an seiner Brust ablegen solle. „Beschützerinstinkt", sagte Levon mit einem Lächeln, während sie sich an ihn schmiegte. Seine Hand wanderte an ihrem Rücken hoch. Mit gleichmäßigen Bewegungen fuhr er durch ihre Haare und spürte ihre heilende Wärme. Levons Puls wurde immer ruhiger. Langsam schloss er die Augen. Er wollte sie spüren. Er wollte eins mit ihr sein. Er wollte, dass es sich für sie so angenehm und schön wie möglich anfühlte. Noch gefühlvoller. Noch zärtlicher. Noch inniger. Kurz öffnete er noch einmal die Augen, um ablesen zu können, ob sie es genoss. Alisha hatte ihre Augen bereits geschlossen. *Scheint ihr zu gefallen*, sagte sich Levon. Die vergangenen Stunden waren wunderschön, aber auch anstrengend gewesen. Er spürte, wie sich Müdigkeit in ihm breitmachte. Es war eine positive Müdigkeit. Eine Müdigkeit, wie man sie kannte, wenn man nach großer Anstrengung und einer schier ewigen Zeit endlich sein Ziel erreicht hatte.

Levon und Alisha spazierten über den warmen Sand des Grace Bay Beach. „Es ist wundervoll hier mit dir", sagte Levon, der auf das hellblaue Meer der Karibik blickte. Die sanften Wellen erzeugten ein Geräusch des Friedens.

„Ich finde es auch toll mit dir."

„Wollen wir heute am Strand schlafen?“, fragte er sie erwartungsvoll.

„Wenn du mich gut beschützt“, entgegnete Alisha herausfordernd.

„Das mache ich sowieso immer“, antwortete Levon und blieb stehen. Er legte ihr die Hände an die Wangen. Gefühlvoll küsste er sie auf die Stirn. Dann gingen die beiden Hand in Hand weiter. „Könntest du dir eigentlich auch vorstellen, eine längere Zeit hier zu verbringen?“, wollte Levon plötzlich wissen.

„Wie lange meinst du denn?“, fragte Alisha neugierig.

„Ein halbes Jahr, vielleicht auch ein Jahr. Vielleicht auch noch länger, je nachdem, wie lange wir es hier aushalten.“ Levons Stimme klang ernst und zitterte bei den letzten Worten.

„Nicht einschlafen, du Schlafmütze.“

Erschrocken riss Levon die Augen auf.

„Schlafen können wir auch noch später bei mir“, sagte Alisha, lachte und beugte sich zu ihm herüber. Levon schaute auf seine Uhr. „Schon kurz vor Mitternacht“, stellte er fest. „Wie lange habe ich geschlafen?“

„Ich weiß es nicht, ich hatte die Augen auch die ganze Zeit zu“, antwortete Alisha. „Da haben wir uns offenbar sehr wohlgefühlt beieinander.“

„Da könntest du recht haben“, sagte Levon und streichelte ihr über den Rücken. „Wie lange wollen wir denn noch bleiben?“

„Wir können ja noch einen Cocktail trinken und dann gehen“, sagte sie und nickte zu ihren leeren Gläsern.

„Dann geh mal los“, forderte er mit frecher Stimme.

„Der Herr wird schön mitkommen, nicht, dass er wieder einschläft." Sie kniff die Augen etwas zusammen.

„Dann sollten wir unsere Drinks vielleicht sogar draußen zu uns nehmen, damit der Herr etwas frische Luft bekommt", entgegnete Levon.

„Einverstanden", sagte Alisha.

Kurz darauf setzten sie sich mit ihren neuen Getränken auf die Treppe vor dem Eingang und prosteten sich zu.

„Schön, dass du da bist", sagte Levon.

„Schön, mit dir zusammen hier zu sein", entgegnete Alisha.

„Küss mich", flüsterte Levon.

„Nö", sagte sie und hob siegessicher den Kopf, während sie schelmisch grinste. „Küsse sind aus."

„So, so", entgegnete er. „Und was kann man machen, damit sie wieder verfügbar sind?"

„Tja, da musst du dir wohl etwas einfallen lassen."

„Die Dame will mich wohl ärgern", stellte Levon fest, während er ihr in die Hüfte kniff.

„Würde mir niemals einfallen", entgegnete Alisha ironisch.

„Werd nicht zu frech, meine Liebe", sagte Levon. *Bleib bitte so frech,* dachte er insgeheim. „Bist du eigentlich kitzlig?", fragte er sie, und im nächsten Moment wand Alisha sich, um seiner kleinen Attacke zu entgehen. „So was passiert mit frechen Mädchen", sagte er und beugte sich lachend über sie. „Und von frechen Mädchen wird so lange nicht abgelassen, bis sie wieder normal sind." Levon grinste, während er sie weiter kitzelte. Die beiden rollten über die Treppenstufen und schienen die Welt um sich herum dabei vollständig zu vergessen. „Und, ist die Dame jetzt bereit, sich für ihr freches Auftreten zu entschuldigen?“, fragte Levon mit selbstgefälliger Stimme.

„Das würde dir so gefallen“, antwortete sie.

„Ja, würde es mir auch“, sagte Levon, der nun auf ihr saß, nachdrücklich. *Sie sieht wundervoll aus*, stellte er fest, während er sie von oben bis unten musterte und ihr Kleid begutachtete. „Du solltest öfter Kleider tragen.“

„Danke schön“, sagte Alisha mit etwas schüchterner Stimme.

„Und jetzt lass uns zu dir gehen“, forderte Levon.

„Gerne, dazu musst du aber von mir heruntersteigen.“ Sie lächelte ihn charmant an.

„Nur, wenn ich meinen Kuss bekomme“, erwiderte er hartnäckig.

„Dann hol ihn dir doch.“ Alisha schaute ihm tief in die Augen. Levon beugte sich noch ein Stück zu ihr herunter und küsste sie zunächst so sanft wie möglich auf die Lippen. Er bemerkte, dass sie die Augen schloss und ihm signalisierte, dass er das Zepter für diesen Moment übernehmen solle. Alishas Lippen folgten seinem Kuss synchron zu den Bewegungen seiner Lippen. *Wie beim Tanzen*, dachte er. Zärtlich biss er ihr in die Unterlippe. Alisha biss gefühlvoll zurück und grinste dabei, als wollte sie ihm klarmachen, dass es ganz von ihm abhänge, wie gut diese Kussszene werden würde. Als wollte sie ihn herausfordern, ihn testen – prüfen, wie gut er mit der Verantwortung zurechtkäme. *Schwer, wieder von ihr abzulassen*, bemerkte Levon. Seine Lippen setzten zum Finale an und verweilten für einige Sekunden vor Alishas Mund, ohne ihn zu küssen. Levon sah, wie sie darauf wartete, dass er endlich zum letzten Kuss ansetzte. Geduldig blickte er auf ihren Gesichtsausdruck und die immer noch geschlossenen Augen. Er nahm wahr, wie ihr Körper zitterte. Schließlich umfasste sie sein Gesicht und zog es voller Ungeduld näher. *Ich liebe es, wenn sie temperamentvoll ist*, stellte Levon zufrieden fest, während sie ihn mit wilden Küssen überhäufte und die Herzschläge der beiden fast eins wurden. Schwer atmend richteten sie sich auf und setzten sich wieder nebeneinander auf die Treppe. „Na?" Levon nickte zu ihr herüber.

„Na?" Alisha nickte zurück.

„Möchte die werte Dame nun mit mir diesen schönen Platz verlassen und zu einem noch wundervolleren Ort gehen?"

Alisha lächelte. „Ja, möchte sie."

Nachdem sich die beiden von den anderen Tanzpaaren verabschiedet hatten, gingen sie los. Es war nur ein kurzer Weg zu ihr, doch Levon genoss jeden Augenblick. In der romantischen Dunkelheit, gemeinsam mit ihr – daran konnte er sich gewöhnen. Levon blickte hoch zum Himmel. Der Vollmond schien hell auf die beiden herab und spendete ihnen etwas Licht. Der Gedanke, gleich neben ihr im Bett liegen zu können, ließ Levon unbewusst etwas schneller laufen.

„Hat es da jemand eilig?" Alisha bemerkte seine zügigen Schritte.

„Was du dir wieder einbildest", antwortete er zwinkernd. *Sie ist so aufmerksam*, dachte Levon. Es gefiel ihm.

Als die beiden durch Alishas Haustür traten, machte sich ein Gefühl von Behaglichkeit in Levon breit. Nach vielen

Stunden in der Öffentlichkeit, die er sichtlich genossen hatte, war Levon froh, dass die beiden jetzt Zweisamkeit ausleben konnten. *Endlich raus aus den Klamotten*, sagte sich Levon, als er sein Hemd aufknöpfte und es dann über den Stuhl in ihrem Zimmer legte. Schnell schlüpfte Levon in seinen weinroten Schlafanzug und gesellte sich zu Alisha, die es sich bereits im Bett gemütlich gemacht hatte.

„Soll ich es uns ein bisschen dunkler machen?“, fragte Levon.

„Oh ja, sehr gerne“, sagte sie.

Levon knipste die Lampen im Zimmer aus und ließ nur jene auf dem Nachttisch an. Dann legte er sich wieder neben Alisha.

„Kuschelzeit“, sagte er, streckte Arme und Beine von sich und atmete tief aus. Er spürte, wie Alisha sich an ihn schmiegte. Er wollte brüllen wie ein Löwe und sein Revier gegen alle verteidigen, die eindringen könnten. Er wollte sie beschützen und ihr zeigen, dass sie seine Nummer eins war. Er wollte alles mit ihr tun, was ihm im Leben so lange gefehlt hatte. Er wollte sie küssen, beißen, streicheln, liebkosen, ihr ins Ohr flüstern. Während die beiden eng aneinandergekuschelt im Bett lagen, konnten sie am Firmament einen wunderschönen Sternenhimmel sehen.

„Fliegen wir auch irgendwann zur Milchstraße hoch?“, fragte Levon. Alisha nickte bedächtig. „Ich will mit dir fliegen“, schob Levon nach. Im Liegen drehte er sich zu ihr und zog Alisha das T-Shirt aus. Danach hob er sie mit einem beherzten Griff auf seinen Schoß. Langsam richtete Levon den Oberkörper auf, bis sein Kopf auf der Höhe ihrer Brust war. Keiner der beiden sprach. Behutsam streichelte er ihre Arme und betrachtete seinen Fang. Levons Hände wanderten zu ihrem Rücken. Schnell hatte er ihren BH geöffnet und legte ihn zur Seite. Innig küsste er ihre Brüste, während sie ihm durch die Haare fuhr und den Kopf streichelte. Beide atmeten schneller. *Sie wird immer schöner und schöner*, dachte Levon, während er über ihren Körper strich und mit seinen Lippen an ihrem Hals hochwanderte. „Ich beiß dich", flüsterte er ihr ins Ohr. Alishas Herz schlug noch schneller. *So macht man das mit seiner Löwin*, sagte eine Stimme in Levons Kopf, während er sie zärtlich in den Hals biss. „Ich will dich so sehr", flüsterte er weiter in ihr Ohr. „Ich will dich so sehr", wiederholte Levon, als wollte er sichergehen, alles herauslassen zu können, was er in sich trug. Er wollte das starke Raubtier und der große Beschützer sein. Er wollte ihr, sich, der ganzen Welt zeigen, wie er wirklich war. Für immer. Zwischen ihren entflammten Szenen ruhten sich Levon und Alisha immer wieder aus, indem sie eng umschlungen beieinanderlagen.

„Gefällt es dir eigentlich besser, wenn du hinter der Frau liegst und sie umarmst oder wenn sie hinter dir liegt und dich umarmt?", fragte sie ihn neugierig.

„Meistens mag ich es lieber, wenn ich hinter der Frau liege und sie umarme ... Aber ich mag es auch andersherum", antwortete Levon. Demonstrativ wandte er ihr den Rücken zu.

„Aha", sagte Alisha und lachte, „willst du mir damit etwas sagen?"

„Natürlich. Das ist kein Zufall", antwortete Levon grinsend. Er spürte, wie sie sich eng an ihn kuschelte und ihren Arm um ihn legte.

„Das fühlt sich sehr schön an", sagte Levon. Mit einer Hand begann sie, seine Brust mit kreisförmigen Bewegungen zu streicheln. „Wenn du jetzt aufhörst, bekommst du was von mir zu hören", sagte er leise in ihre Richtung.

„Na, dann mache ich doch besser weiter", antwortete Alisha selbstbewusst.

Plötzlich bemerkte Levon, dass schwarzer Rauch aus seiner Brust kam. „Oh Gott, siehst du das?", fragte er und drehte sich hastig zu Alisha um.

„Was ist da?", fragte sie ihn erstaunt.

„Siehst du nicht den ganzen dunklen Rauch?", fragte er ungläubig und deutete auf seine Brust. Alisha streckte ihre Hand zu der Wand rechts neben sich aus und betätigte den Lichtschalter. Beide starrten auf Levons Brust.

„Will der Herr mit mir spaßen?", fragte sie ihn mit hochgezogenen Augenbrauen. Es war kein Rauch zu sehen. Hatte er ihn sich wirklich nur eingebildet? Levon schüttelte leicht den Kopf. Alisha löschte das große Licht wieder und kuschelte sich an ihn. Gesicht an Gesicht lagen sie nun beieinander und schauten sich tief in die Augen. Eine ganze Weile verharrten sie so, dann knipste Levon das Licht der Nachttischlampe aus.

Mit der Zeit fielen ihnen die Augen von dem anstrengenden, aber erfüllten Tag zu. Levon zog Alisha noch etwas näher an sich heran. „Ich will, dass du dich bei mir wohl und beschützt fühlst", flüsterte er. Dann bekam sie einen Gutenachtkuss von ihm geschenkt. Arm in Arm schliefen sie ein.

Nachts träumte Levon von grünen, saftigen Feldern, auf denen er spazierte. Die prachtvollen Kirschblüten der umliegenden Bäume glänzten im Sonnenlicht. Er pflückte Preiselbeeren und wusch sie im kristallklaren Wasser des Flusses. Der violette Fliederstrauch, unter dem Levon sie aß, spendete ihm Schatten. Dessen fruchtiger Duft nach Zimt und Zitrone stieg ihm in die Nase. Levon legte sich auf den Rücken. Blinzelnd blickte er in den Himmel. Schäfchenwolken zogen an ihm vorbei. Jedem Schäfchen gab er einen Namen. Eine ganze Herde. Er wollte alles aufsaugen, was er wahrnahm. Eins mit der Natur werden. Endlich Freiheit finden. Ein Reh näherte sich und nahm schließlich neben ihm Platz. Während Levon es streichelte, blickte er in dessen große Knopfaugen, die ihn neugierig anschauten. „Wie im Märchenland", murmelte Levon. Schließlich legte das Reh den Kopf auf sein Bein und schloss die Augen. „Da ist es wieder", bemerkte Levon, „das pulsierende Gefühl." Langsam bewegte es sich durch seinen ganzen Körper. Aber diesmal fühlte es sich noch wärmer und wohliger an. Levon schaute nach unten und bemerkte, dass Flammen aus seinem Herzen stießen. Vor Schreck zuckte er zusammen. Das Reh hob den Kopf und wandte ihn Levons Brust zu. „Vorsicht", rief er, „nicht in die Flammen." Doch das Tier schien nicht auf ihn zu hören und hielt den Kopf mitten in das Feuer. Erst jetzt stellte Levon fest, dass er keinen Schmerz verspürte. Auch das Reh schien keinen Schaden davonzutragen. Levon starrte das Tier ungläubig an, als wollte er fragen, wie das sein könne.

Langsam stieg ein Gefühl der Unbesiegbarkeit in Levon auf. Er konnte Berge versetzen, wenn er wollte. Seine eigene Geschichte schreiben. Nur sie bräuchte er dafür. Als Anker. Als Unterstützung. Als Motivation. Und eine gemeinsame

Geschichte schreiben. Ihr dabei helfen, dass sie ihre persönliche Geschichte schreiben konnte. Immer füreinander da sein. Und alle Ziele erreichen. Das Leben gemeinsam genießen. Einen Pfirsichbaum im Garten pflanzen.

Die Flammen, die aus Levons Herzen kamen, loderten mittlerweile einen ganzen Meter hoch. Seine rechte Hand wanderte zur linken Brust. Dann schlossen sich Levons Augenlider.

Sanft fiel er aufs Bett zurück. Sofort suchten seine Hände in der Dunkelheit nach Alisha. Als Levon sie gefunden hatte, schob er sich ganz nah an sie heran. Mit den Armen umschloss er sie und küsste ihren Kopf. Levon fühlte ihren langsamen und regelmäßigen Herzschlag. Ob sie wohl gerade träumte? Vorsichtig hob Levon den Kopf und bewegte seine Lippen zu ihrem Ohr. „Du schöne Frau", hauchte er ihr zu, als wollte er sichergehen, dass sie sich auch im Schlaf wohlfühlte. Dann legte Levon sich wieder hinter sie und schloss die Augen. Während die beiden schliefen, brandete draußen ein Sturm auf. Regen prasselte ans Fenster. Blitze durchzogen den Nachthimmel und wanderten übers Haus. Von alldem bekam der tief schlafende Levon nichts mit.

Als die beiden gegen Mittag aufwachten, tauchten Sonnenstrahlen das Zimmer in ein warmes Gelb. Draußen war der gefallene Regen der letzten Nacht längst verdunstet. Alisha und Levon frühstückten ausgiebig und unterhielten sich über das Tanzfest des gestrigen Abends. Das Frühstück schmeckte Levon besser als jede Mahlzeit, die er jemals zu sich genommen hatte. Nachdem sie fertig gegessen hatten, packte Levon seine Sachen und Alisha begleitete ihn zur Haustür.

„Es war wieder einmal sehr schön mit dir", sagte Levon dankbar und schaute sie verzaubert an.

„Ich fand es auch sehr schön", erwiderte Alisha. Die Lippen der beiden tanzten noch eine Weile miteinander. Dann ging Levon zu seinem Auto und fuhr davon. Die Sonne stand hoch am Himmel, als er in die Einfahrt seines Hauses einbog. „Was für ein Tag", entfuhr es ihm, als er die gestrigen Ereignisse noch einmal Revue passieren ließ. „Was für eine Nacht." Freudetrunken ging er unter die Dusche und ließ kühles Wasser über seinen Körper laufen. Levons Poren atmeten tief durch. Schließlich trat er aus der Dusche. Tanzend zur Musik aus dem Radio lief Levon durch das Badezimmer. Dann schlüpfte er in seine Jogginghose und streifte ein grünes T-Shirt über. Entspannt ging er die Treppe zum Erdgeschoss hinunter, zog sich seine dunkelblauen Turnschuhe an und verließ das Haus. Dann schwang er sich aufs Fahrrad und trat gemächlich in die Pedale. Nach zehn Minuten Fahrt war der See erreicht. Alvin wartete schon.

„Tut mir leid, bin mal wieder etwas zu spät."

„Kein Problem, ich kenne dich ja mittlerweile", sagte Alvin und lachte. „Lass uns gleich mal eine Runde laufen", fuhr er mit freudiger Stimme fort. Die beiden starteten ihren Spaziergang bei schönstem Herbstwetter. Die rot-gelben Blätter am Boden tauchten die Seelandschaft in einen Mantel aus goldener Wärme.

„Levon, erzähl endlich", rief Alvin ungeduldig.

„Es war wieder mal wunderschön“, sagte Levon zunächst knapp.

„Wie war die erste gemeinsame Nacht?“, wollte Alvin wissen. Levon erzählte ihm ausgiebig, wie toll es gewesen war, mit ihr zu kuscheln. Sie zu küssen. Sie zu spüren. Sie zu beschützen. Ihr alles zu sagen, was er ihr sagen wollte. Zu reden, zu flüstern, zu schweigen, zu genießen – Levon redete sich so in Ekstase, dass sein Freund irgendwann grinste und ihm aufmunternd auf den Rücken klopfte.

„Du scheinst auf einem guten Weg zu sein, wieder du zu werden“, sagte Alvin.

„Ich hoffe es sehr“, entgegnete Levon zuversichtlich.

„Ich bin sehr stolz auf dich“, sagte Alvin.

Mittlerweile hatten sich die besten Freunde auf eine Bank gesetzt, die auf einem Hügel stand. „Toller Ausblick, nicht?“, fragte Alvin und blickte von links nach rechts über den See.

„Sehr toll“, antwortete Levon. „Und mit dir sowieso.“

Sein Freund drehte den Kopf und zwinkerte ihn an.

„Mach weiter so“, sagte Alvin und nickte ihm anerkennend zu.

„Das werde ich tun“, erwiderte Levon mit entschlossener Miene. Plötzlich bemerkte er, dass die Eisdiele gegenüber noch geöffnet war. Sofort wies er Alvin darauf hin. Zusammen liefen sie den Hügel hinunter und gingen zum Eisverkäufer, der ihnen schon freudig zuwinkte.

„Na, was kann ich euch Gutes tun?“, fragte er die beiden Freunde.

„Ich hätte gerne eine Kugel Vanille und eine Kugel Schokolade“, begann Levon.

„Das ist ja ein Ding, das sind auch meine Lieblings-Eissorten", rief Alvin.

„Wir sind uns eben sehr ähnlich." Levon lachte.

Mit ihrem Waffeleis gingen die beiden ans Seeufer und schauten auf das ruhige Wasser.

„Ich habe einen riesigen Respekt vor dir", sagte Levon plötzlich.

Alvin schaute mit großen Augen zu seinem Freund herüber. „Das klingt schön. Aber wie kommst du gerade jetzt darauf?"

Levons Blick ging nach oben, als wollte er sich seine Antwort gut überlegen. Nach einer ganzen Weile Bedenkzeit begann Levon: „Du munterst mich auf, wenn es mir schlecht geht, zollst mir Respekt, wenn etwas gut gelaufen ist und gibst mir Hoffnung, wenn ich hoffnungslos bin. Du verbringst viel Zeit mit mir und bist immer da, wenn ich dich brauche. Du bist sehr intelligent und hast immer einen Rat auf Lager."

Alvin ließ sich nun genauso viel Zeit zum Reagieren, wie Levon zuvor benötigt hatte. Dann sagte er: „Danke für das tolle Kompliment. Es freut mich sehr, dass du mich so wertschätzt. Letzteres stimmt aber nicht ganz." Alvin sah seinen Freund eindringlich an.

„Wieso?", fragte Levon verwundert.

„Du erinnerst dich doch noch an unser Treffen letztens am Fluss. Du hast gefragt, wie man den Nebel aus sich heraushält. Wie man dafür sorgen kann, dass er erst gar nicht in einen eindringt. Und ich konnte dir keine Antwort darauf geben." Levon schwieg abwartend. „Du darfst dich nicht zu stark auf mich verlassen", sagte Alvin und schaute seinen Freund entschieden an. Ein leichtes Nicken konnte er Levon damit entlocken, mehr aber nicht.

„Lass uns heute Abend ein Boot nehmen und über den See fahren“, sagte Levon auf einmal.

„Da bin ich dabei.“ Alvin hielt ihm seine Hand zum Einschlagen hin.

„18:30 Uhr?“, fragte Levon. „Dann können wir in den Sonnenuntergang fahren.“

„Solltest du das nicht lieber mit deiner Angebeteten machen?“, fragte Alvin süffisant und neigte den Kopf leicht zur Seite.

„Das machen wir zwei jetzt mal. Männerabend.“ Levon lachte. „Und nach der erfolgreichen Überfahrt trinken wir noch was am Ufer.“

„Mensch, du hast ja schon den ganzen Plan ausgetüftelt“, sagte Alvin grinsend.

„Klar, habe ich gerade eben schnell gemacht“, erwiderte Levon.

Zusammen gingen sie zu ihren Fahrrädern, verabschiedeten sich und fuhren jeweils nach Hause. Daheim angekommen schaltete Levon den Fernseher ein. *Jetzt erst mal entspannen*, dachte er sich und legte die Füße auf die Couch. Eine Tierdokumentation lief. Eine Herde von Löwen in der Savanne wurde gezeigt. „Da sind ja die Artgenossen“, sagte Levon vor sich hin. Er sah, wie sich der Löwe schützend vor seine Partnerin legte und die Kinder um sie herumtollten. Tief in seiner Brust spürte Levon, wie eine Klappe ein Stück weit aufzugehen schien. Fast ohne sein Mitwirken bewegte sich seine rechte Hand zur linken Brust und streichelte sie in kreisförmigen Bewegungen. Er schloss die Augen und atmete gleichmäßig tief ein und wieder aus. Mit letzter Kraft legte er sich ein Kissen unter den Kopf. Dann sank er zur Seite. Levon schlief ein.

Wie lange hatte er geschlafen? Draußen ging die Sonne schon langsam unter. „Alvin", rief er und erinnerte sich schlagartig an ihre Verabredung. Ein Blick zur Uhr verriet ihm, dass es genau 18:30 Uhr war. Schnell griff Levon zum Telefon und wählte die Nummer seines besten Freundes.

„Na, mal wieder zu spät?", waren die ersten Worte, die er von Alvin hörte.

„Es tut mir leid, ich bin vor dem Fernseher eingeschlafen", sagte Levon entschuldigend.

„Dann tritt mal in die Pedale."

„Wird gemacht", versprach Levon, der sich bereits die Schuhe anzog und kurz darauf aus dem Haus sprintete. Noch mit sich hadernd, peitschte Levon das Rad über den Asphalt und kam nach kurzer Zeit am See an. Bereits aus der Ferne sah er Alvin, der damit beschäftigt war, das Segelboot fertig zu machen.

„Gut, dass du im Segelverein bist und dir hier jederzeit ein Boot nehmen kannst", sagte Levon, während er ihm half, das Boot zu Wasser zu lassen. Sein Freund zwinkerte zustimmend in seine Richtung.

„Dann mal los", rief Alvin und startete den Motor. Langsam trieb das Boot aufs Wasser und legte die ersten Meter zurück. Der Wind stand günstig. Nach wenigen Minuten stellte Alvin den Motor ab und die beiden glitten sanft über das Wasser. Die tiefrot untergehende Sonne dominierte die Szenerie. Selbst der Himmel, an dem keine Wolke zu sehen war, nahm eine rötliche Farbe an.

„Wow, Alvin, es ist ja alles rundherum rot", sagte Levon erstaunt und blickte mit aufgerissenem Mund zu seinem Freund.

„Da kannst du mal sehen", entgegnete dieser.

Er hat schon wieder diese erfahrene Stimme. Diese Weisheit, analysierte Levon. *Als ob er etwas wüsste, das ich nicht weiß.*

„Ist das normal?", fragte Levon und bohrte nach.

„Es scheint heute so zu sein", sagte Alvin etwas ausweichend. Plötzlich erkannten beide einen Phönix am Himmel. Es schien, als käme er direkt von der Sonne. Elegant flog das Tier mit seinem großen und kraftvollen Flügelschlag näher.

„Solche Vögel gibt es doch überhaupt nicht", rief Levon laut aus. Er schaute sich um und wollte prüfte, ob noch jemand am See das Phänomen sah, doch sie schienen die Einzigen dort zu sein. Levons Augen wurden immer größer, je näher das prachtvolle, feuerrote Tier kam. Anmutig landete es etwa einen Meter von Levon entfernt auf dem Boot. Levon reckte den Kopf nach vorn, um die feinen Details des Vogels wahrnehmen zu können. *Er sieht noch recht jung aus,* dachte Levon, als er in die gefährlich dreinblickenden Augen des Feuervogels sah. Viel älter als ein paar Monate konnte er kaum sein, schätzte Levon. Erst jetzt bemerkte er, dass Alvin noch gar nichts zu dem Phönix gesagt hatte.

„Alvin, bist du sprachlos oder wieso sagst du nichts?", fragte Levon und rüttelte am Arm seines Freundes.

„Es ist *dein* Vogel", antwortete Alvin und blickte auf das Wasser.

„*Mein* Vogel?“, fragte Levon verblüfft. „Wieso *mein* Vogel?“

„Ach, nur so ein Gefühl“, antwortete sein Freund rätselhaft.

„Alvin“, rief Levon laut aus, „wieso druckst du so herum? Was geht hier überhaupt gerade wieder vor sich?“ Levon zuckte mit den Schultern und warf ungläubig die Arme hoch.

„Genieß einfach den Moment“, antwortete Alvin wieder knapp.

Auch wenn Levon eigentlich nicht nachlassen, sondern weiterfragen wollte – er ließ sich darauf ein. „Es ist *mein* Vogel“, murmelte er vor sich hin und ging noch ein paar Schritte auf das Tier zu. Als er sich direkt neben dem Phönix niederließ, stießen auf einmal wieder Flammen aus Levons Brust. Noch heftiger als beim letzten Mal loderten sie aus seinem Herzen. Eine rot leuchtende Fontäne schoss nach vorn.

„Levon, dreh dich zur Seite!“, schrie Alvin plötzlich wild gestikulierend. Das Segel hatte Feuer gefangen. Alvin rannte zur Mitte des Bootes und griff unter Deck. Dann rannte er zum Segel und betätigte den Feuerlöscher. Schnell konnte Alvin den Brand stoppen, doch das Segel war beschädigt. Er startete den Motor und fuhr die beiden sicher an Land. „Puh“, stöhnte Alvin, als das Boot anlegte. „Zum Glück haben wir noch einen Motor an unserem Segelboot, ansonsten hätte das jetzt ganz schön schwierig werden können.“

Der immer noch geschockte Levon hatte bisher nichts gesagt. Mit weit aufgerissenen Augen und ohne sich zu regen, saß er da und schaute auf die Stelle an seiner Brust, aus der gerade noch meterweit Flammen ausgetreten waren. Levon sah sich nach dem Phönix um, doch er war nicht mehr da.

„Ich muss dir etwas sagen, Alvin." Levon sprach seine ersten Worte nach dem Schock. „Ich habe letztens geträumt, dass Flammen aus meinem Körper gelodert sind. Aber sie waren nicht so hoch und nicht so furchterregend. Eher angenehm und heilend." So beschrieb er seine Erfahrung. „Was ist da gerade passiert?"

„Ich weiß es auch nicht", sagte Alvin knapp. Levon grübelte. Wusste sein Freund wirklich nicht Bescheid oder verschwieg er ihm etwas? Kurz wollte er ihn fragen, doch dann verwarf er den Gedanken wieder.

„Es ist ja alles gut gegangen", sagte Alvin und wollte beschwichtigen. „Das Segel wird einfach ausgetauscht – wichtig ist, dass uns nichts passiert ist." Die Sonne war mittlerweile untergegangen. „Unser Bier lassen wir uns aber nicht nehmen", sagte Alvin entschlossen. Beide gingen ans Seeufer und setzten sich auf eine Bank. Aus seinem Rucksack kramte Levon ein paar Flaschen hervor.

„Und schon wieder eine Aufgabe gemeistert", sagte Alvin, während er seinem Freund zuprostete.

„DU hast die Aufgabe gemeistert und blitzschnell reagiert", erwiderte Levon. Bescheiden winkte Alvin ab. Am anderen Ende des Ufers blitzte kurz ein grünes Licht auf. Im nächsten Moment war ein rotes Licht zu sehen, das ebenfalls wieder verschwand. War doch noch jemand außer ihnen am See? Eine Stunde tranken die beiden noch gemütlich, dann erhoben sie sich von der Bank und verließen den See. Levon fiel auf, dass Alvin ihn bei ihrer Verabschiedung noch länger und inniger umarmte als sonst.

Als Levon in seinen Hof fuhr, stand der Mond genau über seinem Haus. Der Ginkgobaum tanzte im stärker werdenden Wind von links nach rechts. „Jetzt aber schnell ins Bett“, murmelte Levon erschöpft vor sich hin. Mit letzter Kraft entledigte er sich im Bad seiner Kleidung und zog einen grünen Schlafanzug an. Dann ging er ins Schlafzimmer und fiel entkräftet ins Bett. *Alisha*, war Levons letzter Gedanke, bevor er die Augen schloss und einschlief.

– Kapitel 13 –

Vorwärts in die Vergangenheit

Levon lief im Wohnzimmer auf und ab. *Diese blonde Strähne*, dachte er, während er Alisha vor Augen hatte. Levon mochte keine blonden Strähnen. Seit vielen Jahren verspürte er eine Abneigung dagegen. Warum musste ausgerechnet sie eine haben? Seine Gedanken quälten ihn. Er setzte sich aufs Sofa und starrte auf den ausgeschalteten Fernseher. Sein Spiegelbild erschien. „Warum?“, fragte Levon mit verzweifeltem Gesichtsausdruck, als verlangte er von seiner eigenen Spiegelung im Fernseher eine Antwort. *Laufen gehen*, schoss es ihm durch den Kopf, *laufen gehen.* Schnell packte Levon seinen Rucksack, zog sich seine Joggingschuhe an und setzte sich aufs Rad. Wild in die Pedale tretend, wollte er den Wind spüren und frische Luft atmen. Doch es schien, als wäre der gesamte Sauerstoff aufgebraucht. Wütend stellte Levon sein Fahrrad auf dem Sportplatz ab und ging zur gegenüberliegenden Seite, wo er seine Sachen auf die Tribüne legte. Den Kopf etwas nach hinten gelegt, setzte Levon die Wasserflasche an den Mund, doch obwohl er sie gerade erst geöffnet hatte, schmeckte das Getränk abgestanden. Seufzend setzte Levon sich in Gang und joggte los. Die Musik in seinen

Ohren klang blechern. Nach nur drei Runden wurden die Beine schwerer und seine Lunge begann zu keuchen. *Nicht ganz stehen bleiben*, rief er sich in Erinnerung. *Wenn man ganz stehen bleibt, ist es schwierig, wieder in den Rhythmus zu kommen.* Levon verringerte sein Tempo und versuchte, seinen Körper zu beruhigen, doch er schaffte es nicht. Klar und deutlich hörte er eine Stimme, die ihm zurief, dass es sinnvoller sei, aufzuhören. *Beim nächsten Mal wird es besser klappen.* Eine andere Stimme konnte er nicht vernehmen. Levon gab auf und kam zum Stillstand. Die Hände auf die Knie gestützt und weit nach vorn gebeugt, schnappte er nach Luft. Levon fühlte sich, als wäre er schon seit Stunden unterwegs, obwohl er erst zehn Minuten gelaufen war. Hastig packte er seine Sachen, stieg schwerfällig auf sein Fahrrad und fuhr wieder nach Hause.

„Levon, alles gut?", fragte ihn sein Nachbar, als er mit finsterer Miene die Treppe zur Eingangstür hinaufging.

„Ja", antwortete Levon knapp und setzte kurz ein Grinsen auf, das er sofort wieder ablegte, nachdem er die Tür hinter sich geschlossen hatte. Unter der Dusche bemerkte er eine innere Unruhe, die er lange nicht mehr gehabt hatte. Sein Kopf fühlte sich voll an.

Abends schob er sich eine Pizza in den Ofen. Ziellos drückte Levon auf die Tasten der Fernbedienung, um einen Sender zu finden, dessen Programm ihn ablenken würde. Doch er fand keines. Sein Daumen drückte den roten Knopf der Fernbedienung. Levon breitete sich auf dem Sofa aus und legte den Kopf auf das Kissen. Mit einem Arm bedeckte er die Augen. Keine Ruhe findend, stand er wieder vom Sofa auf und schleppte sich die Treppe nach oben. Im Schlafzimmer fiel er mit letzter Kraft ins Bett. Obwohl Levon erschöpft war, fühlte er sich nicht müde. *Kurz fünf Minuten ausruhen, dann gehe ich ins Bad und mache mich fertig*, entschied Levon. Er schloss die Augen. Draußen zog ein Sturm auf. Im Halbschlaf bekam Levon mit, wie der Wind am Rollladen rüttelte und durch das gekippte Fenster pfiff. Regen peitschte ans Haus und sorgte dafür, dass alle anderen Geräusche der Nacht übertönt wurden.

Plötzlich schreckte Levon hoch. Wie spät war es? Die Zeiger der Uhr an seinem Nachttisch zeigten 04:30 Uhr. *Ich muss schlafen*, war sein erster Gedanke. *Ich kann nicht*, sein zweiter. Zu aufgewühlt war er, um Ruhe zu finden. Zu angespannt war alles in ihm. In den nächsten Stunden wälzte Levon sich in seinem Bett von links nach rechts und versuchte, in allen erdenklichen Schlafpositionen Ruhe zu finden. Doch sein Kopf wollte nicht einschlafen. Mittlerweile war es 6 Uhr. Er stand auf und schritt zum Fenster. Die Nacht war immer noch in ein tiefes Schwarz gehüllt. Durch den Regen war kaum etwas zu sehen. Nur das rote Licht der Alarmanlage seines Nachbarn war für ihn zu erhaschen. Eine Weile stand Levon da und schaute gedankenversunken in die Dunkelheit hinaus. Dann ging er zurück und legte sich wieder ins Bett. Levon hörte noch das Läuten der Kirchenglocken – kurz darauf fand er für zwei Stunden Schlaf. Währenddessen ging langsam die Sonne auf, doch der Himmel war so bewölkt, dass es trüb und finster blieb.

Levon öffnete die Augen. In seinen Kopf schoss sofort wieder die blonde Strähne. Er spürte ein Stechen in der Brustgegend. Dann griff er zum Telefon. Immer noch müde von der anstrengenden Nacht, tippte er Alvins Nummer ein. Es schellte. „Geh ran", sagte Levon. „Geh ran." Doch sein Freund war nicht zu erreichen. Genervt legte er das Telefon zurück und stand auf. „Ich mag keine blonden Strähnen", murmelte Levon vor sich hin und schüttelte den Kopf. Seine Miene war finster, als er zum Esstisch ging und sich seine Cornflakes in die Schale füllte. Keine anderen Gedanken kamen ihm in den Kopf. Alles drehte sich um Alishas blonde Strähne. Levon spürte ein flaues Gefühl in der Magengegend.

Nach dem Frühstück lief er die Treppe wieder hinauf und setzte sich auf den Bürostuhl im Arbeitszimmer. *Es geht nicht mehr*, sagte Levon sich. *Ich kann das nicht mehr für mich behalten. Ich muss es ihr sagen.* Er fasste einen Entschluss. Langsam griff er zum Telefon und wählte ihre Nummer. Plötzlich zögerte er und legte das Telefon wieder zur Seite. Er vergrub das Gesicht in den Händen. Aus jeder Pore seines Körpers verströmte er Angst. Was, wenn sie negativ reagierte? Wenn sie die Sache beendete? Wenn sie es nicht nachvollziehen konnte? Eine halbe Stunde rang Levon mit sich. Überlegte, wie er das Ganze formulieren sollte. Schließlich griff er wieder zum Hörer. „Du musst es machen, Levon", sagte er sich. „Es gibt keine Alternative. Du kannst es nicht für dich behalten. Es geht nicht." Erneut wählte er ihre Nummer. Diesmal legte er das Telefon nicht mehr zurück. Es klingelte bei Alisha. Levons Herz pochte schneller und schneller.

„Hallo, Levon." Eine freudige Stimme begrüßte ihn am anderen Ende der Leitung.

„Hallo, Alisha", sagte Levon aufgeregt. „Wie geht es dir?"

„Mir geht es gut, und dir?"

„Mir auch", antwortete Levon. *Diese eingeübten Standardantworten,* dachte er sich und schüttelte den Kopf. „Ich muss mit dir über etwas reden", sagte er und ging in die Offensive.

„Oh … Na klar … Erzähl." Alisha klang etwas überrascht.

Levons Herz pochte so stark, dass er das Gefühl hatte, es könnte durch seine Brust nach außen stoßen. „Ich muss dir sagen, dass ich blonde Strähnen nicht mag." Levon ließ den entscheidenden Satz fallen. „Und ich habe gemerkt, dass mich dieses Thema belastet. Deshalb wollte ich dir lieber Bescheid geben, bevor du es irgendwann sowieso bemerkst", fuhr er fort. „Ich kann mir vorstellen, dass das total blöd für dich ist, aber ich kann und will es dir auch nicht verschweigen."

Für einen kurzen Moment war Stille. Keiner der beiden sprach. Dann antwortete Alisha: „Es ist gut, dass du es mir gesagt hast. Du hast das Richtige getan. Es ist ja auch völlig in Ordnung, wenn du keine blonden Strähnen magst. Das macht nichts. Man kann nicht überall dieselben Vorlieben haben. Du musst nur wissen, ob es dich so sehr stört, dass es die Sache mit uns gefährden könnte."

„Ich bin mir ziemlich sicher, dass es mich so sehr stört, dass es die Sache gefährden könnte", entgegnete Levon.

„Oh", sagte Alisha nun mit etwas enttäuschter Stimme. „Dann sollten wir noch mal persönlich darüber reden, ob es Sinn ergibt, dass wir die Sache mit uns fortführen. Persönlich finde ich das besser. Am Telefon ist so viel Distanz dazwischen. Ich fände es allerdings sehr schade, wenn wir an so einer Sache scheitern würden."

„Ja." Levon stimmte ihr in allen Punkten zu. „Wollen wir einfach am Donnerstag nach der Tanzschule miteinander reden?"

„Am Donnerstag mache ich mal eine Tanzpause, aber du kannst sehr gerne einfach nach dem Tanzunterricht zu mir kommen", antwortete Alisha.

„Mache ich. Danke, dass du so verständnisvoll bist."

„Natürlich", entgegnete sie. „Dann bis Donnerstag."

„Bis dann", sagte Levon und legte auf. Sein Herz pochte immer noch schnell, aber ein Gefühl der vorsichtigen Erleichterung machte sich in ihm breit. „So eine verständnisvolle Frau", flüsterte er. „Sie hat besser reagiert als erwartet."

Jetzt erst mal frische Luft schnappen, beschloss er und lief die Treppe ins Erdgeschoss hinunter. Levon nahm seine grüne Jacke vom Kleiderständer und zog sich die grünen Turnschuhe an. Dann verließ er das Haus. Levon atmete tief durch, während er in den Feldern seine Runde drehte. Sein Kraftort erstrahlte in der nachmittäglichen Sonne in einem warmen Beige. Levon sah grasende Rehe, neugierige Hasen und majestätische Adler, die über ihm am Himmel kreisten. Er lief zur Mitte der Brücke hoch, die über den Bach führte, und zog den Reißverschluss seiner Jacke etwas höher. Oben angekommen, legte Levon seine Arme auf die Brüstung und blickte auf das langsam fließende Wasser hinunter. Eine Ratte kam flussaufwärts geschwommen. „Guter Schwimmer." Er nickte anerkennend und zog die Augenbrauen hoch. „Sogar gegen den Strom."

Levon ging einen kurzen Waldabschnitt entlang und hörte den Gesang der Vögel. *Und später wird zusammen im Nest gekuschelt*, dachte er und lächelte vor sich hin. Sein weiterer Weg führte ihn am Sunrise Paradise vorbei. Levon musste an den besonderen Abend mit Alvin vor einigen Jahren denken. Wie er ihm Mut gemacht hatte. Wie er ihm gesagt hatte, dass er niemals aufgeben dürfe. *Großer Alvin*, dachte Levon ehrfürchtig und blickte nach oben, als wäre sein bester Freund irgendwo in den Wolken und würde auf ihn herabsehen. Levon ging auf eine kleine Anhöhe und sah in die Ferne. Sein Blick wanderte zu einem Flugzeug am Himmel. Er konnte sich nicht an seinen letzten Urlaub erinnern. War er schon so lange her?

Levon träumte von weißen Sandstränden, tropischen Palmen und klarem, hellblauem Wasser. Vor seinem inneren Auge schwammen bunte Fische um ihn, während er auf dem Rücken im Meer lag und in den wolkenlosen Himmel blickte. Alles an ihm fühlte sich leicht und unbeschwert an. Am Strand trank er Kokosmilch und ließ sich von der Sonne wärmen. Levon spürte, wie ihre Hand auf seinem Rücken kreiste. Leicht stieß er mit dem Kopf gegen ihre Schulter, als wollte er zeigen, dass sie ihm gehöre. „Ich habe nicht gesagt, dass du aufhören sollst", sagte Levon leise, als sie ihre Hand von seinem Rücken nahm. Sofort streichelte sie ihn weiter. Sanft nahm er ihre freie Hand und küsste sie. Ein Raunen war von ihr zu vernehmen. Er lächelte. Langsam beugte Levon sich hinüber und biss zärtlich in ihr Ohrläppchen. „Ich will dich so sehr", flüsterte er, während sich seine Lippen beim Sprechen langsam auf und ab bewegten. Levons Stimme klang anders als sonst.

Noch weicher. Noch zärtlicher. Noch hingebungsvoller. Ein schüchternes Lächeln huschte über ihr Gesicht. Er nahm sie an der Hand und forderte sie zum Gehen auf, indem er in die angepeilte Richtung nickte. Sie wirkte verträumt und folgte ihm. Levon wählte eine Nummer in seinem Telefon und sprach auf Spanisch mit jemandem. Kurze Zeit später hielt ein Taxi neben den beiden. Er kannte den Taxifahrer. Levon hielt ihr die Tür auf. Nachdem die beiden im Wagen Platz genommen hatten, setzte sich das Taxi in Gang. „Wo fahren wir hin?“, fragte sie. Er lächelte. Der Fahrer lächelte.

Immer weniger Autos waren auf der Strecke zu sehen. Bald schien es, als wären sie allein auf der Insel. Nach zwanzig Minuten Fahrt bog das Taxi auf einen steinernen Feldweg ab. Der Oldtimer kämpfte sich über den ruckeligen Untergrund. Plötzlich wurde in der Ferne eine Bucht sichtbar. Alishas Augen wurden größer und größer, je näher sie kamen. Ab hier sollten sie zu Fuß weitergehen, sagte der Taxifahrer auf Spanisch. Levon nickte lächelnd. Er legte Alisha behutsam die Hand auf die Schulter und signalisierte ihr damit, dass sie noch im Wagen warten solle. Dann stieg er aus und lief zu ihrer Seite. Er öffnete die Tür und machte eine einladende Bewegung mit seinem Arm. Mit etwas unsicherem Blick, aber eleganter Körperhaltung, stieg sie aus dem Auto. Ein breites Grinsen stahl sich auf Levons Gesicht, als er sich vom Taxifahrer verabschiedete, der seinen Daumen nach oben reckte. Hand in Hand schlenderten Levon und Alisha die letzten 200 Meter zur Bucht.

„Woher kennst du diese Stelle?“, fragte sie ihn erstaunt.

„Ich habe mich eben vorher gut informiert“, antwortete Levon. „Du sollst ja auch ein bisschen überrascht werden.“

Außer ihnen war weit und breit keine Menschenseele zu sehen. „Gefällt es dir denn?“, wollte Levon wissen, als die beiden angekommen waren.

„Es ist wunderschön“, antwortete sie mit leiser Stimme.

Levon breitete ein Strandtuch aus. „Leg dich auf den Bauch“, forderte er sie auf.

„So, so“, sagte sie etwas unsicher, nicht wissend, was er vorhatte. Doch sie spielte mit.

Für einige Sekunden betrachtete Levon ihren Körper. *Sie ist wunderschön*, fuhr es ihm durch den Kopf. Leicht biss er sich auf die Unterlippe. Dann legte er ihr die Hände auf den Rücken und fuhr mit ihnen von oben nach unten. „Entspann dich“, flüsterte er ihr sanft ins Ohr. Levon bemerkte, wie ihr Körper lockerer wurde und die letzte Unsicherheit von ihr abfiel. Er nahm etwas heißen Sand und knetete damit ihre Schultern. Langsam begann sie, tiefer zu atmen. Mit der Zunge fuhr er über ihren Rücken. Levons Lippen saugten sich immer wieder an ihr fest. Jetzt drehte sie sich um. Zärtlich zog sie seinen Kopf zu sich und küsste ihn innig.

„Du hast viel zu viel an“, sagte Levon und grinste schelmisch. Sie hatte nur Badesachen an.

„Du aber auch“, entgegnete sie.

Er spürte, wie sein Herz pochte. „Dann zieh mich doch aus“, sagte er herausfordernd.

„Aber nur, wenn du mich auch ausziehst“, konterte sie.

„Falls wir das überhaupt noch schaffen“, fuhr er fort, da die beiden längst einander verfallen waren und nicht mehr voneinander ablassen konnten. Kurz unterbrachen sie ihr Küssen, um sich vollständig ihrer Kleider zu entledigen. Levon musterte sie von oben bis unten. „Das ist das erste Mal, dass ich dich splitternackt sehe ... und du siehst wundervoll aus“, sagte er nach einer kleinen Pause. Sofort begann sie wieder, ihn mit Küssen zu verwöhnen. Zärtlich drückte sie ihn schließlich auf den warmen Untergrund und setzte sich auf seinen Schoß. Levon schloss die Augen. Sterne funkelten wie Diamanten und drangen in sein Herz ein. Dort leuchteten sie so hell, wie noch nie etwas in ihm geleuchtet hatte. Levon öffnete die Augen wieder und blickte kämpferisch zu ihr hoch, während er die Zähne fletschte. *Da ist wieder dieser Blick*, schoss es ihm durch den Kopf, als sie die Augen etwas zusammenkniff, um ihm zu zeigen, dass sie auch dominant sein konnte. „Du tust mir so gut“, sagte Levon, während sie ihren Körper auf und ab bewegte und mit ihrem Blick nicht von ihm abließ.

„Das hoffe ich doch“, entgegnete sie.

„Ich will, dass du nie aufhörst“, fuhr er fort. „Ich will dich für immer.“ Nun schoss alles aus seinem Mund, was er im Herzen trug. Alle Gedanken flossen aus ihm heraus. Levon wollte ihr alles sagen, was er spürte. Er tat es nicht mit Absicht. Die Worte kamen wie von selbst. Es fühlte sich gut an. „Ich hoffe, du machst nicht gleich schlapp“, sagte er und neckte sie ein wenig.

„Pass lieber auf, dass du nicht gleich ohnmächtig wirst, so wie du schnaufst“, sagte sie selbstbewusst.

„Ich liebe es, wenn du mit mir spielst“, flüsterte er und kratzte ihr über den Oberschenkel.

„Jetzt kratzt der Herr sogar schon“, antwortete sie und ließ sich den Schmerz nicht anmerken. Wieder kratzte Levon ihr über den Oberschenkel, diesmal etwas fester. Ein leiser Schrei wich ihr von den Lippen. Verschmitzt grinste er sie an.

„Aufpassen, mein Lieber. Übertreib es nicht“, sagte sie streng.

„Was passiert denn dann?“, fragte Levon nun seinerseits selbstsicher.

„Dann wird der alte Herr sich sicher überanstrengen“, entgegnete sie und bewegte sich noch schneller auf seinem Schoß. Levon begann zu stöhnen und warf den Kopf im Sand hin und her.

„Tja, so ist das“, hörte er sie selbstzufrieden sagen.

„Du bist so heiß, wenn du frech bist“, raunte Levon ihr zu. Er nahm undeutlich ein breites Grinsen auf ihrem Gesicht wahr, während er mit halb zugekniffenen Augen in Richtung Sonne schaute. Wenig später ließ Levon den Kopf zur Seite fallen. Schweißüberströmt keuchte er, und ein tiefes Gefühl der Zufriedenheit überkam ihn. Levon spürte, wie sie sich neben ihn legte und ihm sanft über die Brust streichelte.

„Na, alles klar, alter Mann?“, fragte sie ihn.

Lachend nickte er. „Leg deinen Kopf auf meine Brust“, forderte Levon.

„Das mache ich sehr gerne“, sagte sie und rückte noch näher an ihn heran. Während die beiden das leise Rauschen der Wellen genossen, die sanft an den Strand brandeten, kehrte Levon langsam wieder in die Realität zurück. Er löste den Blick vom Flugzeug und sah auf die Uhr. „Schon 16:45 Uhr, die Sonne geht langsam unter“, murmelte er und stieg von der Anhöhe herunter. Lächelnd dachte Levon auf dem Nachhauseweg an seinen Tagtraum. Er ertappte sich dabei, mit ihr zu reden. Ihr schöne Dinge zuzuflüstern. Seine Wünsche zu offenbaren.

Nach einer Stunde kam er schließlich zu Hause an. *Das war ja ein ausgiebiger Spaziergang*, sagte er sich und legte seine Sachen ab. Levon beschloss, nach dem Essen noch ein Bad zu nehmen. Das hatte er schon zu lange nicht mehr gemacht. Nachdem er einen Rest Nudeln aufgegessen hatte, ging er nach oben ins Badezimmer und ließ Rosenblüten-Badesalz ins Wasser ein. Mit der Hand verteilte er das rosafarbene Salz, sodass die ganze Wanne in einen cremigen Farbton getaucht wurde. Danach stellte Levon das Radio auf eine niedrige Lautstärke ein, legte seine Kleidung ab und stieg vorsichtig in das Nass. Er roch duftende Rosenblätter und schwamm unter der Brücke eines Teiches hindurch. Im Mondlicht sah Levon im Wasser vor sich eine Person, die mit dem Rücken zu ihm gewandt war und sich am Steg festhielt. „Wer bist du?“, rief er ihr zu, doch sie reagierte nicht. Langsam schwamm Levon weiter auf sie zu und kniff seine Augen zu Schlitzen zusammen, um sie besser zu erkennen. Lange, dunkle Haare und ein weiblicher Körper offenbarten sich ihm. War es Alisha? Voller Ungeduld schwamm er die letzten Meter. Er streckte den Arm aus und wollte die Person berühren. Doch sie löste sich auf und verschwand. Levon schreckte in der Badewanne hoch. Was war das? Und wer? Langsam sank er in der Badewanne tiefer, als wollte er sich erst einmal von dem Schock erholen. Tief Luft holend schloss er die Augen und tauchte unter. Das warme Rosenwasser drang in seine Gesichtsporen ein. Langsam pustete er die zuvor eingeatmete Luft unter Wasser aus. Luftblasen drangen zur Oberfläche und zerplatzten. Sanft hob er den Kopf wieder aus dem Wasser. *Schade, dass sie jetzt nicht mit mir hier ist*, dachte Levon und stellte sich vor, wie er mit Alisha in der Badewanne lag und sie eng umschlungen kuschelten. Levon breitete seine Arme aus und schloss sie wieder, als würde sie auf ihm liegen und er sie umarmen. Bei der Vorstellung lächelte er vor sich hin. Anschließend stieg er aus der Badewanne und ließ das Wasser ab. Durch das gekippte Fenster kam ein kalter Windzug herein, der ihn kurz frösteln ließ. Nachdem er sich abgetrocknet hatte, schlüpfte er in seinen grünen Schlafanzug und löschte überall im Haus das Licht. Mittlerweile war es für ihn zum Ritual geworden, vor dem Schlafengehen noch kurz aus dem Fenster zu schauen. Er blickte zum Himmel und sah einen Halbmond. War nicht letzte Woche schon Halbmond gewesen? Und würde er zunehmen oder abnehmen? Levon wusste es nicht. Einige Zeit starrte er noch in die Dunkelheit hinaus. Dann drehte er sich um und ging ins Bett. In den ersten beiden Stunden wälzte er sich auf der Matratze von links nach rechts. Schließlich schlief er ein.

– Kapitel 14 –

Seelenexplosion

Levon glitt mit den Füßen über den Boden der Tanzschule.

„Etwas mehr Emotion, etwas mehr Ausdruck“, rief die Tanzlehrerin den Schülern zu.

Heute war die Tanzstunde anstrengend. Der Schweiß rann Levon von der Stirn, während er darauf achtete, die Anweisungen umzusetzen. Bald würde er bei Alisha sein und das bevorstehende Treffen ging ihm durch den Kopf. Was würde sie sagen? Wie würde ihr Gespräch laufen? Langsam stieg die Nervosität in ihm.

„Super, Ende für heute. Ihr habt es gut gemacht.“ Die Stimme der Tanzlehrerin riss ihn wieder aus seinen Gedanken.

Eilig lief Levon zur Umkleidekabine. Nachdem er seine Kleidung abgelegt hatte, ging er mit einem Badetuch in den Duschraum. Noch war keiner außer ihm dort. Er zog den Hebel der Dusche zu sich und ließ die ersten Liter Wasser über seinen Körper laufen. „Du bist aufgeregt“, stellte er flüsternd fest, als sein Herzschlag schneller und schneller wurde. „Es wird schon gut gehen.“ Levon versuchte, seinen Kopf zu beruhigen. „Du hast schon so oft schwierige Situationen gemeistert, dann wirst du diese wohl auch schaffen.“

„Mit wem redest du, Levon?“, fragte plötzlich eine Stimme neben ihm.

Erschrocken drehte Levon den Kopf nach rechts. „Ach, Joris, hab gar nicht gemerkt, dass du reingekommen bist“, sagte er hastig.

„Scheinst wohl sehr in Gedanken versunken zu sein. Wann geht's denn wieder zu Alisha?“

„Jetzt gleich.“ Levon lächelte etwas angespannt.

„Freut mich“, sagte Joris und hob seinen Daumen. „Du bist der erste Mann, der ihr Aufmerksamkeit geschenkt hat, seit ich hier tanze.“

„Wie lange bist du denn schon hier?“, wollte Levon von ihm wissen.

„Seit gut drei Jahren“, antwortete sein Tanzkollege. „Ich wünsche euch nur das Beste und viel Glück“, sagte er abschließend und klopfte Levon aufmunternd auf die Schulter. Dann nahm er sein Handtuch und verließ den Duschraum.

„Danke, Joris, komm gut nach Hause“, rief Levon ihm nach. *Ein feiner Kerl.* Levon freute sich über die Aufmerksamkeit. *Schön, wenn Menschen einem Gutes wünschen.* Er ließ die letzten Wasserstrahlen auf den Kopf prasseln. Dann stellte er die Dusche ab und ging zurück in die Umkleide. Schnell hatte er sich angezogen und seine Tasche gepackt. „Macht's gut und bis nächste Woche“, rief Levon den anderen Tanzschülern zu, während er mit schnellen Schritten nach draußen und den kurzen Weg zum Parkplatz ging. Eilig warf er seine Sporttasche in den Kofferraum und setzte sich in den Wagen. Er strich sich durch die Haare und schaute dabei skeptisch in den Rückspiegel, um seine Frisur zu richten. „Na ja, passt so“, murmelte Levon, nicht ganz zufrieden, und drehte den Schlüssel im Zündschloss um. *Bumm, bumm, bumm, bumm* – deutlich konnte er hören, wie laut sein Herz schlug. Die starke Reaktion seines Körpers verunsicherte ihn etwas. „Jetzt sind wir doch gleich da“, sagte er sich laut, als hätte er mit einem Kind gesprochen, das gefragt hatte, wie lange es noch bis zum Reiseziel dauern würde.

In Alishas Straße angekommen, parkte er und blieb noch kurz im Auto sitzen. „So, Levon, auf geht's. Das meisterst du. Wie so oft.“ Er redete sich gut zu und blickte nach oben zum Dachhimmel. Dann stieg er aus. Eine dunkle Herbstnacht empfing ihn. Levon ging auf Alishas Haus zu, aber seine Beine wurden immer schwerer, je näher er ihrer Haustür kam. „Warum so aufgeregt, Levon?“, flüsterte er. „Beruhig dich jetzt.“ Er griff nach der Klinke der Eingangstür im Hoftor und drückte sie nach unten. Mit leicht zitternden Beinen trat er ein und schloss das Türchen hinter sich wieder. Plötzlich fühlte er sich wie in einem Videospiel. Ihn beschlich das Gefühl, feindliches Territorium betreten zu haben. „Feindliches Territorium?“, fragte er sich und runzelte die Stirn. „Was redest du denn da? Regel das jetzt kurz und dann habt einen schönen Abend.“ Sein Blick fiel auf die Treppenstufen vor ihm. In ein paar Sekunden würde er die Klingel betätigen. Er fühlte sich, als würde er in einer Ritterrüstung stecken, als er die letzte Hürde überwand und den Zeigefinger wie in Zeitlupe zur Tür hob. *Brrrrrrt* – das Klingelgeräusch ertönte. *Bumm, bumm, bumm, bumm* – sein Herz schlug weiter laut. Angespannt schaute Levon auf den Boden.

Jetzt hörte er Schritte von oben. Alisha kam. Gleich würde sie ihm die Tür öffnen. *Schön, sie wiederzusehen*, dachte Levon. Vorfreude machte dem ängstlichen Gefühl Konkurrenz. Endlich wieder Zeit mit ihr verbringen. Kuscheln. Levon hatte es sehr vermisst. Er hatte in den letzten Tagen eine große Sehnsucht nach ihr entwickelt, die es ihm noch schwerer als sonst gemacht hatte, ohne sie einzuschlafen. Levon wollte ihre Wärme und Energie endlich wieder spüren.

Alisha öffnete die Tür.

Levon trat ein. Er beugte den Kopf zu ihrem Mund vor, doch Alisha wich aus.

„Nein", sagte sie knapp. Er spürte es noch nicht in Gänze, aber in ihm brach etwas zusammen. Stille. Levon zog seine Schuhe aus. *Das wird ein harter Abend*, sagte er sich und folgte ihr auf der Treppe in den ersten Stock. Die beiden betraten Alishas Zimmer. Levon blieb stehen, sie setzte sich auf ihr Bett.

„Also, ich fange mal an." Er ergriff die Initiative. „Ich wollte dir das mit der blonden Strähne einfach sagen, weil ich gemerkt habe, dass es mich stört. Und ich ehrlich sein wollte. Ich konnte es nicht mehr für mich behalten. Ich würde deshalb aber niemals die Sache zwischen uns beenden. Das wäre meiner Meinung nach lächerlich wegen so etwas", sagte Levon.

Alisha saß auf dem Bett und schaute nach vorn. „Ich wusste schlicht und ergreifend nicht, wo das herkam", sagte sie schließlich. „Ich mag blonde Strähnen einfach. Und ich will mich nicht dafür rechtfertigen müssen." Ihre Stimme klang frostig.

„Du musst dich auch überhaupt nicht dafür rechtfertigen. Es ist absolut in Ordnung", sagte er in ihre Richtung.

„Und dann ist da noch etwas anderes", fuhr Alisha plötzlich fort. Levon überkam ein Unbehagen. Er erstarrte. Es war, als hätte jemand den Stecker bei ihm gezogen. Obwohl Alisha nur wenige Meter entfernt saß, hatte Levon das Gefühl, sie wäre meilenweit weg. In ihrem Zimmer fühlte er sich plötzlich fremd. Nichts schien mehr behaglich zu sein. Alle Vorfreude war einem Überlebensinstinkt gewichen. Levon funktionierte nur noch – aber es fühlte sich nicht mehr gut an.

„Ich empfinde nichts für dich. Ich habe nichts für dich entwickelt."

Kontrollverlust. Ohnmacht. Levon schaute auf den Boden.

„Und ich glaube auch nicht, dass sich da noch etwas entwickelt", sagte sie.

Kälte. Unbehagen.

„Ich muss mich hinlegen", sagte Levon und ging zu ihrem Bett. Den Blick zur Decke gerichtet, fing er an zu fragen: „Aber was war dann die letzten Wochen? War das nur geschauspielert? Wieso hast du mir denn dann gesagt, dass wir so gut zusammenpassen? Und du meintest doch, dass es dir so gut gefällt, wenn wir gekuschelt und uns geküsst haben. Und dass wir dabei sind, an einer Beziehung zu arbeiten. War das alles gelogen?"

Alisha schüttelte ausdruckslos den Kopf und zog die Schultern nach oben, als würde sie nach einer Antwort suchen. „Ich glaube, ich habe mir einfach gewünscht, dass ich mehr Gefühle für dich entwickle. Deshalb habe ich dich geküsst. Ich dachte, die Gefühle würden dadurch vielleicht kommen. Und ich habe gemerkt, dass du hören möchtest, dass wir gut zusammenpassen. Deshalb habe ich es dir wohl gesagt."

„Oh nein", sagte Levon. Ausdrucksloser Blick zur Decke. Ohnmacht. Ohnmacht. Surreale Situation. „Ich glaube, die Sache mit der blonden Strähne überdeckt bei dir gerade alles und führt dazu, dass du nun das mit uns wegwerfen möchtest", sagte Levon.

„Ich glaube, dass das unabhängig davon ist, dass ich nichts für dich entwickelt habe", entgegnete Alisha.

Ich kann mich doch nicht so sehr getäuscht haben, dachte Levon in seiner Verzweiflung. Ihr Blick, wenn sie ihn angesehen hatte – er hatte so echt gewirkt. Levon fielen immer mehr Fragen ein. Warum sie in *dieser* Situation dies gesagt hatte. Warum sie in *der* Situation jenes getan hatte. Er überhäufte Alisha nun mit Fragen. Alles war für ihn unbefriedigend. Doch ihre Antworten änderten sich nicht.

„Ich habe es mir gewünscht, aber es hat sich bei mir nicht mehr entwickelt", sagte sie immer wieder.

Ich muss hier weg, dachte Levon nach zwei Stunden. „Ich gehe dann mal", sagte er und stand vom Bett auf. Zügig lief er die Treppe hinunter. Alisha folgte ihm. Schnell hatte er sich die Schuhe angezogen. Wortlos öffnete er die Tür und ging. Es war mitten in der Nacht. Niemand war mehr auf der Straße. Wie betäubt ging Levon zum Auto. In Schockstarre sprach er Alvin eine lange Nachricht auf den Anrufbeantworter. Dann startete er den Wagen und fuhr rückwärts aus der Parkbucht. Er bog nach rechts auf die Hauptstraße ab. Tod. Die Bäume waren kahl und leblos. Häusergruppen, die an ihm vorbeizogen, schienen leer und verlassen zu sein. Kam er überhaupt weiter oder fuhr er auf der Stelle? Die Zeit lief weiter, doch Levon hatte das Gefühl, er käme keinen Meter vorwärts. Sein Auto fuhr durch die Vorstadt und brachte ihn schließlich nach Hause. Er stieg aus. Unwohlsein. Seine Beine trugen ihn zum Hoftor. Die Hände schlossen es. Danach setzten sich die Füße in Gang und gingen zur Haustür. Seine Finger drehten den Schlüssel im Türschloss um und Levon trat ein. Wie ein Roboter zog er sich die Schuhe aus. Sein Körper lief die Treppe hinauf. Im Bad zogen ihm seine Hände die Kleider aus. Dann wurde Levon ins Bett gelegt. *Das ist die schlimmste Nacht meines Lebens*, dachte er, als Dämonen aufzogen und begannen, ihn zu umkreisen. Und auf einmal war er da ... der schwarze Rauch. Obwohl es in seinem Zimmer stockdunkel war, schien der Qualm noch schwärzer zu sein. Levon streckte die Hände aus, um die Schwaden nach links und rechts zu schieben – so wie er es damals am Fluss mit Alvin getan hatte –, doch es ging nicht. Der Nebel ließ sich nicht verdrängen. Dichter Rauch drang in seine Brust ein – Levon konnte nur hilflos zusehen. *Nein*, sagte er innerlich verzweifelt, *nein. Lass es einen Traum sein*, hoffte Levon. *Lass mich aufwachen* – doch er war wach. Es war Realität. Tränen rannen ihm über die Wangen. *Ich muss etwas tun. Ich muss etwas tun.* Seine Gedanken quälten ihn. Doch Levon konnte nichts tun. Sein Körper war todmüde, aber sein Kopf hielt ihn wach. Ihm blieb nichts anderes übrig, als den Schmerz auszuhalten. Kurz schlief er ein, wachte jedoch schnell wieder auf. So blieb es bis zum Morgengrauen. Nachdem er aufgestanden war, schleppte Levon sich nach unten und aß etwas. Danach kämpfte er sich wieder in den ersten Stock hinauf. Mit traurigem Gesicht starrte er die Wand des Arbeitszimmers an. Die Trauer brach sich wieder Bahn und brachte ihn zum Weinen. *Warum hat sie mir in den letzten Wochen nicht die Wahrheit gesagt? Empfindet sie wirklich nichts für mich? Es muss doch etwas in ihr sein.* Sein Kopf rauchte. Gedanken kreisten. Und kreisten. Und kreisten. Eine halbe Stunde lang saß er auf seinem Schreibtischstuhl und dachte intensiv nach. *Ich muss mich hinlegen*, stellte Levon schließlich fest, nachdem er immer müder und müder geworden war. Da lag er dann. Erschöpft. Gezeichnet von der letzten Nacht. Eine Stunde lang döste er, dann stand er wieder auf. Erledigte ein paar Kleinigkeiten. Blumen gießen, Müll rausbringen. *Warum hat sie so getan, als würde sie etwas für mich empfinden? Warum werde ich bestraft?* Wieder kreisten seine Gedanken eine Stunde lang nur um Alishas Aussagen. *Ich muss mich hinlegen.* Erneut spürte Levon eine große Müdigkeit. Die nächsten zwei Stunden lag er wie jemand im Bett, den man nach einer Vollnarkose in ein Ruhezimmer geschoben hatte. *Eine Stunde darüber nachdenken, zwei Stunden schlafen*, stellte Levon schließlich fest, nachdem er wieder aufgewacht war.

Warum hatte sich Alvin schon so lange nicht mehr gemeldet? Weshalb hatte er ihn nicht zurückgerufen? Hatte er seine Anrufe übersehen? Schnell ging Levon zum Telefon. „1 … 14 … 11 … 5 … 18“, sprach er Alvins Telefonnummer mit, während er die Tasten drückte. Das Freizeichen ertönte. Es schellte. Und schellte. Und schellte. Levon legte wieder auf. *Wie kann das sein?*, fragte er sich verzweifelt. *Ich muss bei ihm vorbeifahren*, war sein nächster Gedanke. Hastig zog Levon sich Schuhe und Jacke an, während er sich darüber ärgerte, seinem Freund nicht schon längst einen Besuch abgestattet zu haben. *Er lebt allein. Was, wenn er verletzt ist und sich nicht bewegen kann? Was, wenn er umgefallen ist und tot im Haus liegt?* Levon warf die Eingangstür hinter sich zu und rannte mit seinem Fahrrad durch das geöffnete Hoftor. Sportlich schwang er sich schließlich auf den Sattel und trat in die Pedale. Durch den kalten Fahrtwind schmerzten Levons Ohren. Warum musste er auch am anderen Ende der Stadt wohnen? Levon ärgerte sich kopfschüttelnd. Regentropfen fielen ihm auf die Stirn. Zuerst wenige, dann wurde der Regen immer stärker. Schließlich verwandelte er sich in einen Graupelschauer. Ein ungläubiges Lachen drang aus Levons Kehle: *Das Wetter fasst meine Situation ja perfekt zusammen*, dachte er. „Leise rieselt der Schnee, still und starr ruht der See“, sang Levon vor sich hin und versuchte, die Situation in Ironie zu ertränken. Er ächzte und seine Waden brannten, als er sich den steilen Weg zu Alvins Haus hinaufkämpfte. Völlig durchnässt und verschwitzt kam er nach insgesamt zwanzig Minuten Fahrtzeit endlich an. Levon lehnte sein Fahrrad an den prächtigen Mammutbaum, der wie ein Fels in der Brandung neben Alvins Haus stand. Dann lief er zur Tür und klingelte. Aufmerksam hielt Levon sein Ohr an die Tür. Doch er konnte keine Schritte vernehmen. *Vielleicht liegt er wirklich im Haus und kann nicht mehr aufstehen*, schoss es ihm sofort wieder durch den Kopf. Erneut betätigte Levon die Türklingel – nichts. Auf einmal hörte er, wie gegenüber ein Fenster geöffnet wurde. Der Kopf eines älteren Mannes kam zum Vorschein.

„Suchen Sie Alvin?“, fragte er ihn mit ernster Miene.

„Ja“, rief Levon ihm entgegen. „Wissen Sie, wo er ist?“

„Hatte vor ein paar Tagen einen Unfall“, sagte der Mann. „Ist im Krankenhaus.“

„Oh nein.“ Levon fuhr die Nachricht durch Mark und Bein. „Wie schlimm ist es denn?“

„Wie ich mitbekommen habe, hat er sich den Fuß verstaucht. Nichts, was wirklich besorgniserregend wäre.“ Als er Levons traurigen Gesichtsausdruck bemerkte, fügte der Mann hinzu: „Der kommt wieder auf die Beine.“

„Danke für Ihre Auskunft“, sagte Levon und stieg wieder aufs Fahrrad.

„Sind Sie sein Bruder?“, wollte der Mann im Fenster wissen.

„Nein.“ Levon lächelte leicht. „Sein bester Freund.“

„Verstehe.“ Der ältere Herr lächelte jetzt zurück. „Richten Sie ihm schöne Grüße aus, falls Sie ins Krankenhaus fahren. Ich bin nicht mehr so beweglich, sonst würde ich ihn auch mal besuchen.“ Er lachte und deutete auf seine Beine.

„Mache ich auf jeden Fall.“ Levon winkte dem Mann zum Abschied zu, während er davonfuhr. „Du machst Sachen“, murmelte Levon und tat so, als würde er mit seinem Freund reden, während er zum Krankenhaus fuhr.

Dort angekommen, fragte Levon an der Information nach Alvin.

„Zweiter Stock, Zimmer 7.“ Die Frau am Eingang gab ihm Auskunft. Schnell joggte er die Treppenstufen nach oben, um seinen Freund endlich sehen zu können. Ungeduldig lief Levon den Trakt im zweiten Stockwerk ab. Sein Blick wanderte nach links und rechts, um das Zimmer zu finden.

„Da ist es“, rief er plötzlich laut aus, ohne es zu merken. Ein Krankenpfleger drehte sich verwundert zu ihm um. „Entschuldigung, hab laut gedacht“, murmelte Levon vor sich hin und klopfte an die Tür von Zimmer 7.

„Herein“, hörte er eine altbekannte Stimme von drinnen rufen. Levon drückte die Klinke nach unten und trat einen Schritt ins Zimmer.

„Levon“, sagte Alvin mit ruhiger Stimme und lächelte seinem Freund zu.

„Alvin“, rief Levon aus. „Ich wusste nicht, dass du im Krankenha...“

„Ich weiß“, unterbrach ihn sein Freund mit sanfter Stimme. „Ich weiß. Setz dich“, forderte Alvin ihn auf und bot ihm den Stuhl an, der seinem Bett gegenüber stand. „Aber zieh vorher erst mal deine nassen Sachen aus und föhn dich im Bad“, sagte Alvin.

„Ja, mach ich.“ Levon nickte. „Schön, bei dir zu sein“, fügte er hinzu und realisierte direkt danach, dass man den Satz auch falsch interpretieren konnte. „Also, natürlich würde ich dich lieber nicht im Krankenhaus treffen, sondern ...“

Wieder unterbrach ihn sein Freund: „Ich freue mich auch, dich wiederzusehen.“

„Muss ich bei dir überhaupt irgendetwas erklären? Könntest du jemals etwas falsch verstehen von mir?“, fragte Levon grinsend.

„Ich denke nicht“, antwortete Alvin und zog die Augenbrauen hoch.

Nachdem Levon Jacke und Hose abgelegt und sich die Haare getrocknet hatte, kam er aus dem Bad und nahm auf dem Stuhl Platz.

Mit seiner linken Hand deutete Alvin von seinem Krankenbett aus auf Levons Beine. „Und jetzt willst du in Unterhose hier sitzen bleiben?“ Er nickte in Richtung einer Tasche neben seinem Bett. „Schau mal in die Tasche rein, da ist noch eine Jogginghose, die du anziehen kannst.“

Levon stand auf und trat an Alvins Bett. Suchend kramte er in der Tasche nach der Hose. Plötzlich spürte er Alvins Hand an seinem Unterarm. Seine Finger bohrten sich regelrecht in ihn hinein.

„ICH werde die Hose suchen“, sagte sein Freund auf einmal mit fester Stimme.

„In … In Ordnung“, sagte Levon etwas verdutzt und wich ein paar Schritte zurück.

„Tut mir leid, bin ein bisschen genervt von meinem Unfall.“

„Ach, kein Problem, das macht absolut nichts“, entgegnete Levon.

„Hier, deine Hose.“ Alvin lächelte nun und streckte seine Hand aus.

„Danke schön“, sagte Levon und bemerkte, dass Alvin den Reißverschluss der Tasche blitzschnell schloss. „Ich soll dir von deinem Nachbarn gegenüber schöne Grüße ausrichten. Ich hab dich vorhin gesucht und ihn dann getroffen.“

„Das freut mich, sehr nett von ihm“, sagte Alvin.

„Also, erzähl mal, wie ist das mit deinem Fuß denn passiert?“, fragte Levon nun.

„Na ja, ich bin daheim auf der Treppe nach unten gelaufen, war kurz ein wenig in Gedanken versunken und dachte, das wäre schon die letzte Treppenstufe gewesen. War es aber nicht. Und dann habe ich eine hektische Bewegung gemacht und bin umgeknickt", erklärte sein Freund.

„Echt blöd gelaufen", sagte Levon und sah ihn mit zusammengepressten Lippen an.

„Ja, das stimmt. Aber so was passiert eben", entgegnete Alvin mit optimistischem Gesichtsausdruck. Kurz war etwas Stille zwischen den beiden. „Und wie geht es dir?", fragte Alvin schließlich.

„Schlecht", antwortete Levon. „Maximal schlecht." Er erzählte ihm von dem Treffen mit Alisha. Wie es zur Katastrophe gekommen war. Was sie ihm gesagt hatte. Wie er zusammengebrochen war. Und wie verzweifelt er jetzt sei. Wie elend er sich fühle. Während Levon redete und redete, verlor sein Freund ihn nicht aus den Augen. Ruhig lag er mit seinem Verband um den Fuß im Bett und hörte zu.

„Die Nacht nach dem Treffen war so schlimm für mich. Und dann ist dunkler Rauch in mich eingedrungen", erzählte Levon seinem Freund, während er nach unten zu seiner Brust schaute und mit den Händen imitierte, wie das Ganze vonstattengegangen war. Plötzlich hörte Levon ein leises Ploppen. Fast hätte er es durch seinen Redefluss überhört, doch es war deutlich genug, um darauf aufmerksam zu werden. Levon hob den Kopf und blickte zu seinem Freund. Der sah ihn einfach starr an. Mit dem nächsten Lidschlag löste sich bei Alvin eine weitere Träne und fiel auf dessen T-Shirt.

„Alvin", sagte Levon mit besorgtem Gesichtsausdruck, „wieso weinst du jetzt?" Alvin änderte seinen Blick nicht. Weiterhin schaute er Levon wie erstarrt direkt in die Augen. Erneut löste sich eine Träne von seinem Unterlid und fiel herab. „Hey“, sagte Levon leise und erhob sich von seinem Stuhl. Schnell ging er zum Bett seines Freundes und setzte sich neben ihn. „Alvin, wieso genau weinst du jetzt?“

„Wegen dir“, antwortete Alvin knapp.

„Das tut mir leid“, sagte Levon leise. „Jetzt bist du schon im Krankenhaus und dann kommt dein bester Freund und bringt dich sogar noch zum Weinen.“ Levon machte sich insgeheim Vorwürfe.

„Schon gut, Levon. Ich bin immer für dich da“, bekräftigte Alvin. „Solange ich da sein kann.“

Levon schaute seinen Freund etwas verwirrt an. „Was genau meinst du damit?“, wollte er von ihm wissen.

„War nur so dahergesagt.“ Alvin wiegelte ab.

Es klopfte an der Zimmertür. „Herein“, rief Alvin.

Eine Krankenschwester steckte ihren Kopf ins Zimmer. „Der Arzt würde sich gerne Ihren Fuß anschauen“, sagte sie mit freundlicher Stimme.

„Alles klar“, entgegnete Alvin und lächelte sanft.

„Ich gehe dann mal wieder“, sagte Levon und blickte seinem Freund in die Augen. „Wenn du etwas brauchst, ruf mich jederzeit an.“ Alvin nickte. „Ich denke an dich“, sagte Levon, als er aus dem Zimmer ging.

„Ich auch an dich“, antwortete sein bester Freund.

Levon wankte den Gang entlang und taumelte die beiden Stockwerke des Krankenhauses wieder nach unten. Draußen atmete er tief ein und ließ frische Luft in seine Lungen. *Was war das gerade*?, fragte er sich ungläubig. So seltsam hatte er seinen besten Freund noch nie erlebt. *Tut mir leid, bin ein bisschen genervt von meinem Unfall.* Er dachte an Alvins Begründung für den festen Griff an seinen Arm. Levon glaubte ihm kein Wort. Was war da in Alvins Rucksack gewesen? Was hatte er nicht sehen sollen? Ihn weinen zu sehen – das hätte sich Levon bis zum heutigen Tag kaum vorstellen können. Noch nie hatte er Alvin in den ganzen Jahren traurig gesehen. Ernst und entschieden – ja, das war sein Freund häufiger … Und immer an den richtigen Stellen. Aber traurig? Weinend? Und wieso hatte er sich nicht aus dem Krankenhaus bei ihm gemeldet? Seine Nummer hatte Alvin doch. *Wieso habe ich ihn das nicht eben gefragt*? Er ärgerte sich darüber, es vergessen zu haben.

– Kapitel 15 –

Kalter Entzug

Vier Wochen waren mittlerweile seit dem verhängnisvollen Abend bei Alisha vergangen. Seitdem hatte Levon nicht mehr richtig schlafen können. Nachts plagte ihn immer derselbe Albtraum. Auf einem Roboter fuhr er in eine Eishöhle. Mit seiner Laserwaffe schoss Levon auf feindliche Roboter. Irgendwann bog er nach rechts ab und fuhr in eine enge Sackgasse innerhalb der Höhle, in der er nicht mehr wenden konnte. Immer lauter wurde das Surren eines nahenden, feindlichen Roboters, der schließlich auf ihn schoss. In diesem Moment riss Levon immer schweißgebadet die Augen auf. Jede Nacht fuhr er von Neuem in die Sackgasse.

Einmal hatte er von Alisha geträumt. Langsam waren sie aufeinander zugegangen. Dann hatten die beiden sich nebeneinandergestellt. Zentimeter für Zentimeter waren ihre Hände näher gekommen, bis sie sich ineinandergeschmiegt hatten. Tief hatten Levon und Alisha sich in die Augen gesehen, als sie Händchen haltend dastanden. Sie hatte ihm ein unwiderstehliches Lächeln geschenkt. Levon konnte den Moment immer noch spüren. Der Traum hatte sich so real angefühlt. Sein Herz war ihm für ein paar Sekunden wieder aufgegangen. Bis zu dem Moment, als er aufgewacht war. Sofort hatte Levon den Schmerz wieder gespürt. Die Trauer. Eine tiefe Kränkung.

Manchmal erwischte Levon sich dabei, wie er mit Alisha sprach und für einen kurzen Moment vergaß, was passiert war. Dann machte er Späße mit ihr. Oft kreierte er in seinen Gedanken Situationen, die er gern noch mit Alisha erlebt hätte. Er sagte ihr freche Sprüche in der Öffentlichkeit und schaute, wie sie reagierte. Levon neckte sie. Er forderte sie heraus. *Zeig mir doch, wie tough du bist*, dachte er dann. *Das liebe ich nämlich, falls du es noch nicht bemerkt hast.* Wenn Levon sie damit überraschte, reagierte Alisha oft schüchtern, was er süß fand. Doch manchmal konnte sie auch gut kontern. *1:0 für dich.* Er gestand Alisha dann den Sieg zu und klopfte ihr anerkennend auf den Rücken.

Wenn Levon sich nachts ins Bett legte, redete er mit ihr. „Streichel mich“, sagte er dann, als würde sie neben ihm liegen. Levon spürte, wie er ihre Liebe brauchte. Sein Wunsch nach Nähe und Zärtlichkeit war so groß, dass es ihm Kopfschmerzen bereitete.

Stand Levon im Supermarkt, verspürte er oft Hass gegenüber Alisha. *Sie war unehrlich zu dir. Sie ist unreif. Sie ist kein guter Mensch. Sie hat dich weggeworfen. Obwohl du dich ihr gegenüber so geöffnet hast*, waren seine Gedanken. Dann stand Levon im Laden und ballte mit zusammengezogenen Augenbrauen die Fäuste. Sein Herz schlug schneller.

Bei zahlreichen Spaziergängen in den Wäldern der Umgebung hatte Levon nach einem Wunder gesucht. Doch bisher keines gefunden.

Alvin lag immer noch im Krankenhaus. Bakterien hatten seinen Fuß infiziert. Die Ärzte konnten sich nicht erklären, wie es passiert war.

Levon hatte seine Nachtspaziergänge seit dem schrecklichsten Tag seines Lebens wieder aufgenommen. Fast jede Nacht war er unterwegs und suchte. Nach was suchte er? Nach Hoffnung. Was fand er? Nichts.

Eines Nachts streifte Levon wieder durch die verlassenen Straßen seiner Stadt. Sein Blick war müde, das Gesicht abgekämpft von den letzten Wochen. *In zwei Wochen ist Weihnachten*, stellte er fest. Augenblicklich musste Levon daran denken, wie es wäre, das Fest der Liebe mit ihr verbringen zu können. Vor seinem inneren Auge sah er Alisha in ihrem roten Kleid und sie beide vorm Christbaum stehen. Beim Blick aus dem Fenster bot sich eine verschneite Landschaft.

„Frohe Weihnachten", flüsterte Levon Alisha ins Ohr und gab ihr einen Kuss auf die Wange.

„Frohe Weihnachten", entgegnete sie sanft und fuhr ihm durch die Haare. Aus dem Radio ertönte „Süßer die Glocken nie klingen" und das Haus roch nach frisch gebackenen Plätzchen. Das pulsierende Gefühl strömte durch Levons Körper und versorgte ihn mit heilender Energie. Er musterte Alisha von oben bis unten.

„Na, was gibt's denn da so zu schauen?", fragte sie und blickte ihn herausfordernd an. Levon sagte nichts und musterte sie weiter. „Scheint ihm zu gefallen", sagte Alisha und hob selbstzufrieden den Kopf etwas an. Langsam ging er einen Schritt auf sie zu und kam ihr ganz nahe. Tief schaute er in ihre braunen Augen.

„Was möchte der Herr?" Sie kniff die Augen leicht zusammen.

Vorsichtig drückte er Alisha an die Wand, legte ihr die Hände hinten um die Oberschenkel und hob sie hoch. „Dich", flüsterte er ihr zu. „Halt dich an meinen Schultern fest", forderte Levon sie auf. Mit selbstbewusstem Blick tat Alisha, was er sagte. Dann trug Levon sie nach oben ins Schlafzimmer. Dort legte er sie sanft auf der Matratze ab. Levon zog sein weißes Hemd aus und beugte sich über Alisha. Sie hatte ihren attraktivsten Blick aufgesetzt. „Du bist so wunderschön", flüsterte er ihr ins Ohr.

„Oh, danke schön", sagte Alisha. „Ich möchte dir auch etwas ins Ohr flüstern. Aber möchtest du vorher den Rollladen schließen? Dann ist die Stimmung noch schöner."

„Uuh", antwortete Levon, „jetzt bin ich aber gespannt, was du mir sagen wirst."

„Kannst du auch sein", entgegnete sie selbstbewusst.

„Schön hierbleiben", ermahnte Levon sie mit einem Augenzwinkern, als er vom Bett aufstand und den Rollladen schloss.

„Oh, ich habe nicht vor, wegzulaufen", entgegnete Alisha.

Nachdem Levon den Rollladen geschlossen hatte, beugte er sich wieder über sie. „Ich höre", sagte er erwartungsvoll. Zärtlich strich sie ihm über die Brust. Levon schloss die Augen. „Du machst es ja spannend", bemerkte er, während ihm ihre Streicheleinheit ein wohliges Gefühl gab.

„Dreh dein Ohr zu mir", forderte Alisha ihn schließlich auf. Levon beugte sich zu ihr herunter.

„Du bist so ein toller Mensch, Levon. Du bist intelligent – dein Wissensschatz ist groß. Du bist klug – so oft triffst du die richtigen Entscheidungen. Du bist vorausschauend – du antizipierst, welche Folgen dein Handeln für die Zukunft haben könnte. Du bist selbstbewusst – du weißt, was du willst und bist mutig." Kurz legte sie eine Pause ein. *So schöne Worte*, dachte Levon und war gespannt, was sie als Nächstes sagen würde.

Dann öffnete sie wieder den Mund. „Und all das konnte nicht verhindern, dass ich dich so sehr in den Boden gerammt habe."

Mit einem Mal riss Levon die Augen auf. „Wie bitte?", fragte er, unsicher, ob er sie falsch verstanden hatte.

„Das kleine, unreife Mädchen hat dich so sehr verletzt, wie du noch nie zuvor in deinem Leben verletzt wurdest, Levon", hauchte sie ihm kalt ins Ohr. „Das kleine Mädchen hat deine Schwäche entdeckt. Frauen. Und deine Vergangenheit. Du bist eigentlich ein harter Kerl, Levon. So oft der starke Mann. Du würdest keiner Konfrontation der Welt aus dem Weg gehen, wenn es sein müsste. Niemals könnte dich ein anderer Mann nachhaltig verletzen. Selbst wenn du getroffen werden würdest, sähest du es als Ansporn. Als Ermutigung, noch mehr in diesem Wettkampf zu geben. Da kann dir keiner etwas vormachen. Du würdest kämpfen, bis du gewonnen hättest. Und vorher keine Ruhe geben. Aber bei mir kannst du das nicht, Levon – weil du dich in mich verliebt hast. In das kleine Mädchen, das du am Anfang zwar sympathisch fandest, das dich aber nicht weiter interessiert hat. Du hast eine Erfahrung gemacht, die du noch nie zuvor gemacht hast, nicht wahr, Levon?", fragte sie. „Du wurdest schon häufiger von Frauen verletzt, aber bei mir fühlt es sich anders an. Warum fühlt es sich anders an?", fragte sie rhetorisch. Sie schob ihren Mund noch näher an sein Ohr: „Weil du dich das erste Mal in deinem Leben zuerst in den Charakter einer Frau verliebt hast statt in das Aussehen“, hauchte sie. „Und dann hast du gemerkt, wie sehr der Charakter auf das Aussehen ausstrahlen kann. Ich werde für dich jeden Tag attraktiver. Du liebst meine Augen immer mehr. Du liebst meinen Körper immer mehr. Du liebst jeden Zentimeter von mir immer mehr. Wie fühlt es sich an, jemandem verfallen zu sein, Levon? Du liebst und hasst mich gleichzeitig. Ich habe dir deine Hoffnung genommen, dass alles wieder gut wird. Armer Levon“, sagte sie schelmisch. „Du hast mich ganz und gar in dein Herz gelassen und ich habe es dir rausgerissen. Wie ist es, jemanden mit Haut und Haaren zu lieben? Aber die Liebe nicht erwidert zu bekommen? Wie fühlt es sich an, wenn der Kopf kaputtgeht? Und einem niemand helfen kann? Du denkst jede Sekunde deines Tages an mich. Du würdest platzen vor Freude, wenn ich wieder zu dir zurückkäme. Dir sagen würde, dass es ein Fehler war. Ich es mir anders überlegt hätte. Am Anfang würdest du ein bisschen so tun, als wärst du dir unsicher, und mich ein wenig zappeln lassen. Aber das würdest du nur tun, um zu verschleiern, wie sehr du mich brauchst. In deinem Kopf würdest du mich zurücknehmen, wenn ich nur schnippen würde. Du bist ein Abhängiger, Levon. Ein Drogensüchtiger. Ich bin deine Droge. Die Vorstellung, sich zuerst in den Charakter einer Frau zu verlieben. Du liebst es, weil du Oberflächlichkeit hasst. Du dachtest nur bisher, es wäre nicht möglich, weil man immer zuerst die Optik einer Person wahrnimmt. Die Hülle. Aber schau, wie es bei mir war, Levon. Ein halbes Jahr hast du mich regelmäßig im Tanzkurs gesehen – nichts. Und dann hast du eines Tages meine Nachricht gelesen. ‚Aufmerksamkeit, Empathie, Wertschätzung', stimmt's, Levon? Alles, was du jemals von einer Frau wolltest. Ich konnte sofort etwas in dir hervorrufen. Und *zack* – plötzlich fandest du mich auch äußerlich immer anziehender und anziehender. So wurde ich die schönste Frau der Welt für dich. Und jetzt leidest du und bist jeden Tag traurig. Dann wütend. Dann wieder traurig. Vergießt Tränen. Du fühlst dich elend. Die schlimmste Zeit deines Lebens, nicht wahr? Aber mach dir nichts draus, ich erlöse dich von deinem Leid."

Plötzlich spürte Levon, wie Alisha weit ausholte. Im letzten Moment sah er eine silberne Klinge aufblitzen. Levon wollte die Arme hochreißen, um die Attacke abzuwehren, doch sein Körper war völlig paralysiert. Mit voller Wucht bohrte sich das Messer in seine linke Brust. Aus dem Augenwinkel sah er Alishas diabolisches Grinsen.

„Nein!" – mit einem Satz schreckte Levon im Bett hoch. Schon wieder ein Albtraum. Schnaufend legte sich Levon die rechte Hand auf die linke Brust und begann, sie zu streicheln. Ein Blick auf die Uhr verriet ihm, dass es 3 Uhr nachts war.

Plötzlich spitzte Levon die Ohren. Waren da nicht gerade Schritte gewesen? Angespannt lag er im Bett und konzentrierte sich. *Tack, tack, tack, tack* ... Jemand lief die Treppe hinauf. Schnell drehte sich Levon zur Bettkante und setzte geräuschlos seine Füße auf den Boden. Zügig schlich er hinter die Tür und wartete. *Tack, tack* ... Das Klacken auf der Treppe verstummte. Die Person hatte die erste Etage erreicht. Levon spürte, wie seine Halsschlagader pochte. Er hörte, wie jemand über den Teppichboden ging und immer näher kam. Eine Hand legte sich auf die Türklinke und drückte sie herunter. In der Dunkelheit sah Levon, wie Füße ins Zimmer traten. Dann kam ein Kopf zum Vorschein. Blitzschnell trat Levon hinter der Tür hervor, legte seinen Ellenbogen um den Hals der Person und drückte sie mit dem anderen Arm dicht an sich. Er spürte einen schlanken Körper.

„Oh. Heute bist du aber gefährlich. Nicht, dass du deiner ersten großen Liebe noch wehtust", sagte Viola.

„Du solltest nicht mehr hierherkommen", entgegnete Levon, der sie weiter festhielt.

„Bin halt ein unanständiges Mädchen."

„So, was willst du jetzt schon wieder?", fragte Levon, während er sie losließ und sich wieder ins Bett legte.

Viola grinste. „Wieder mal von mir eingeholt worden?", fragte sie, die Hände in die Hüften gestemmt. Levon blieb stumm. „Wusste ich's doch, dass du darauf nichts antworten kannst", rief sie und lachte. „Schau mal, Levon", sagte sie, während sie zum Rollladen ging und ihn etwas öffnete, damit mehr vom Mondlicht ins Zimmer fiel. „Ich habe mir extra für dich die Haare blond gefärbt."

„Schön für dich", entgegnete Levon. „Irgendwo unten in der Küche ist noch eine Packung Kekse. Die kannst du dir sehr gerne zur Belohnung mitnehmen, wenn du gleich gehst."

„Tu doch nicht so cool, Levon", sagte sie nun lauter. „Ich habe immer noch Einfluss auf dein Leben. Schau, wie du es wieder wegen mir verhauen hast", sagte sie selbstbewusst.

„Ich habe es nicht wegen dir verhauen", antwortete Levon. „Deine blonde Haarsträhne war der Anlass dafür, dass mir jemand zu verstehen gegeben hat, in den letzten Wochen nicht ehrlich gewesen zu sein. Aber nicht der Grund."

„Denkst du?", fragte Viola und neigte ihren Kopf etwas zur Seite. „Was, wenn doch? Vielleicht hätte sie ja noch etwas für dich entwickelt, hättest du sie nicht verprellt."

„Wenn eine Person dir im Nachhinein sagt, dass sie sich schon vor Wochen komisch gefühlt hat und auch nicht glaubt, dass sie noch etwas für dich entwickeln wird, klingt das für mich nicht so, als wäre ein blöder Satz von mir der Auslöser für das Ganze gewesen", erklärte Levon.

„Und du glaubst immer noch das, was Frauen dir sagen?", fragte Viola und begann erneut zu lachen. „Wenn Frauen gekränkt sind, wissen sie doch selbst nicht, was sie fühlen oder jemals gefühlt haben", sagte sie.

„Vielleicht wissen sie es aber gerade *dann*, weil ihr euch immer erst traut, etwas zu sagen, wenn ihr einen Anlass dazu bekommt", rief Levon jetzt wütend. „Ihr wartet doch nur auf den ersten Fehler, um dann aus heiterem Himmel sagen zu können, was euch schon vor Wochen und Monaten gestört hat. Anstatt es jemandem gleich mitzuteilen."

„Ach, schau auf deine eigenen Fehler, Levon", sagte Viola trotzig. Levon sprang vom Bett auf. Hasserfüllt preschte er zu ihr ans Fenster.

„Oh, was willst du jetzt tun, Levon?", fragte sie ihn herausfordernd. „Schlägst du mich jetzt?"

Levon drückte seine Stirn an ihre. Er fletschte die Zähne. „Verzieh dich aus meinem Leben. Und komm nie wieder."

Kurz blieb Viola stehen und schaute ihn an. Dann lief sie zur Tür und ging die Treppe wieder herunter. Er hörte, wie sie die Haustür öffnete und hinter sich schloss. Levon sank auf die Knie. *Einen Punkt hat sie,* dachte er. *Ich habe die Beziehung mit Viola nie richtig aufgearbeitet. Die Zeit regelt nicht alles. Man muss aktiv etwas tun. Ich habe mich zu wenig mit meinen Schwächen und Fehlern auseinandergesetzt. Eine neun Jahre alte Beziehung darf keinen negativen Einfluss mehr auf mein Handeln haben. Daran muss ich etwas ändern. Ich muss reinen Tisch machen.* Auf allen vieren kroch er zum Bett zurück und zog sich an der Matratze hoch. Völlig entkräftet schlief Levon sofort ein.

- Kapitel 16 -

U-Boot

Levon schrieb Zeile um Zeile auf das vor ihm liegende Papier. Er hatte sich dazu entschlossen, Alisha einen Brief zu schreiben, um reinen Tisch zu machen. Mit sich. Und mit ihr.

Hallo Alisha,

ich schreibe dir diesen Brief, um mein damaliges Verhalten zu erklären. Du hast dich gewundert, weshalb eine blonde Strähne so eine Reaktion in mir hervorrufen konnte. Das hat mit einer Beziehung von mir zu tun, die vor vielen Jahren zu Ende gegangen ist. Mit meiner damaligen Freundin hatte ich sehr viel Streit. Wir haben über alles gestritten. Jede Kleinigkeit. Das hatte damit zu tun, dass ich zu Beginn unseres Kennenlernens sehr verletzt wurde. Und ihr danach nicht mehr richtig vertrauen konnte. Sie hatte auch eine blonde Strähne. Und wir haben uns auch darüber gestritten. Leider habe ich diese Beziehung nie richtig aufgearbeitet. Als ich gemerkt habe, dass ich mir eine Beziehung mit dir vorstellen kann, habe ich deine blonde Strähne mit all den negativen Ereignissen verknüpft, die ich in meiner Beziehung damals erlebt habe. Ich habe schlechte Erfahrungen mit einer anderen Frau auf dich projiziert. Dafür gibt es keine Rechtfertigung. Deshalb möchte ich mich bei dir entschuldigen. Du bist gut, so wie du bist. Es gibt nichts, was du ändern müsstest. Du bist sehr kostbar. Das wollte ich dir einfach sagen. Ich mag dich sehr.

Levon

Er las sich die Zeilen noch einmal Wort für Wort durch. *Nicht zu lang, aber alles untergebracht, was ich sagen will. Ich übernehme Verantwortung für meine Worte.* Levon nickte. Er war zufrieden mit dem Text. Dann steckte er den Brief in einen weißen Umschlag. *Ist der Text wirklich gut so?* Plötzlich haderte er doch. Nochmals nahm er das Papier aus dem Umschlag und las sich die Zeilen durch. *Soll ich diesen Satz vielleicht besser herausnehmen? Fehlt an dieser Stelle nicht etwas?*, grübelte er. Levon wollte, dass es unmissverständlich für sie war. Es sollte nicht so wirken, als nutzte er seine gescheiterte Beziehung aus der Vergangenheit als Ausrede. „Dafür gibt es keine Rechtfertigung." Er las erneut seinen Satz. *Das ist unmissverständlich*, stellte Levon fest und steckte den Brief wieder zurück in den Umschlag. Schon wollte er Alishas Adresse vorn und seine als Absender auf die Rückseite schreiben und die schönste Briefmarke heraussuchen. Dann stockte er. *Was, wenn der Brief bei der Post verlorengeht und nicht bei ihr ankommt? Ich werde den Brief selbst bei ihr einwerfen.* Sein Entschluss stand fest.

Wenige Stunden später stieg Levon in sein Auto und fuhr zu Alisha. Als er am Briefkasten ihres Hauses stand, musste er sich etwas überwinden, den Brief einzuwerfen. *Dann gibt es kein Zurück mehr*, sagte er sich. *Aber das willst du ja auch.* Er ließ den Brief los. „Ich würde mich über eine Reaktion freuen“, murmelte er und fuhr wieder nach Hause. Levon hatte das Sonar aktiviert.

Daheim angekommen, erzählte er Bekannten von dem Brief und fragte sie, was sie von dem Text hielten.

„Der Brief ist sehr respektvoll geschrieben, es wäre schade, wenn sie darauf nicht antworten würde“, sagte ihm eine.

„Ich hätte ihr gar keinen Brief geschrieben“, eine andere.

„Warum nicht?“, wollte Levon von letzterer wissen.

„Weil du ihr damit zu viel Aufmerksamkeit gibst. Du hast keinen Fehler gemacht. Ich denke, sie hätte sich sowieso noch bei dir gemeldet“, antwortete sie.

Ungefähr jetzt wird sie den Umschlag aus dem Briefkasten holen, dachte Levon am nächsten Morgen. Was würde sie von seinem Text halten? Würde sie reagieren? Und falls ja, wie würde sie reagieren? „Denk jetzt nicht die ganze Zeit daran und geh ein bisschen an die frische Luft“, sagte Levon sich laut.

Beim Fahrradfahren in der Natur wollte er positive Energie tanken. Levon fuhr über die Felder und dachte an Alvin. Er vermisste es, mit ihm hier draußen zu sein. Regelmäßig besuchte Levon ihn im Krankenhaus, aber seit dem Unfall schien Alvin nicht mehr derselbe zu sein. Unsicherer, ratloser und müder wirkte er auf Levon. War es wirklich die Verletzung, die ihn so mitnahm? Früher hatte sich Alvin nie größere Gedanken gemacht, wenn er krank oder verletzt war. „Ist doch nur eine vorübergehende körperliche Einschränkung“, hatte er dann immer gesagt und gelächelt. *Wegen dir.* Levon erinnerte sich an Alvins Antwort, als er ihn beim ersten Besuch im Krankenhaus gefragt hatte, warum er weine. Ging es Alvin also wegen ihm, seinem besten Freund, schlecht? Aber früher war er doch auch immer optimistisch gewesen, rief sich Levon in Erinnerung. Ihm fiel ein anderer Satz von Alvin ein: *Du darfst niemals aufgeben.* Doch jetzt wirkte sein bester Freund für ihn so, als zweifelte er selbst an einigen seiner Grundsätze.

Levon stellte sein Fahrrad ab und ging hoch zum Deich, wo er Platz nahm. „Mein rechter, rechter Platz ist leer, ich wünsche mir den Alvin her", sagte er vor sich hin.

„Als was soll ich kommen?", hörte er seinen Freund rufen.

„Komm als Affe", antwortete Levon und schaute auf den gegenüberliegenden Deich, als sähe er Alvin dort.

„Okay, kein Problem", sagte sein Freund, wandte ihm den Rücken zu und schüttelte sich ein paar Mal. Dann drehte er sich mit weit offenem Mund um. „Uh, uh, uh ... ah, ah, ah, ah." Alvin ahmte einen Affen nach und lief mit angewinkelten Armen in Levons Richtung. „Aaaah, aaaah, aaaah", stieß er aus und deutete auf den Fluss, den er überqueren musste, um zu seinem Freund zu gelangen.

Levon lachte laut los. „Alvin, der Affe! Los, spring rüber", forderte er ihn auf.

„Uuuuh, uuuuh, uuuuh, uuuuh", stieß Alvin aus und bereitete sich auf den Sprung vor. Levon hielt sich den Bauch vor Lachen. Schließlich machte Alvin einen beherzten Satz auf die andere Seite des Deichs und kam mit Affenbewegungen die Böschung hochgelaufen.

„Du solltest Affenimitator werden", sagte Levon grinsend. „Ich würde auf jeden Fall Eintritt bezahlen, um dich zu sehen."

Alvin tippte sich mit dem Zeigefinger kurz auf die rechte Schläfe. „Affenmodus war erfolgreich. Beenden", sagte er mit einer Roboterstimme. Dann setzte er sich zu seinem Freund.

„Schön wär's", sagte Levon mit Bedauern und versetzte sich wieder in die Realität zurück. Bedächtig erhob er sich und ging die Böschung des Deiches wieder hinunter. Dann stieg er auf sein Fahrrad und fuhr nach Hause. Dort angekommen, lief er ins Arbeitszimmer im ersten Stock. Vielleicht hatte sie ihn angerufen. Levon blickte auf das Telefon, doch es wurde kein neuer Anruf angezeigt. Vielleicht dachte sie gerade darüber nach, was sie antworten wollte. Die beiden U-Boote befanden sich nun auf gleicher Höhe.

Levon stieg die Treppe zum Erdgeschoss hinunter und setzte sich an das Klavier im Wohnzimmer. Langsam hob er den Deckel. Mittlerweile war es Abend geworden. Sein Blick fiel auf die langen, schmalen Kerzen, die links und rechts am Instrument befestigt waren. Mit der linken Hand öffnete Levon die Schublade neben sich und zog eine Streichholzschachtel hervor. Gekonnt fuhr er mit dem Zündstäbchen über die Reibfläche. Das Holz knisterte. Dann zündete er die Kerzen an und legte vorsichtig die Finger auf die Tasten. Traurige Melodien ertönten, während sich sein Gesicht im Kerzenschein auf dem schwarzen Klavier spiegelte. Immer mehr Emotionen legte Levon in die Musik und vergaß dabei die Zeit. Zwischendurch drehte er den Kopf kurz nach rechts zum Fenster. Er suchte den Mond am Himmel, doch der Himmelskörper war nicht zu erkennen. Nach einiger Zeit verspürte Levon Hunger, da er noch nicht zu Abend gegessen hatte. Wie spät war es mittlerweile? Er erschrak, als sein Blick auf die Uhr fiel: 21:30 Uhr. Levon hatte drei Stunden am Stück gespielt. *Es lenkt ab*, stellte er fest. *Es lenkt ab von dieser Tragödie.* Levon erhob sich vom Klavierhocker und lief in die Küche. Er hatte keine Lust mehr zu kochen und schob eine Pizza in den Backofen. „In so einem großen Haus so ganz alleine“, sagte Levon laut zu sich. Nachdem er sein Abendessen auf einen Teller gelegt hatte, ging er zur Couch, setzte sich und schaltete den Fernseher ein. Leer blickten seine Augen auf den Bildschirm. „Mein linker, linker Platz ist frei, ich wünsche mir die …“ Er stockte. Traurig sah Levon zu Boden. Wieder überkam ihn ein Ozean von Erschöpfung. „Ich muss mich hinlegen“, ächzte er. Schnell war die Pizza aufgegessen und er schleppte sich nach oben. So müde war Levon, dass er sich am Treppengeländer hochziehen musste. Auf der letzten Stufe stolperte er und fiel nach vorn. Gerade noch konnte er die Hände vor seinen Körper bringen und den Sturz abfedern. Völlig entkräftet blieb er zunächst liegen. Auf Knien kroch Levon die restlichen Meter ins Schlafzimmer und zog sich mit einem letzten Kraftakt an der Matratze hoch. Sein Gesicht fiel aufs Kissen. „Ich brauche dich so sehr“, flüsterte er. „Ich will dich so sehr.“

Plötzlich musste Levon stark husten. Er richtete sich im Bett auf. *Warum ist dieser Husten so stark?*, fragte er sich verzweifelt, und sein Geist fand keine Ruhe. Auf einmal sah er Blut an seiner Hand. *Vielleicht schreibt sie ja sogar einen Brief zurück.* Er war kurz vor dem Einschlafen. *Heute werden die Gegner besiegt*, dachte er und schloss die Augen.

Rrrrrrrrrrrr – auf dem Roboter fuhr er wieder in die Eishöhle hinein. Er betätigte den Abzug seiner Laserwaffe, als die ersten beiden feindlichen Roboter auftauchten. Mit einem leisen Knall fielen sie zu Boden. Levon verlagerte das Gewicht und fuhr nach rechts. Auf einmal schoss ein Roboter aus einem Nebentunnel heraus. Levons Finger drückte blitzschnell den Abzug. Wieder traf er. Seine Augen blinzelten kaum, so konzentriert scannte er die Umgebung der Höhle. Ein leises Surren aus der Ferne drang ihm ans Ohr. Von wo kam es? Vom Tunnel rechts, analysierte er. „Alles oder nichts. Das ist der Levon, der du sein willst", sprach er mit Stolz und fuhr wild entschlossen in den Tunnel hinein. Weit riss Levon die Augen auf, als er drei feindliche Roboter sah, die sich ihm entgegenstellten. Es schien unmöglich zu sein, ihren Schüssen in dem schmalen, unterirdischen Gang auszuweichen. Blitzschnell verlagerte Levon das Gewicht auf seinem fahrenden Roboter und wich den Lasern aus. „Wohoooo", stieß er aus, während das Adrenalin durch seinen Körper strömte und er sich stärker und stärker fühlte. Dreimal drückte Levon den Abzug seiner Waffe – dreimal traf er. Die Roboter fielen zu Boden. *Noch einer* – Levon spürte es. Woher wusste er, dass noch genau ein feindlicher Roboter übrig war? Levon wusste es einfach. Er kam zu der Gabelung, an der er bisher jedes Mal nach rechts gefahren war. „Heute biege ich nicht in die Sackgasse ab", sagte er kämpferisch. Er verlagerte seinen Körper nach links und fuhr in den Tunnel. Dieser schien höher und breiter zu sein. *Gleich kommt der Endgegner*, sagte Levon sich, den Finger ganz nah am Abzug. „Konzentrier dich." Er machte sich Mut. „Du kannst es, Levon. Du schaffst es."

Aus dem Augenwinkel bemerkte er, dass die Decke der Eishöhle näher zu kommen schien. *Egal, das bedeutet wahrscheinlich, dass der Endgegner bald auftaucht.* Levon fuhr mit voller Geschwindigkeit weiter. Der Gang wurde immer schmaler. Nun kam eine Steigung. Levon gab alles, um seinen Roboter nach oben zu schieben. „Geschafft", sagte er kämpferisch, als er den Anstieg gemeistert hatte. Mittlerweile passte Levon mit seinem Roboter gerade noch so durch den Tunnel. Dicht über ihm war die Eisdecke – zu seinen Seiten die Wände. Levon fuhr weiter. Schlagartig tat sich vor ihm eine Eiswand auf.

Sackgasse.

Panik.

„Dreh dich, Levon, dreh dich", sagte er sich verzweifelt, während er versuchte, den Roboter um die eigene Achse zu drehen. Doch es war zu wenig Platz da. Pures Grauen überfiel ihn.

Zzzzzzzzzzzz, hörte er ganz leise aus weiter Ferne.

Na, Levon, mal wieder verloren? Eine Stimme erklang in seinem Kopf.

Egal, welchen Weg du wählst, es ist niemals der richtige, sprach eine andere.

Du bist ein Versager, Levon, hörte er eine dritte sagen. Levon starrte auf die massive Wand vor ihm.

Zzzzzzzzzzzz – das Geräusch wurde nur ganz langsam deutlicher. Eine Ewigkeit schien zu vergehen. Kalter Angstschweiß tropfte auf den eisigen Boden. Levons Nerven waren zum Zerreißen gespannt.

Zzzzzzzzzzzz – er hörte das Geräusch wieder etwas lauter. „Erlös mich endlich", flehte Levon. „Ich will hier raus."

Zwei weitere Minuten vergingen, bis er das Geräusch des nahenden Roboters klar und deutlich hören konnte. Levon warf einen Blick über die Schulter. Er konnte ihn nicht genau erkennen, doch er sah seine Umrisse. Dann schaute Levon wieder nach vorn. *Mach schon*, dachte er und atmete tief. Levon hörte, wie der Abzug betätigt wurde. Ein roter Laserstrahl traf ihn.

Mit einem Mal schreckte Levon im Bett hoch. Obwohl er sein Gesicht selbst nicht sehen konnte, wusste er genau, wie es in diesem Moment aussah. Abgekämpft. Erschöpft. Gezeichnet. *Wie soll das nur weitergehen?*, fragte er sich. Ganze zwei Stunden benötigte sein Kopf, um wieder einzuschlafen. In dieser Nacht suchte ihn kein weiterer Traum mehr heim.

– Kapitel 17 –

Zerrissenheit

Levon legte sein Fahrrad auf die Seite. Entschlossen schritt er zum Deich. Die Dämmerung hatte eingesetzt. In den vergangenen vier Monaten waren die Felder um seine Heimatstadt noch stärker als vorher zu einem Rückzugsort für ihn geworden. Auf dem Deich angekommen, setzte er sich. Sofort liefen ihm Tränen aus den Augen und er schluchzte laut auf. Es war keine normale Traurigkeit, die sich Bahn brach, während Vögel über das Gebiet flogen und der Himmel langsam dunkler wurde. Der Schmerz vieler Monate drang aus ihm. Levon achtete nicht einmal mehr darauf, ob jemand in der Nähe war. Nach einigen Minuten wurde er langsam ruhiger. Eine Weile blieb er noch auf dem Deich sitzen, dann ging er wieder hinunter. *Das war das heftigste Weinen, das ich jemals an den Tag gelegt habe*, schwirrte ihm durch den Kopf. Mit traurigen Augen blickte er zum Horizont.

Materiell alles besitzen, was man braucht, aber trotzdem unglücklich, dachte sich Levon. „Ein gewisses Maß an Geld ist wichtig, aber dein Herz wird vor allem durch andere Dinge befriedigt", sagte er vor sich hin und nickte. „Liebe. Freundschaft. Empathie. Respekt. Ehrlichkeit." Levon schaute auf den Boden. „Alles kostenlos ... und dennoch so schwer zu finden“, stellte er ernüchtert fest. „Warum eigentlich?“ Sein Blick wurde finsterer.

Eigentlich wollte er anderen Menschen so gern vertrauen. Ihren Worten Glauben schenken. Sich darüber freuen, was sie ihm sagten. Doch Levon zweifelte daran, dass er es noch konnte. *Jedes Mal, wenn man einem Menschen Worte glaubt und enttäuscht wird, stirbt man ein bisschen mehr,* überlegte Levon. *Und dann am Ende* ... Er musste schlucken. *Ist man tot.*

„Gibt es auch Möglichkeiten, sich aufzuladen?“

Levon blickte sich um. Woher war die leise Stimme gekommen? Er kniff die Augen zusammen und drehte sich einmal um die eigene Achse. Ein wenig Licht war noch da, aber es war so schummrig, dass Levon niemanden erkennen konnte.

„Wer ist da?“, rief er in die wachsende Dunkelheit.

„Alvin“, rief ihm eine vertraute Stimme zu.

„Alvin“, stieß Levon aus. „Wo steckst du denn? Ich kann dich gar nicht sehen.“ Wieder schaute er sich überall um.

„Es ist wichtig, dass du mich hörst“, antwortete ihm die Stimme. Levon schüttelte leicht den Kopf. Manchmal war ihm nicht klar, warum sein Freund bestimmte Dinge tat oder sagte. *Aber wie oft hat er dich bisher enttäuscht?*, war sein zweiter Gedanke. *Sehr selten*, antwortete sich Levon selbst. „Okay, Alvin, ich höre“, sagte er schließlich.

„Aufladen kannst du dich nur durch Selbstbewusstsein“, begann Alvin. „Und deins ist aktuell sehr geschädigt. Kein Wunder – bist du doch so sehr verletzt worden.“ Er machte eine kleine Pause. „Du steckst in einem Teufelskreis. Momentan ist dein Selbstbewusstsein gering. Du bräuchtest dringend Erfolgserlebnisse. Aber sobald dich jemand wieder verletzt, tut es dir doppelt und dreifach weh. Dann hast du noch weniger Selbstbewusstsein. Aber genau das wäre nötig, um wieder mal ein schönes Erlebnis zu haben. Glück bräuchtest du jetzt. Mal irgendetwas Positives, das dir vor die Füße fällt. Aber es kommt nichts."

„Tja", rief Levon. „Schicksal gibt es nicht. Karma ist eine Erfindung der Menschen. Um sich einzureden, dass jemand anderes für Gerechtigkeit sorgt. Für Gerechtigkeit können die Menschen nur selbst sorgen." Er tippte sich mit den Fingern wild auf die Brust. „Aber sie sind zu feige! Deshalb wollen sie, dass es jemand anders übernimmt! Irgendeine höhere Macht!", schrie Levon zornig. „Und wenn mal jemandem, der etwas Schlechtes getan hat, etwas Negatives widerfährt, heißt es: ‚Das war Karma. Das war Karma.' Das ist nicht Karma. Man nennt es Zufall. Wie vielen guten Menschen passieren schlechte Dinge? Und wie vielen schlechten Menschen gute?" Er redete sich in Rage.

„Ich kann dich so gut verstehen", sagte Alvins Stimme.

„Danke, mein Freund", antwortete Levon. „Aber wo zur Hölle steckst du denn jetzt?" Noch einmal schaute er sich um. Doch Alvin war nirgendwo zu sehen. Seine Stimme schien aus dem Nichts zu kommen. „Ich weiß nicht mehr weiter, Alvin", meinte Levon. „Was soll ich denn tun? Das Gefühl in mir wird nicht besser." Stille. „Alvin?" Immer noch Stille. „Bist du noch da?" Er erhielt keine Antwort mehr. Verwirrt ging Levon zu seinem Fahrrad und stieg auf. Kurz verharrte er und schaute in den Himmel. Dann fuhr er nach Hause.

Dort setzte er sich auf die Couch. Nach vorn gebeugt und die Unterarme auf die Oberschenkel gestützt, blickte er zu Boden. Sein lautes Schnaufen hallte in seinen Ohren wider. Der Hass und die Wut der vergangenen Monate hatten ihn ausgelaugt. Sein Blick war erschöpft. Durch den Stress waren einige graue Haare auf seinem Kopf gesprossen.

Levons Zerrissenheit steckte in jeder seiner Zellen. *Ich oder sie – oder niemand von uns beiden*, schoss es ihm durch den Kopf. Dann schob er eine Tiefkühlpizza in den Ofen. Einen kleinen Rundgang legte Levon noch nach dem Essen ein, dann machte er sich bettfertig und ging schlafen.

– Kapitel 18 –

Traum oder Realität?

„Weißt du, was ich denke, Levon? Ich glaube, du liebst nicht diese Person, sondern die Vorstellung davon, sich erst in den Charakter zu verlieben und dann in das Aussehen“, sagte Toivo voller Überzeugung.

„Ich weiß es nicht“, entgegnete Levon. „Könnte sein. Vielleicht aber auch nicht. Es macht auch keinen großen Unterschied für mich. Denn sie steht nun mal für diese Idee.“

„Das stimmt“, sagte Toivo sachlich. „Du wirst etwas ändern müssen“, fuhr er fort. „Wenn du so weitermachst, läufst du Gefahr, immer und immer wieder solche Erfahrungen zu machen. Du musst ein wenig Distanz wahren.“

Schon während Toivos letzter Worte hatte Levon den Mund geöffnet, um direkt darauf zu antworten. „Aber ich bin einfach so, Toivo“, entgegnete er. „Wenn ich das Gefühl habe, dass etwas Ernstes daraus werden könnte, verliebe ich mich schnell. Dann will ich mich einfach vollständig öffnen, romantisch sein und loslassen.“

„Das sollst du auch“, erwiderte Toivo jetzt. „Du musst dich dabei nur etwas stärker kontrollieren – das heißt, schrittweise loslassen.“

„Aber wie soll das gehen?“, fragte Levon ungläubig. „In dem Moment, in dem ich mich einer Person öffne und alles sage, was ich denke, mache ich mich verletzbar.“

„Das klingt wie ein Widerspruch, ist es aber nicht“, sagte Toivo, der leicht lächelte. „Du sollst deine Gefühle zeigen und ehrlich sein. Und natürlich macht man sich verletzbar, wenn man sich öffnet. Aber versuch, ohne Erwartungen an Menschen heranzutreten. Menschen werden dich immer wieder enttäuschen. Reflektier dich stärker selbst. Du musst unabhängiger bleiben, selbst wenn du eine Frau kennenlernst und merkst, dass du dir mehr vorstellen kannst. Leg dein Glück nicht in die Hände eines anderen Menschen. Denn dann kannst du nicht mehr vollständig selbst über deine Zufriedenheit entscheiden. Dann bist du immer abhängig davon, dass eine andere Person dir deine Wünsche erfüllt.“

„Du hast schon recht, Toivo, aber es klingt schwer. In der Theorie klingt das super, aber in der Realität ist das kaum möglich“, sagte Levon.

„Wärst du eigentlich zufrieden mit deinem Leben, wenn die Sache nicht passiert wäre?“, fragte Toivo eindringlich.

Levon überlegte kurz. „Ich wäre auf jeden Fall zufriedener und würde mich nicht so schlecht fühlen. Aber zufrieden wäre ich nicht.“

„Wieso nicht?“, hakte Toivo nach. „Was wünschst du dir?“

Kurz ordnete Levon seine Gedanken. „Liebe. Ehrlichkeit. Wahre Freunde. Ich kann mit dieser Gesellschaft oft nichts anfangen“, erläuterte er dann. „Alle taktieren, lügen, hintergehen dich. Ich verstehe nicht, warum man nicht einfach seine Gefühle und Emotionen mitteilen kann. Unverfälscht. So, wie sie sind.“

„Na ja“, begann Toivo, „das machst *du* ja auch nicht immer. Es gibt doch bestimmt manchmal Situationen, in denen du emotional am liebsten jemanden angreifen würdest." Levon nickte. „Aber du machst es nicht, weil du weißt, dass es nicht gut wäre. Die Auswirkungen wären negativer als der kurze Gewinn der Rache, den du verspüren würdest. Man trifft die Entscheidung mit dem Kopf. Also zeigst du ja auch nicht immer deine wahren Empfindungen, was in solchen Momenten aber positiv ist", führte Toivo aus. „Sonst würde man sich ja häufig in physischen Konflikten befinden. Zum Beispiel immer dann, wenn man Wut gegenüber jemandem empfindet."

„Natürlich, das stimmt, aber ich denke mir: Dann sollte man doch zumindest in der Liebe ehrlich sein. Wenn ich eigentlich emotional Lust dazu hätte, jemanden zu schlagen, aber es nicht mache, habe ich der Person ja nicht geschadet. Wenn ich jemanden aber über Wochen hinweg über meine Gefühle für ihn oder sie täusche, verletze ich damit die Person zutiefst. Das ist etwas anderes."

„Da hast du recht, Levon", stimmte Toivo ihm zu. „So etwas ist falsch. Das geht nicht. Erwarte einfach von anderen Menschen nichts. Es ist auch legitim, wenn sich jemand Zeit lassen will, weil er verletzt worden ist oder einfach nicht so schnell ist. Du bist da einfach anders, Levon."

„Aber ist es dann die richtige Person für mich?", fragte Levon kritisch.

Toivo blickte nachdenklich nach oben. „Es muss nicht die falsche Person sein, nur weil sie sich Zeit lässt", sagte er schließlich. „Du musst ja auch nicht sofort alles von deinen Gefühlen preisgeben", fuhr er fort. „Natürlich sollst du ehrlich sein und kannst es einer Person absolut zeigen, wenn du sie magst. Aber sie muss nicht sofort wissen, wie stark deine Gefühle sind. Damit belügst du sie nicht."

„Aber wenn einfach alle ihre echten Gefühle zeigen würden, wäre das Verhältnis auch ausgeglichen. Dann müsste man sich nicht überlegen, ob man die eigenen Emotionen ebenfalls zurückhalten soll. Das ist doch alles ein Unterdrücken von Gefühlen. Eine Rumtaktiererei. Ich habe kein Problem damit, wenn jemand nichts empfindet. Ich habe ein Problem damit, wenn Menschen so tun, als würden sie etwas empfinden."

Toivo lächelte. „Das stimmt natürlich. Wenn alle ihre echten Empfindungen nach außen tragen würden, gäbe es das Problem nicht."

Die beiden sahen einander an und mussten gleichzeitig grinsen, als sie merkten, dass sie einer Meinung waren.

„Wann wollen wir denn wieder miteinander reden?", fragte Toivo schließlich.

„Wie wäre es in zwei Wochen?", schlug Levon vor.

„Geht klar", sagte sein Gegenüber lächelnd. Beide standen auf. „Dann mach's mal gut, mein Lieber", sagte Toivo und gab Levon die Hand.

„Du auch", erwiderte der. „Vielen Dank und bis dann."

Levon ging auf die Straße hinaus. Ein frühlingshafter Abend bot sich ihm. Die Sonne stand noch am Himmel und wärmte seine Haut ein wenig. *Jetzt etwas abschalten*, sagte er sich und spazierte zum nahe gelegenen Kiosk.

„Was darf's denn sein?", fragte ihn der Besitzer.

Levon schaute schräg nach links zum Kühlschrank. „Ich hätte gerne zwei Apfelsaftschorlen, zwei Bier und ein Baguette."

Der ältere Herr schob die Unterlippe vor und nickte mit dem Kopf: „Die Kombination nimmt auch nicht jeder."

„Deshalb übernehme ich das ja“, sagte Levon grinsend.

„Richtig so“, pflichtete ihm der Mann bei und lachte. „Hier, deine Getränke.“ Er reichte Levon eine Tüte. Levon bezahlte und wollte schon gehen, als der Mann die Augenbrauen etwas nach unten zog. „Alles gut?“, fragte er plötzlich.

„Ja, warum?“ entgegnete Levon. *Schon wieder so eine eingeübte Antwort*, dachte er im selben Moment.

„Du schaust so traurig“, antwortete der Mann.

„Das ist mein normaler Blick“, sagte Levon und lächelte.

Der Gesichtsausdruck des älteren Herrn entspannte sich. „Ach so, ich dachte schon, dir läge etwas auf dem Herzen.“

„Nein, alles gut“, sagte Levon und ging winkend davon. *Das wird mir jetzt schon seit über einem Jahr immer mal wieder gesagt, dass ich traurig schauen würde*, grübelte Levon. Hatte er schon immer so geschaut? War seine Mimik früher eine andere gewesen? Manchmal hatte er den Eindruck, die Leute bildeten sich etwas ein. Doch ab und zu bemerkte er auch selbst seine traurig dreinblickenden Augen. Und dass er den Blick nicht ändern konnte. *Warum geht das denn nicht weg*? Levon haderte dann mit sich selbst und versuchte erfolglos, einen neutraleren Ausdruck aufzusetzen.

Langsam stapfte er den Berg hinauf. Sein Blick fiel auf die Rebstockreihen, an denen edle, blaue Weintrauben hingen. Noch ein wenig höher lief er, um einen möglichst guten Überblick über die Stadt zu haben. Dort nahm Levon auf einer roten Liegebank Platz. „Meine Stadt“, murmelte er und schaute von links nach rechts über die Landschaft.

„Da wohne ich", stellte Levon fest und deutete mit dem Zeigefinger auf eine Stelle, die sich etwa auf 12 Uhr befand. „Da mache ich Sport." Er lokalisierte ein Stadion. „Dort bin ich zur Grundschule gegangen, da aufs Gymnasium, da drüben habe ich ..." Er stockte. Unwillkürlich hielt er sich den linken Handrücken vor den Mund und sah bestürzt aus. All die schönen Momente – vergangen. Das *Wichtigste im Leben ist, glücklich zu sein*, sagte er sich in Gedanken. *Alles andere kommt von selbst.* Er drehte den Kopf nach links zur Bank. Kalte Leere schlug ihm entgegen. Dann sah Levon wieder nach vorn. Tränen kullerten ihm aus den Augen. Die Trauer verwandelte sich allmählich in Hass. Sein Gesicht spiegelte die Wut der letzten Monate wider. Etwas Schreckliches hatte sich in seinen Kopf gepflanzt. Levon wollte aus seinem Kopf ausbrechen. Doch wie sehr er auch an den Gitterstäben rüttelte – sie gaben nicht nach. Ab und zu ging Alisha draußen vorbei und verhöhnte ihn mit Gesten. Dann grinste sie und streckte die Zunge heraus. *Tja. Ich bin hier draußen und du da drin.* So interpretierte es Levon. *Wenn ich rauskomme, zerfleische ich dich. Dann ramme ich dich in den Boden, so wie du es mit mir gemacht hast*, fuhr es ihm durch den Kopf. Er begann zu schnaufen und spürte, wie schnell sein Herz schlug. Sofort fühlte Levon sich wieder schlapp. „Ist das anstrengend", murmelte er. *Hat jemand mal ein Bett? So eine Liegebank ist ja auch recht gemütlich, aber jetzt ein Bett – das wär's*, dachte er. *Und dann damit über die Stadt fliegen. Oder auf einem Teppich. Wie Aladin.* Levon stellte sich vor, wie er bei Sonnenuntergang auf den Teppich stieg und losflog. Unten sah er die winzigen Menschen – aber sie konnten ihn nicht sehen. Völlig ungestört und in Ruhe ließ er die Gedanken schweifen – nur positive, glückliche Gedanken. Eine halbe Stunde flog Levon so umher, bevor er sanft wieder auf dem Berg landete und mit einem ausgiebigen Spaziergang nach Hause die schönste Zeit des Tages einläutete.

„Na, wie war's?", fragte sie ihn, als er heimkam.

„Sehr, sehr schön. So ein toller Himmel, ein toller Ausblick und eine tolle Stadt. Und ich konnte super abschalten."

„Das freut mich zu hören. Es ist aber schön, dass du jetzt wieder hier bist. Ich habe uns etwas zu essen gemacht. Und danach können wir einen Film schauen, wenn du magst." Levon gab ihr einen ausgiebigen Kuss. „Setz dich gerne ins Wohnzimmer und ruh dich etwas aus von deinem Flug", sagte sie augenzwinkernd. Er wollte sich gerade die Schuhe ausziehen, als sie ihn am Arm festhielt. Dann kniete sie sich auf den Boden und löste ihm die Schnürsenkel.

„Also heute muss ich ja gar nichts machen", sagte Levon verwundert.

„Das hast du dir absolut verdient", entgegnete sie und lächelte. Im nächsten Moment spürte er ihre Hand auf seinem Rücken.

„Die Stelle magst du", sagte sie. Levon nickte leicht. Sein Blick wurde trauriger.

„Warum schaust du so traurig?", fragte sie. „Stimmt etwas nicht?"

Levon sah ihr in die Augen. „Doch, es stimmt alles. Du machst mich so glücklich. Und das muss ich erst mal realisieren."

„Oh", sagte sie, „das klingt sehr schön."

Wieder nickte Levon leicht. Dann ging er ins Wohnzimmer und setzte sich auf das Sofa. „Was gibt es denn?", rief er in Richtung Küche.

„Penne mit Oliven, Tomaten und Paprika. Ich hoffe, es schmeckt dir", antwortete sie.

„Das wird es definitiv", sagte Levon, stand auf und ging in die Küche.

„Du sollst dich doch ausruhen", sagte sie und legte ihren Zeigefinger auf seine Brust.

„Das hier ist die beste Entspannung für mich." Levon umarmte sie.

„Ich bin immer für dich da", flüsterte sie ihm ins Ohr.

Levon lächelte. Plötzlich schüttelte es ihn. „Nein. Nicht an sie denken. Hör auf damit", sagte er sich laut und schaute zum Horizont. Er trank einen Schluck von seinem mitgebrachten Bier und nahm eine bequemere Liegeposition auf der Bank ein. Noch eine ganze Weile verharrte Levon so und beobachtete die Vögel, die über ihm am Himmel kreisten. „Sehen fast aus wie Geier", murmelte Levon.

Schließlich erhob er sich von der Bank und lief die ersten Schritte heimwärts.

„Und wer macht mir jetzt meine Nudeln?", fragte er sarkastisch und allein in der Küche stehend. Im nächsten Moment bemerkte Levon, dass er durch die Frage eher noch trauriger wurde. *Leg dein Glück nicht in die Hände eines anderen Menschen,* hatte Toivo gesagt. Einige Minuten dachte Levon darüber nach. Dann schüttelte er den Kopf und verzog das Gesicht. *Wie soll das gehen? Ich bin durch und durch Beziehungsmensch. Auf Dauer kann ich alleine nicht glücklich sein*, waren seine Gedanken, als er eine Tiefkühlpizza in den Ofen schob.

Ich werde mal ganz oben oder ganz unten sein. Levon fiel ein Satz ein, den er vor einigen Jahren zu sich selbst gesagt hatte. Schon damals hatte ihn der Eindruck beschlichen, sein Leben würde einen rasanten Verlauf nehmen. Nachdenklich aß Levon seine Pizza, als ihm plötzlich eine Stimme in den Kopf drang, die seinen Namen sagte. Zuerst ignorierte er sie.

Levon, sagte die Stimme plötzlich wieder, *geh nach oben und leg dich ins Bett.*

Warum das denn?, dachte er, ohne eine Antwort zu erwarten.

Weil ich dann zu dir komme. Die Stimme war auf einmal wieder in seinem Kopf. *Wer ist ‚ich'?*, wollte Levon wissen. Er hatte die Stimme noch nie zuvor gehört, aber sie wirkte anziehend auf ihn. So sanft und selbstbewusst war ihr Klang, dass Levon neugierig war. Doch er hörte auch etwas Gefährliches aus der Stimme heraus. „Ich traue dem Braten nicht", sprach Levon laut aus und blieb sitzen.

Bist du denn nicht neugierig?, fragte die Stimme nun wieder. Levon schwieg und schaute weiter eisern auf den Fernseher. Mittlerweile hatte er aufgegessen.

Plötzlich bewegte sich seine rechte Hand wie von selbst zur Fernbedienung und drückte den roten Knopf. Das Fernsehbild erlosch. Levon starrte ungläubig auf seine Hand. Schlagartig setzte sich sein Körper in Bewegung und wurde nach oben gedrückt. „Verdammt", schrie Levon, „was passiert hier?" Er versuchte, sich schwer zu machen, um wieder auf die Couch zu gelangen, doch irgendeine Kraft drückte ihn hoch. Es machte den Eindruck, als hätte etwas Mächtiges Besitz von ihm ergriffen. Levon geriet in einen Schockzustand. Er fiel in Trance, als seine Beine die ersten Meter zurücklegten und ihn vorwärts schoben. Levons Hand packte den Türgriff und drückte die Klinke nach unten. *Nein*, schrie er leise in seinem Kopf, doch sein Körper gehorchte ihm nicht mehr. Langsam trat Levon durch die Tür und ging durch den Flur. Als sein Fuß den ersten Schritt auf die Treppe setzen wollte, erwachte er aus dem Dämmerzustand. „Nein!", schrie Levon nun aus, krallte sich am Geländer fest und wollte seinen Körper wieder zurück ins Erdgeschoss zwingen. *Ich werde um Hilfe schreien*, beschloss er und holte tief Luft. Doch es funktionierte nicht. Nur ein kleiner, leiser Hilferuf entwich Levons Mund. Dann wurde er weiter die Treppe nach oben gedrückt. Levon fühlte sich, als würde er schon stundenlang kämpfen. Schnell geriet er wieder in den Trancezustand. Seine Beine liefen die letzten Meter nach oben. Dann setzten seine Füße die ersten Schritte auf den weichen Teppichboden des ersten Stocks. Obwohl sich Levon nicht wehren konnte, spürte er die Gänsehaut auf seiner Brust. Die Schlafzimmertür war geschlossen. Seine Beine machten Halt. Eine Minute lang stand Levon vor der Tür und schaute ausdruckslos nach vorn. Plötzlich wurde sein Verstand wieder klarer. Sofort versuchte Levon, die Kontrolle über seinen Körper wiederzuerlangen, doch immer noch konnte er keine Befehle aussenden. Was würde ihn hinter der Tür erwarten? Schließlich drückte seine rechte Hand die Türklinke herunter und stieß die Tür auf. Levon blickte sich im Schlafzimmer um. Niemand war da. Alles lag so, wie er es morgens verlassen hatte. Nun setzten sich seine Beine wieder in Bewegung und gingen zwei Schritte vorwärts. Dann wurde sein Körper einmal herumgedreht und Levons Hand packte den Türgriff, um die Tür zu schließen. Seine Beine gingen die letzten Meter zum Bett.

Leg dich hin, sprach nun wieder die Stimme in seinem Kopf. *Du bist müde.*

Sein Körper folgte dem Befehl. *Ich darf nicht einschlafen. Wer weiß, was dann passiert?*, dachte Levon. Er versuchte, gegen die Müdigkeit anzukämpfen, die plötzlich in seinen Körper drang. Doch sie war so stark und intensiv, dass Levon kein Mittel dagegen fand.

Er schlief ein.

Levon saß in seinem Arbeitszimmer und schaute sich alte Fotos an. Als Kind war er viel mit seinen Eltern gereist. Gelegentlich streichelte Levon über ein Bild, wenn er auf die schönen Erinnerungen zurückblickte. „Hier wollte ich eigentlich längst schon wieder hin", murmelte Levon manchmal, sobald er Fotos aus einem Land entdeckte, in dem es ihm besonders gut gefallen hatte. „In diesem Urlaub sind auch einige lustige Dinge passiert", bemerkte Levon beim Durchstöbern der alten Fotoalben. Plötzlich klopfte es an der Tür.

„Levon, ich bin hier", sagte eine weibliche Stimme.

„Alisha", rief Levon aus.

„Ganz genau", sagte sie. „Was machst du da drinnen, Levon?"

„Ich schaue mir alte Bilder an", antwortete er kurz.

„Du schwelgst wohl in Erinnerungen. Das ist bestimmt auch sehr schön, aber wäre es nicht noch schöner, mit mir neue Erinnerungen zu schreiben? In der Gegenwart und Zukunft."

„Theoretisch schon", antwortete Levon, „aber praktisch willst du mich nicht. Du hast mich weggeworfen."

„Ach, Levon, es tut mir leid. Ich bin nun mal nicht so erfahren wie du. Ich mache Fehler. Ich weiß, wie sehr dich das getroffen hat. Es tut mir sehr leid. Kannst du mir noch mal verzeihen und wir machen einen Neuanfang? Außerdem muss ich dir etwas sagen: Ich habe festgestellt, dass ich dich ..." Plötzlich verstummte ihre Stimme. Levon wartete einige Augenblicke.

„Dass du mich was?", fragte er schließlich, doch sie antwortete nicht. „Warum stehst du eigentlich vor der Tür, kommst aber nicht rein?", fragte er, um herauszufinden, ob sie noch da war. Keine Antwort. Levon stand auf und ging zur Tür. Nachdem er sie geöffnet hatte, schaute er zuerst nach vorn, dann nach links und schließlich nach rechts. Alisha war nicht zu sehen. „Machen wir jetzt ein Versteckspiel?", rief Levon. Keine Antwort. Er ging nach links und betrat das Schlafzimmer. *Hier ist sie auch nicht*, dachte er. Plötzlich sprang ihn etwas von hinten an. Levon fiel auf die Matratze. Er drehte sich um und sah Alisha, die vor ihm auf dem Bett kniete.

„Na, Levon, alles klar?" Er wollte sich bewegen, doch sein Körper war erstarrt. „Du kannst dich nicht bewegen, stimmt's?" Sie schien Bescheid zu wissen. „Weißt du, warum du es nicht kannst, Levon?"

„Nein", antwortete er knapp.

Langsam beugte sie sich zu ihm herunter und legte ihren Mund an sein Ohr. „Weil ich dich lähme. Alles, was du machst, denkst und fühlst, ist von mir beeinflusst. Und das weißt du auch." Levon schwieg. „Gib auf, Levon. Du schaffst es nicht. Ich bin dir einfach überlegen." Sie nickte zu seinem Hals und kniff die Augen leicht zusammen.

„Nein", antwortete Levon.

„Oh, der Herr wehrt sich, interessant", sagte sie. Alisha kam noch näher und schaute ihm tief und fest in die Augen. Er wollte die Augen schließen – aber er konnte es nicht. Zu betäubend war ihr Blick. Levon begann zu keuchen. „Bist du etwa aufgeregt?", fragte sie rhetorisch. Er wusste nichts zu antworten.

„Küss mich", forderte Alisha ihn auf.

Man würde auch keinen Alkoholabhängigen an einer Kneipe vorbeischicken. Levon dachte augenblicklich an die Worte, die ihm Toivo einmal bei einem Gespräch gesagt hatte. *Dann droht er hineinzulaufen und wieder abhängig zu werden.*

„Du bist doch sowieso schon abhängig", sagte Alisha sofort, als könnte sie seine Gedanken lesen. „Los jetzt", hauchte Alisha ihm ins Ohr.

„Ich kann mich sowieso nicht bewegen", stellte Levon fest.

„Ach, wirklich?", entgegnete sie. „Probier's doch noch mal", forderte Alisha ihn auf.

Levon versuchte, seinen Körper aufzurichten. Es funktionierte. Er runzelte überrascht die Stirn.

Alisha lachte. „Weißt du, warum es jetzt wieder funktioniert?", fragte sie ihn.

„Ja", antwortete er knapp.

„Warum? Ich will es hören." Sie ging nun noch stärker in die Offensive.

„Weil ich dich küssen *will*", antwortete Levon und schaute mit leerem Blick geradeaus.

„Du bist gut, Levon. Du bist intelligent. Und warum konntest du dich dann nicht wehren, als du vorhin die Treppe nach oben gegangen bist?", fragte sie weiter.

„Weil ich insgeheim nach oben gehen wollte", stellte er fest.

Alisha nickte. „Und insgeheim hast du sogar gehofft, dass du mich triffst. Du klammerst dich an alles, wohinter ich mich verbergen könnte. Du bist so vernarrt in mich." Levon schwieg. Wieder nickte sie in Richtung seines Halses. Noch ein paar Mal schnaufte Levon tief. Dann drehte er den Kopf auf dem Kissen nach rechts und zeigte ihr seine Kehle. Aus dem Augenwinkel erkannte er Alishas teuflisches Grinsen.

„Brav, Levon", sagte sie. „Was denkst du, was ich nun tun soll?" Alisha wollte ihn augenscheinlich zappeln lassen. Er ging nicht darauf ein. „Du bist so verletzlich", fuhr Alisha fort, während sie ihm über die Stirn strich. Levon rührte sich nicht. „Wie gefällt es dir, wenn ich dich anfasse?", fragte sie. Er antwortete nicht. „Das ist aber böse von dir, dass du nicht antwortest", sagte Alisha schelmisch und löste ihre Hand kurz von ihm. „Ich denke nicht, dass es dir besser gefällt, wenn ich dich nicht berühre, oder? Du liebst mich wirklich, Levon. Selbst, wenn du mich hasst. Und du hasst mich wirklich. Selbst, wenn du mich liebst. Wie schaffst du es, mit diesem Widerspruch umzugehen?"

Seine Kehle weiter zu ihr gerichtet, blickte er nach oben. „Das ist kein Widerspruch."

„Ach, nein?", fragte sie. „Das musst du erklären."

„Es ist dasselbe Gefühl. Nur eine andere Ausprägung."

„Intelligenter Levon." Alisha nickte und grinste. „Du hast bestimmt mal wieder sehr intensiv darüber nachgedacht." Als sie seinen Hals berührte, zuckte er vor Schreck. „Oh, habe ich dich etwa erschreckt?", hauchte sie und kam noch näher. Levons Schlagader pochte. Plötzlich ließ Alisha seinen Hals los. Es wurde still im Raum. Sekunden verstrichen, die Levon wie eine halbe Ewigkeit vorkamen. Schweiß lief ihm über die Stirn.

„Sag was", forderte er Alisha auf.

Sie grinste. „Wieso denn? Hast du etwa Angst?" Levon antwortete nicht. „Du hast Angst. Natürlich." Alisha gab sich selbst die Antwort. „Erzähl mir doch ein bisschen, wovor du Angst hast", stichelte sie. Levon war sich nicht sicher, ob er etwas sagen sollte. *Verteidige dich doch endlich*, schoss es ihm durch den Kopf, doch er konnte sich nicht bewegen.

„Na, zerdenkst du gerade wieder alles?", flüsterte Alisha ihm zu. „Wie oft hast du es eigentlich in deinem Leben bereut, dir über Dinge endlos und bis ins Kleinste den Kopf zerbrochen zu haben? Wie gerne hättest du über manche Sachen hinwegsehen können? Wie oft hast du dich dafür verflucht, negative Gedanken nicht aus dem Kopf zu bekommen?", fragte sie ihn.

„Nicht oft", antwortete er, „aber ..."

„... aber wenn, dann waren es durchaus entscheidende Momente." Alisha vervollständigte den Satz.

„Wenn du darauf hinauswillst, dass es bei *dir* entscheidend war, liegst du damit falsch", sagte Levon, während ihm Schweißperlen über die Stirn rannen. Er konnte erkennen, wie sie die Schultern hochzog.

„Wer weiß, wer weiß?“, sagte sie mit singender Stimme, „vielleicht wäre ja alles ganz anders gekommen. Du darfst nicht alles glauben, was ...“

„... was eine Frau mir sagt.“ Nun ergänzte er ihren Satz. „Es hätte bei dir trotzdem nichts geändert“, sagte Levon mit klarer Stimme. „Und ich werde mir von dir auch nicht einreden lassen, dass es anders gewesen wäre.“

Nun richtete sich Alisha im Bett auf: „Du hast dir aber Gedanken darüber gemacht“, rief sie laut.

„Ja, Gedanken“, erwiderte Levon ruhig. „Aber sich Gedanken über etwas zu machen bedeutet nicht automatisch, dass man zum Schluss kommt, man hätte etwas am Ausgang ändern können.“

„Fühlt man sich da nicht hilflos?“, fragte Alisha nun süffisant. „Immer wieder hast du dich Menschen geöffnet und immer wieder wurdest du enttäuscht. Dabei willst du eigentlich nur zwei Dinge: Lieben und geliebt werden. Aber genau das macht dich abhängig. Denn das kannst du nicht alleine. Lieben, ohne von der anderen Person geliebt zu werden, ist sinnlos. Und geliebt zu werden, liegt nicht in deiner Hand.“ Levon rann der Schweiß von der Stirn und er atmete schneller. „Die Wahrheit trifft dich“, stellte Alisha fest. „Selbst, wenn du mir ab und zu Paroli bieten kannst, ein Argument entkräftest und dich dann für ein paar Sekunden etwas besser fühlst – ich kann immer wieder etwas ins Feld führen, das dich trifft. Oder liege ich falsch?“ Levon schwieg. Wieder setzte eine für ihn unangenehme Stille ein.

Nach einer halben Minute brach Alisha das Schweigen. „Ich war dir überlegen, Levon.“

Er blickte starr nach vorn. WAR *dir überlegen* ... WAR *dir überlegen* ... WAR *dir überlegen*, hämmerte es ihm durch den Kopf. Sie hatte die Vergangenheitsform benutzt.

Jemand drückte beim Videorekorder auf „Play“: Levons erster Tag im Kindergarten. Szenenwechsel: Seine Einschulung. Nächste Szene: Levon als Kind mit Elara und Diego am Strand in der Karibik. Levon mit seiner ersten Freundin. Sein 16. Geburtstag. Sein 18. Geburtstag. Levon mit Viola. Die Kassette stotterte. Bildfehler durchzogen das Display. Ab und zu waren Personen zu erkennen. Manche länger, andere weniger lang. So lief der Film eine ganze Zeit weiter. Plötzlich wurde das Bild wieder klar. Levon stand allein im Wohnzimmer seines Hauses. Dann erschien Alisha und trat neben ihn. Langsam streckte sie ihre rechte Hand aus und berührte kurz jene von Levon. Er wollte Alishas Hand nehmen. Nur noch ein paar Zentimeter waren ihre Hände voneinander entfernt – dann fiel der Strom aus. Im Haus wurde es dunkel.

„Ist der Strom nur bei uns ausgefallen?“, fragte sie.

Levon ging in der Dunkelheit vorsichtig zum Fenster und schaute zum Nachbarshaus. Dort brannten die Lichter. „Anscheinend wirklich nur bei uns“, sagte er.

„Oh nein“, rief Alisha, „was machen wir denn jetzt?“

„Keine Angst“, sagte Levon, „ich gehe runter in den Keller und schaue am Sicherungskasten nach, was los ist.“

„Okay, Levon. Ich warte hier auf dich.“

Levon nahm eine Taschenlampe aus der Kommode und lief die Treppenstufen nach unten. „Mal sehen, wo das Problem liegt“, flüsterte er, streckte die Hand zum Sicherungskasten aus und öffnete den Deckel. Er untersuchte die verschiedenen Sicherungen. „Seltsam", murmelte Levon, „alle Sicherungen sind drin, wo liegt dann das Problem?" Grübelnd ging er wieder nach oben. „Die Sicherungen sind alle drin, ich weiß nicht, wo das …" Plötzlich stockte Levon. „Alisha?", fragte er, während er mit der Taschenlampe das Wohnzimmer absuchte. „Wo bist du?" Sie war nicht mehr zu sehen.

Jemand drückte auf der Fernbedienung die Power-Taste. Das Bild verschwand.

„Hier bin ich, Levon." Alisha stürzte sich im Bett nach vorn und riss ihren Mund auf. Levon lag immer noch starr da. Tausend Gedanken sprühten durch seinen Kopf und platzten. Fast war sie bei ihm angekommen. Vor seinem inneren Auge sah er Elara und Diego, die ihm winkten. „*Wir lieben dich*", sagten sie gleichzeitig und lächelten ihn an. *Ich euch auch*, dachte Levon.

Alisha biss ihm mit voller Kraft in seine Kehle.

Levon erwachte und fuhr ruckartig im Bett hoch. Er rang nach Luft und versuchte zu realisieren, was Wirklichkeit und was Traum war. Eine ganze Viertelstunde brauchte es, bis er sich wieder halbwegs beruhigt hatte. Wie war er hier ins Bett gekommen? Die Stimme, die ihm befohlen hatte, nach oben zu gehen, fiel ihm ein. Dass er sich nicht gegen sie hatte wehren können. *Ist das wirklich passiert oder lag ich zu dem Zeitpunkt schon im Bett und habe es geträumt?*, fragte er sich. *Wie lange liege ich eigentlich schon im Bett?*

In letzter Zeit war es häufiger vorgekommen, dass er im Bett eingeschlafen war. Bisher hatte Levon sich immer daran erinnern können, wie er ins Bett gekommen war. Doch wie sehr er sich diesmal auch bemühte – er konnte nicht mit Sicherheit sagen, ob er tatsächlich ferngesehen hatte und dann von einer Stimme nach oben gelotst worden war oder ob er alles nur geträumt hatte.

– Kapitel 19 –

Dämonen

„Wenn du ein Problem mit mir hast, solltest du es sagen!“, schrie Levon zornig ins Telefon.

„Schau erst mal, dass du klarkommst“, brüllte Einar zurück. „Ich hab einfach nicht so viel Zeit, es gibt auch Menschen mit Familie“, fuhr er fort.

„Natürlich ist die Familie das Wichtigste, du wirfst aber Menschen weg, die immer für dich da waren“, entgegnete Levon. „Das ist keine Frage von Zeit, sondern davon, wie viel Wertschätzung du einem Menschen gibst.“ Levon hatte die Ausreden der Leute satt. Wenn es ihnen schlecht ging, konnten sie es gar nicht erwarten, dass man sich um sie kümmerte, aber wenn sie dachten, dass sie alles hätten, was sie brauchten, war man ihnen egal.

Vor vielen Jahren warst du auch mal der Meinung, dass du niemand anderen mehr brauchst, sagte eine Stimme in seinem Kopf.

Ja, ich weiß, antwortete Levon, *aber wenn dir jemand von seinen Problemen berichtet und um Hilfe bittet, sollte man das nicht ignorieren. Das ist nicht zu viel verlangt. Gibt es überhaupt noch Menschen, die auch mal alles stehen und liegen lassen, wenn es einem Freund schlecht geht? Alle quatschen und quatschen, aber wenn es hart auf hart kommt, stehst du alleine da.*

„... das musst du jetzt einfach mal akzeptieren, Levon. Im Leben muss man sich auch mal selbst helfen können. Ich muss mich um mein eigenes Leben kümmern."

„Wie oft habe ich dir geholfen, Einar? Ich stand immer hinter dir. Du konntest dich immer melden und mir war es nie egal. Sollte es Freunden auch nicht sein. Aber das scheinst du zu verge..." *Tut, tut, tut, tut* – Einar hatte aufgelegt. „Na warte", sagte Levon wutentbrannt. „Da lasse ich dich nicht so einfach raus." Er hätte das Auto nehmen können, aber ihm war danach, sich auszupowern. Levon wollte seinen Körper spüren.

Zehn Kilometer waren es bis auf den Berg zu Einar. Mit eisernem Blick trat er in die Pedale und kämpfte sich die Steigung hoch. „Du wirst dich wundern", murmelte Levon vor sich hin, während er die Wut auf seinen Freund in Energie umwandelte. „Undankbarer Typ", stieß er hervor, als er auf die feuerrote, untergehende Sonne zufuhr. *Hier beginnt der Wald,* bemerkte Levon, nachdem er auf einer Anhöhe angekommen und nach rechts abgebogen war. Nach weiteren zwei Kilometern wurde der Weg so schlecht, dass er zu Fuß weiterlaufen musste. Bisher war er immer mit dem Auto zu Einar gefahren. Konzentriert versuchte Levon, sich zu orientieren. Fledermäuse flogen um ihn herum und läuteten die Dunkelheit ein. „Mit der Dunkelheit kommt deine Stärke", redete er sich zu. Für ihn hatte sie etwas Mystisches – etwas Magisches.

Jetzt sah Levon die Lichter des Dorfes. Er deutete mit dem Zeigefinger nach vorn. *Sein Haus muss etwas ostwärts liegen,* schlussfolgerte Levon. Niemand außer ihm war unterwegs. Entschlossen bog er schließlich in Einars

Straße ein. Das Haus seines Freundes kam auf der rechten Seite zum Vorschein. Ungeduldig rannte Levon die letzten Meter und drückte die Klingel. Er wartete.

„Ja?“ Einars Stimme erklang durch die Gegensprechanlage.

„Komm raus“, sagte Levon selbstbewusst. Er vernahm, wie der Hörer am anderen Ende wieder eingehängt wurde. Würde sein Freund nun herauskommen?

Eine halbe Ewigkeit schien er schon zu warten. Dann öffnete sich endlich die Haustür.

„Eins muss man dir lassen, Levon – du lässt dir nichts gefallen“, sagte Einar in ernstem Ton und nickte leicht.

„Das sollte ich in meinem Leben immer so machen“, entgegnete Levon etwas bedauernd.

„Ich habe vorhin überreagiert“, sagte Einar schließlich. „Es tut mir leid.“

„Okay, angenommen.“ Levon lenkte sofort ein. Beide gaben sich die Hand. *Ein guter Freund wird er wohl nie werden, dazu weist er mir viel zu wenig Relevanz zu*, dachte sich Levon, während die beiden ein wenig plauderten. *Aber es ist besser, Dinge etwas eskalieren zu lassen, wenn es sein muss, anstatt alles hinzunehmen.* Levon bereute die Entscheidung nicht, den persönlichen Kontakt gesucht zu haben. „Okay, ich mache mich mal wieder auf den Heimweg“, sagte er, nachdem die beiden eine halbe Stunde geredet hatten. „Sag der Familie einen Gruß“, bat Levon und lächelte.

„Mache ich“, versprach Einar. Levon war schon fast wieder auf die Straße in Richtung Wald abgebogen, als sein Freund ihm noch mal nachrief: „Levon!“

„Ja?“, fragte der und drehte sich um.

„Hat sie eigentlich auf deinen Brief reagiert?“

Levon schüttelte den Kopf. Sein Gehirn sprang auf Autopilot. Die Beine trugen ihn durch den Wald wieder zurück zu seinem Fahrrad. Dort stieg Levons Körper auf und befuhr die verlassene Hauptstraße. Eine kristallklare Nacht bot sich ihm. Die Sterne funkelten am Himmel. Der Mond war abnehmend. Nur eine winzige Sichel war noch am Firmament zu erkennen. Das U-Boot empfing ein letztes Mal ein schwaches Signal. Dann verlor es den Kontakt zum anderen Tauchboot. Eine Explosion riss das U-Boot in tausend Stücke. Levon wurde ins eiskalte Meer der Arktis geschleudert. *Einsam im Ozean sterben*, dachte er, *ist das das Finale*? Ein riesiger Schatten tauchte plötzlich unter Wasser neben ihm auf. Langsam drehte Levon den Kopf nach rechts. Ein Blauwal näherte sich. Seine großen, tiefschwarzen Augen blickten ihn an. Der Wal schwamm unter Levon und schob ihn schließlich mit seiner Schnauze nach oben. So *ein tolles Tier*, dachte Levon, *aber ich kann kaum mehr die Luft anhalten. Und den schnellen Aufstieg würde die Lunge ohnehin nicht verkraften*, sagte er sich, während der Wal ihn weiter nach oben schob. Der Überlebensinstinkt in seinem Herzen ließ ihn noch eine halbe Minute die Luft anhalten, dann konnte er nicht mehr. *Danke, dass du es versucht hast, mein Lieber*, wollte er dem Tier zurufen. Dann schossen Luftblasen aus Levons Mund. *Vorbei*, war sein vermeintlich letzter Gedanke. Levons Körper wollte reflexartig wieder einatmen und nach Luft schnappen. Sein Mund öffnete sich. Stille. Plötzlich schloss sich sein Mund wieder wie von selbst. Er atmete durch die Nase. Es funktionierte. Unter Wasser. *Das kann nicht sein*, dachte Levon. Er schaute unter sich, wo ihn das riesige Säugetier immer noch nach oben schob. *Das ist ein Wunder*, dachte er. So *etwas gibt es nicht. Das glaubt mir niemand.* Langsam wurde es um die beiden herum heller. Das Sonnenlicht drang ins Wasser. *Moment, wir haben doch Nacht*, sagte er sich stirnrunzelnd. *Irgendwas stimmt hier nicht.*

„Hallo, kannst du mich hören?"

Levon öffnete blinzelnd die Augen. Ein Mann war über ihn gebeugt und schaute ihm sorgenvoll in die Augen. Levon sah sich um. Überall lagen Teile seines Fahrrads. „Oje", stieß er aus.

„Kannst du dich bewegen?", fragte ihn der Mann.

Auf dem Rücken liegend schob Levon die Beine nach vorn und streckte den Arm nach oben aus. „Kannst du mir hochhelfen?", fragte er mit schmerzverzerrtem Gesicht. Keine Antwort. Levon hob den Kopf. „Kannst du mir helfen?", wiederholte er. Doch es war weit und breit niemand zu sehen. *Träume ich das gerade?* Levon zweifelte an seinen Sinnen. Mit beiden Händen tastete er sich ab, um festzustellen, ob die Situation gerade Realität war. *Es ist Realität*, stellte er fest. Vorsichtig stützte er sich mit den Händen am Boden ab und versuchte, aufzustehen. „Es funktioniert", sagte Levon vor sich hin, als er stand. Dann bewegte er seine Füße und ging ein paar Schritte. *Tut zwar etwas weh, aber geht*, stellte er recht zufrieden fest. „Na dann", dachte er laut, „machen wir eben einen kleinen Spaziergang nach Hause."

Eine Stunde lang marschierte Levon und begegnete keiner Menschenseele. Einen Katzensprung war er noch von seiner Einfahrt entfernt, als plötzlich etwas von der Seite auf ihn zugeschossen kam. „Aaron", rief Levon und grinste. „In letzter Zeit hast du dich ja nicht so häufig blicken lassen und ausgerechnet heute Nacht bist du wieder da." Miauend rannte Aaron zu Levons Haus und setzte sich vor das Hoftor. „So schnell wie du bin ich heute nicht." Levon lachte und humpelte zu ihm. Kaum hatte er das Eingangstürchen am Hoftor geöffnet, sprintete Aaron auch schon zur Haustür. Langsam kam Levon hinterher und schaltete die Lampe vorm Haus ein. Schließlich nahm er auf der Treppe Platz und schnaufte tief durch. „War am Ende doch ein wenig arg lang, der Spaziergang", sagte Levon, während er sich die schmerzende Stelle am rechten Bein rieb. Mit großen Augen kam Aaron die Treppenstufen zu ihm herunter und schaute auf sein Bein. Dann legte er die Tatze auf Levons Oberschenkel und schnurrte. „Heilst du mich jetzt?", flüsterte Levon seinem treuen Weggefährten zu. Aaron schnurrte und schnurrte. Levon fuhr mit seiner rechten Hand sanft über den Kopf des Katers und streichelte ihn. So saßen sie eine halbe Stunde beieinander, bis Levon sich schließlich von seinem Freund verabschiedete und ins Haus ging. Noch etwas essen, ein wenig fernsehen und dann ins Bett, sah sein Plan vor.

Nachdem Levon Nudeln gekocht und sich vor den Fernseher gesetzt hatte, dachte er intensiv nach. *Ich trage jetzt schon so lange alles in mir. Es muss raus.* Ihm kam ein Gespräch mit Toivo in den Sinn, bei dem er selbst gesagt hatte: *„In der Vergangenheit ist es bei mir immer dann besser geworden, wenn ich eine neue Frau hatte. Oder wenn ich nach Streit am Ende einer gemeinsamen Zeit mit einer*

Frau in irgendeiner Form als gefühlter Sieger vom Platz gegangen bin." Dann hörte er Toivos Stimme im Ohr: „*Das fühlt sich natürlich gut an, aber es löst das Problem nicht nachhaltig. Es geht darum, dass du einen gesunden Geist hast. Neue Frauen kennenzulernen ist gut, aber du läufst Gefahr, dich wieder abhängig zu machen. Und Gewinnen befriedigt zwar die Bedürfnisse, ist aber keine langfristige Lösung. Dein Belohnungssystem wird zwar aktiviert – wie beim Schokolade-Essen –, aber wenn kein Dopamin mehr ausgeschüttet wird, brauchst du entweder neuen Stoff oder fühlst dich wie auf einem Entzug. Wir wollen aber gerade, dass du nicht mehr süchtig bist. Wir müssen es schaffen, dass du dich nach einer gescheiterten oder gar nicht erst zustande gekommenen Beziehung mit Streit am Ende des gemeinsamen Wegs umdrehen und weggehen kannst, ohne das Gefühl zu haben, gewinnen zu müssen.*"

„Alles nur Theorie", murmelte Levon vor sich hin. „Alles Theorie. In der Praxis sieht das ganz anders aus. Man darf sich nichts gefallen lassen im Leben. Nichts zu machen bestätigt verletzende Menschen, denen ich oft begegnet bin, doch nur", sagte Levon, während er sich nickend selbst zustimmte. „Man bereut vor allem die Dinge, die man nicht getan hat."

Plötzlich hörte Levon Geräusche an der Haustür. Langsam schlich er zur Seitentür des Wohnzimmers, trat in den Flur und streckte den Kopf einige Zentimeter hinter der Wand hervor. Etwas scharrte an der Haustür. Levon schaute durch die Fenster in der Tür, konnte in der Dunkelheit aber nichts erkennen. Sofort schritt er zum Eingang und drückte den Lichtschalter. Prompt blickten Katzenaugen zu ihm herauf. „Aaron, nicht scharren", rief Levon ihm zu. Der Kater streckte sich an der Tür nach oben und sah ihn mit weit aufgerissenen Augen an. Laut miauend machte er auf sich aufmerksam. „Na, dann komm." Levon gab schließlich nach und öffnete die Tür. Sofort stürmte sein tierischer Freund die Treppe nach oben in die erste Etage. „Da muss ich zufällig auch hin", sagte Levon und ging lächelnd hinterher.

„Wo bist du?", fragte Levon, als er oben ankam, den Kater aber nicht sehen konnte. Dann fiel sein Blick ins Schlafzimmer. „Aaron", rief er erstaunt aus, als er ihn auf dem Bett liegend entdeckte. „Auf der Matratze ist es gemütlich, stimmt's?", fragte Levon und lachte. Dann ging er ins Badezimmer. Nachdem er sich bettfertig gemacht hatte, löschte er im Erdgeschoss die Lichter und lief wieder nach oben. „Aaron, du musst jetzt gehen", sagte er und nickte nach unten zur Tür. „Maaauuuuuuuuu." Es klang, als wollte Aaron ihm vermitteln, dass er nicht gehen wolle. Levon setzte sich aufs Bett und streichelte ihn. „Na, mein Treuer?", flüsterte er ihm zu. Zärtlich schmiegte sich Aaron an Levons Kopf. „Jetzt musst du aber wirklich gehen", sagte Levon und griff mit seinen Händen unter den Kater, um ihn nach draußen zu tragen. Laut miauend legte Aaron ihm seine Pfote auf die Hand und schaute ihn eindringlich an. „Dann bleibst du eben noch ein bisschen hier", sagte Levon und gab nach. Dann ging er zur Kommode und betätigte den Schalter des kleinen Lämpchens auf dem Schrank. Schließlich legte sich Levon ins Bett. Sofort spürte er, wie Aaron sich von seinem Platz erhob und auf der Matratze zu ihm nach oben lief. Levon spürte Tatzen, die sich über seine Brust bewegten, und Aarons Körper, der sich auf ihn legte. „Hier scheinst du dich wohlzufühlen“, sagte Levon leise. Das sanfte Schnurren des Katers beruhigte ihn. Kühle Luft kam durch das gekippte Fenster ins Zimmer und sorgte für eine kurze Gänsehaut bei Levon. Irgendwann schlief er ein.

Dunkle Wolken zogen draußen durch die Nacht und tauchten sie in einen noch finstereren Farbton. Dämonen kreisten um Levons Haus und suchten einen Eingang. Wind klapperte am Rollladen und pfiff durch die Fugen. Dann blieben die Uhren stehen.

Levon wurde durch das laute Miauen von Aaron wach. „Wieso miaust du denn so, möchtest du raus?“, fragte er den Kater. Aaron miaute weiter. „Na komm“, sagte Levon und zog die Bettdecke ein wenig herunter, um aufzustehen. Plötzlich spürte er Nässe an seiner Hand. „Was ist das denn?“, fragte er sich und betätigte den Schalter der Nachttischlampe. Geschockt sah Levon auf seine rote Hand. Als Nächstes fiel der Blick auf die rote Stelle an seinem Pyjama. „Oh nein“, sagte er leise. Schnell zog sich Levon das Oberteil seines Schlafanzugs aus. Aus seiner linken Brust lief Blut. Wie in Trance stieg er aus dem Bett, eilte ins Arbeitszimmer, griff zum Telefon und wählte den Notruf.

„Notfallzentrale, wie kann ich Ihnen helfen?“, sagte eine Frauenstimme.

Levon schilderte seinen Fall und dass er dringend einen Krankenwagen brauche. Während er den Satz aussprach, fragte er sich bereits, wie lange die Notärzte zu ihm brauchen würden. *Hoffentlich sind sie schnell*, dachte er.

„Wir können Ihnen leider nicht helfen", sagte die Frau am anderen Ende der Leitung.

„Wie bitte?", fragte er nach. Levon dachte, er hätte sich verhört.

„Wir können Ihnen leider nicht helfen", wiederholte die Frau stoisch.

„Wieso das denn?", fragte Levon ungläubig.

„Wir können bei Ihrer Sache nichts machen", klang es durchs Telefon.

„Seid ihr völlig bescheuert?", stieß Levon nun wütend aus.

„Tut uns leid. Wir wünschen Ihnen viel Erfolg", hörte er die Frau noch sagen. Dann wurde aufgelegt. *Lassen die mich jetzt hier wirklich sterben?* Levon konnte es nicht glauben. Benommen wankte er ins Bad und griff nach dem Verbandszeug im Schrank. Urplötzlich spielte sein Kopf einen Film ab. In diesem legte Levon das Verbandszeug zurück in den Schrank, ging zum Telefon und nahm es in die Hand, legte das Gerät nach kurzer Zeit in die Station zurück und ging wieder zum Bett, in das er sich schließlich hineinlegte.

Sein Bein zuckte. Mit einem Mal riss Levon die Augen auf und war hellwach. *Oh nein. Ich bin eingeschlafen. Meine Brust. Das Blut.* Er riss die Bettdecke zur Seite und schaute auf den Pyjama. Es war kein Fleck zu sehen. Wie in Zeitlupe zog er sein Shirt nach oben, um nachzusehen. Kein Tropfen Blut befand sich an seiner Brust. Levon fuhr sich mit den Zeigefingern an die Schläfen und übte kreisende Bewegungen aus. *Aber ich bin doch aufgewacht.* Er versuchte, die letzte Nacht zu rekapitulieren. „Bin ich nicht aufgewacht?“, fragte Levon den neben sich liegenden Aaron. Der schaute ihn nur an. „Schade, dass du es mir nicht verraten kannst“, flüsterte Levon und streichelte ihm über den Kopf. „Hab ich geträumt, dass ich aufgewacht bin?“ Er machte sich weiterhin Gedanken. *Scheint so zu sein. Wie realistisch sich das angefühlt hat*, stellte er erstaunt fest, als er nach unten ging und Aaron die Haustür aufmachte. *Puh. Jetzt erst mal duschen und dann frühstücke ich*, beschloss Levon.

- Kapitel 20 -

Unter Hochspannung

Levon blickte auf sein Handgelenk. 18:30 Uhr. In einer Stunde würde der Tanzkurs beginnen. Er atmete durch. Etwas Großes schien ihm durch den Kopf zu gehen. Gemächlich zog Levon seine Schuhe an und ging nach draußen. Warmer Sonnenschein begrüßte ihn. *Die Idylle trügt*, sagte er sich und lief die Treppe vorm Haus hinunter. Als er die Tür seines Autos öffnete, zögerte er kurz und rang mit sich – schließlich stieg er jedoch ein. Er atmete tief. „Ruhig, Levon, ruhig." Er versuchte, sich zu besänftigen. Schließlich drehte er den Autoschlüssel im Zündschloss nach rechts. „Der Motor ist an, Levon. Fahr los", befahl er sich selbst. Langsam setzte er das Auto zurück und fuhr von der Hofeinfahrt auf die Straße hinaus.

Lange brauchte Levon nicht, bis er nur noch wenige hundert Meter von der Tanzschule entfernt war. Plötzlich setzte er den Blinker und bog nach links ab. Sein Blick fiel auf eine kleine Seitenstraße, doch Levon fuhr weiter den Hügel hinauf. Am Straßenrand erschienen allmählich immer mehr Bäume. Auf dem kleinen Waldparkplatz kam sein Auto schließlich zum Stehen. Langsam stieg er aus und sah sich um. Kein anderes Auto war zu sehen. Dann lauschte Levon. Nur Vögel waren zu hören. Er war völlig allein. Aufmerksam suchte er das Waldstück ab. „Da vorne", sagte Levon schließlich laut und schritt zu einem kleinen Felsvorsprung. Er blickte hinunter. Das Gebäude der Tanzschule war deutlich zu erkennen. Sein Blick fiel wieder auf sein Handgelenk: 19 Uhr. Starr schauten seine Augen zu einem Haus in der Nähe der Tanzschule. Nur die Hauptstraße und ein kleiner Weg von etwa 200 Metern trennten die beiden Gebäude voneinander. Levon war so konzentriert, dass er kaum blinzelte. Erst nach einigen Minuten bemerkte er, dass er beide Hände zu Fäusten geballt hatte. Sein Blick war hasserfüllt. Plötzlich öffnete sich die Tür des Hauses. Levon schob den Kopf etwas nach vorn, um eine noch bessere Aussicht auf das Geschehen zu erhaschen. Eine weibliche Person trat aus der Tür und ging die fünf Treppenstufen in den Hof hinunter. „Da ist sie", flüsterte Levon, während er blitzschnell auf das Chronometer schaute. „19:10 Uhr", sagte er vor sich hin. Sofort hob er den Blick wieder und verfolgte Alisha weiter, während sein Gesichtsausdruck noch verbissener wurde. Er ballte die Fäuste so fest, dass seine Arme zu zittern begannen. Levons Zähne bohrten sich in seine Unterlippe. Die Atmung wurde immer schneller und schneller, als wäre er in Bewegung.

Ihr Gang zur Ampel. Das Warten. Das Überqueren der Straße. Die letzten 100 Meter bis zur Tanzschule. Es kam ihm wie eine Ewigkeit vor. Wie in Trance beobachtete er sie. Selbst als sie schon im Innern des Gebäudes verschwunden war, haftete Levons Blick immer noch an der Eingangstür. Nach einigen Minuten verspürte er wieder eine tiefe Erschöpfung, wie er sie in den letzten Monaten so häufig wahrgenommen hatte. Er zog sich ein paar

Schritte vom Vorsprung zurück und suchte nach einer Bank zum Ausruhen. Schlagartig wurde ihm schwarz vor Augen. Beim Fallen konnte er sich noch am Boden abstützen. Dann wurde Levon ohnmächtig. Der Himmel verdunkelte sich. Große Vögel begannen über ihm zu kreisen. Aus dem Wald strömte das Pfeifen der sich im Wind biegenden Bäume zum Vorsprung.

Levon öffnete die Augen. Um ihn herum war alles dunkel. Er spürte einen weichen Untergrund. Vorsichtig inspizierte Levon ihn. *Eine Matratze?*, fragte er sich ungläubig. Mit der rechten Hand tastete Levon sich bis zur Bettkante vor. Dann drehte er sich, richtete sich auf und setzte die Füße auf den Boden. „Teppichboden", sagte Levon leise. „Ich bin bei mir, oder?" Levon stand auf. „Eins, zwei, drei, vier." Er zählte die Schritte mit. Dann streckte er die Hand aus. Mit einem ungläubigen Grinsen schüttelte er den Kopf, als er den Lichtschalter ertastete. Mit leichtem Druck betätigte er ihn. Es wurde hell. Levon schaute sich um. Wie erwartet, war es sein Schlafzimmer. Wie war er hierhergekommen? Hatte er es allein geschafft? Levon konnte sich nicht erinnern. Sein Blick fiel zur Uhr auf der Kommode: „09:50 Uhr! Ich muss ja ewig geschlafen haben." Levon lief zum Fenster und wollte den Rollladen öffnen. Plötzlich hielt er inne. Irgendetwas hatte ihn geblendet. Levon blickte auf den Boden. Er kniff die Augen zusammen und konnte einen lilafarbenen Gegenstand erkennen. Vorsichtig bückte er sich und griff nach dem Objekt. Levon fühlte eine unebene Oberfläche mit zahlreichen Spitzen und Kanten. Dann musterte er den Gegenstand in seiner

Hand. „Sieht aus wie ein Edelstein", rief Levon laut aus. Mit offenem Mund starrte er auf das Schmuckstück, das an einer Kette befestigt war. *So etwas besitze ich nicht. Wie zur Hölle kommt es hierher?* Seine Nackenhaare stellten sich auf. *Was ist gestern passiert?* Konzentriert versuchte Levon sich zu erinnern, doch die letzte Situation, die ihm einfiel, war die, dass er sich unglaublich schwach gefühlt hatte und hingefallen war.

Plötzlich hob Levon den Zeigefinger. *Um 19:10 Uhr*, stellte er fest und notierte sich etwas auf einem Zettel. „Zum Glück habe ich das nicht vergessen", murmelte er und ging ins Badezimmer. Er hatte sich gerade angezogen, als es an der Tür klingelte. *Ach, Mist, die Handwerker.* Ihm fiel plötzlich wieder der Termin für die Reparatur seines Rollladens im Wohnzimmer ein, der sich nicht mehr richtig schließen ließ. Nachdem Levon nach unten gelaufen war und den beiden Männern der Firma die Tür geöffnet hatte, ging er in den Keller, um Wäsche zu machen. Während Levon die kreisende Waschmaschinentrommel betrachtete, griff er in seine Hosentasche und kramte die Kette hervor, um sie genauer zu begutachten. *Der Stein ist wunderschön*, stellte Levon fest, während sein Daumen über die stachelartige Oberfläche glitt. Ihm fiel ein, dass er ein Buch besaß, in dem alle Edelsteine mit Bild aufgelistet waren. *Ich werde nachschauen, was es für ein Stein ist*, beschloss Levon und lief nach oben ins Wohnzimmer. Aus dem Regal zog er ein altes Buch mit dem Titel „Edelsteine und Schmuckstücke". Langsam blätterte Levon durch die Seiten. *Da!*, dachte er plötzlich nach zehn Minuten und deutete auf eine Stelle im Buch. *Das ist er.* Levon war begeistert. *Ein Amethyst.*

Interessiert las er sich gerade die Beschreibung des Edelsteins durch, als er unterbrochen wurde.

„Wir wären dann fertig mit dem Rollladen."

Levon schreckte hoch. Vertieft in die Lektüre, hatte er die arbeitenden Handwerker einige Meter neben sich gar nicht mehr wahrgenommen.

„Wir wollten Sie nicht erschrecken", sagte einer der beiden Männer grinsend.

„Nein, alles gut." Levon lächelte. „Danke für die Arbeit." Er stand auf und begleitete die Handwerker zur Tür. „Noch viele Aufträge heute?", fragte er.

„Nein", antwortete einer der beiden. „Es sei denn, wir sollen Ihr Geländer auch noch machen", sagte er grinsend.

„Mein Geländer?", fragte Levon irritiert. „Wieso das denn?"

„Na, schauen Sie doch mal." Der Handwerker grinste immer noch und nickte zur Treppe hinüber. „Mit einem Bären gekämpft?"

Levon schaute zur Treppe, die zum ersten Stock hinaufführte. Seine Pupillen wurden größer. Gänsehaut überkam ihn. Tiefe Furchen zogen sich am Geländer entlang. Kratzer säumten den gesamten Handlauf. „Oh Gott", rief Levon aus. Dann schossen ihm die Gedanken durch den Kopf. *Die Stimme. Der Kontrollverlust. Der Traum. Der Kampf mit ihr.*

„War das auf der Treppe gar kein Traum?", fragte ihn plötzlich der Handwerker, der bisher nicht gesprochen hatte.

Levon runzelte die Stirn. „Woher wissen Sie davon?", fragte er ihn.

Schlagartig begann sich der Kopf des Mannes zu verformen. Levon verfiel in eine Schockstarre. Das kräftige

Gesicht wurde zierlicher. Die kurzen, blonden Haare des Handwerkers verfärbten sich langsam zu einem dunklen Braun und wurden länger und länger. Seine kleinen Pupillen wurden größer. Die kräftige Statur schrumpfte und wurde weiblicher. Levon erkannte, wer ihm langsam, aber sicher erschien. Doch er tat nichts. Sein Blick war fest auf die Verwandlung gerichtet. Levons Körper war erstarrt. Es wirkte, als wäre er in Eis gefangen und hätte keine Möglichkeit, etwas dagegen zu tun. Nach einer Minute war die Metamorphose abgeschlossen.

„Hallo, Levon", sagte Alisha grinsend. „Ich kann immer vorbeikommen, wenn mir der Sinn danach steht. Und du kannst nichts dagegen tun. Wie oft soll ich dich noch töten?" Sie griff zum Werkzeugkasten und öffnete ihn. Blitzschnell zog sie ein Messer heraus. Levon wollte weglaufen, doch er konnte sich nicht bewegen. Er wollte schreien, doch nur leise, undeutliche Vokale kamen aus seinem Mund. Hilfesuchend blickte Levon zum anderen Handwerker, aber dieser grinste nur teuflisch. Kalte Angst schoss durch Levons Körper. Alisha trat drei Schritte nach vorn. Noch immer konnte er nicht reagieren.

Langsam legte sie ihren Mund an sein Ohr. „Ich lasse dich nie mehr los", flüsterte sie. Dann holte sie mit dem Arm aus und setzte zum Todesstoß an. Verzweifelt tat Levon alles, um seinem Körper den Befehl zu geben, sich zu bewegen. Doch es funktionierte nicht. Das Messer durchbohrte seine Haut und drang ins Herz ein.

Levon schrie auf und blickte nach vorn. Plötzlich sah er in die erschrockenen Gesichter der Handwerker.

„Alles gut bei Ihnen?", fragten sie ihn zeitgleich.

Levon atmete durch. „Ja. Nur einen schlechten Traum gehabt“, antwortete er.

„Sind Sie übermüdet?“, wollte einer der Männer wissen.

„Ja“, antwortete Levon kurz.

„Das kennen wir.“ Der Mann lächelte ihm zu. „Gesunder Schlaf ist so wichtig.“

Ja, dachte sich Levon, *wenn mich nichts quälen würde, wäre das vielleicht mal wieder möglich.*

„Wir sind dann auch gleich fertig hier“, sagte der zweite Handwerker.

„Alles klar“, entgegnete Levon. Plötzlich nahm sein Gesicht einen zweifelnden Ausdruck an. Er eilte in den Flur und schaute zum Treppengeländer. Keine Furchen oder Kratzer waren zu sehen. Levon fuhr mit seiner Hand am Lauf entlang. *Alles glatt*, stellte er fest.

In dem Moment kamen die Handwerker heraus. „Okay, wir sind fertig“, sagte einer der beiden freundlich.

„Super, vielen Dank für die Arbeit“, entgegnete Levon. „Haben sie noch viele Aufträge heute?“

„Ja, wir haben noch einige“, antwortete der andere der beiden Handwerker.

„Dann viel Durchhaltevermögen und später einen schönen Feierabend“, sagte Levon.

„Vielen Dank. Und Ihnen noch einen schönen Tag.“

Levon bedankte sich und öffnete den beiden die Tür.

„Ach“, sagte einer der beiden plötzlich und drehte sich abrupt um. Sofort schoss Levons Hand vor und packte den Arm des Handwerkers. Verdutzt schaute der ihn an. „Ich … Ich habe nur mein Werkzeug drinnen vergessen“, sagte er etwas verängstigt und deutete zum Wohnzimmer.

„Tut mir leid. Ihre abrupte Bewegung hat mich erschreckt", entschuldigte sich Levon.

„Ach, kein Problem", entgegnete der Handwerker und ging ins Wohnzimmer, um seine Utensilien zu holen. Levon lief einige Treppenstufen nach oben. Als der Mann zurückkam, beobachtete Levon ihn aus sicherer Entfernung genau.

„Also dann, schönen Tag noch."

„Schönen Tag", erwiderte Levon, die Augen auf die rechte Hand des Mannes gerichtet, in der er sein Werkzeug trug. Die beiden Handwerker schritten aus der Tür und schlossen sie hinter sich. Wie besessen starrte Levon immer noch auf die Tür. Dann lief er die Treppenstufen herunter, drehte den Haustürschlüssel zweimal im Schloss um und schob den Riegel vor. Schnell ging er ins Wohnzimmer und sah aus dem Fenster. Gerade stiegen die Handwerker ins Auto ein. Hochkonzentriert beobachtete Levon, wie sich ihr Wagen langsam in Gang setzte und davonfuhr. Noch fünf weitere Minuten schaute er aus dem Fenster und fragte sich, ob sie vielleicht doch noch einmal zurückkommen würden. Erst dann fielen Levons Schultern nach unten und er sank auf dem Sofa zusammen.

– Kapitel 21 –

Tief im Dickicht

Levon trottete durch den Supermarkt. Sein Tag war anstrengend gewesen. Er hatte noch so viele Dinge auf dem Einkaufszettel, den er immer wieder anschaute, während er durch die Gänge des Ladens lief. Plötzlich wurde er auf das laufende Radio aufmerksam: „*... passiert jeder dritte Mord in der Ehe. Häufige Gründe sind Eifersucht und verletzte Eitelkeit. So Letzteres auch beim jüngsten Fall, der heute eine ganze Region erschütterte. Dabei tötete ein 40-Jähriger seine 32-jährige Freundin.*"

Eine Frau kam mit ihrem Sohn an Levon vorbei.

„Mama, warum hat der das gemacht?", wollte das Kind von seiner Mutter wissen.

Die Frau beugte sich zu ihrem Sohn herunter. „Weil es böse Menschen gibt, Lukas", antwortete sie, „vor denen musst du dich immer ganz weit fernhalten. Man nennt sie ‚Psychopathen'." Der Sohn nickte mit offenem Mund.

Levon lief in den Gang mit den Nudeln und schüttelte den Kopf. *Ein bis zwei Prozent der Bevölkerung sind Psychopathen*, dachte er. *Ein bis zwei Prozent, die keine Empathie empfinden.* Dann achtete Levon wieder auf das Radio. „*Wer kann zum Mörder werden?*", fragte der Moderator seine Zuhörerschaft. Levon suchte das Regal nach den passenden Nudeln ab. „Alle", hauchte Levon, nahm dann zwei Packungen und legte sie in den Einkaufswagen. „*Und jetzt haben wir Timo in der Leitung*", hörte er den Moderator der Sendung sagen. „*Timo, denkst du, auch du könntest prinzipiell dazu in der Lage sein, einen Menschen zu töten?*"

„*Also aus Selbstverteidigung auf jeden Fall. Aber ansonsten nicht, denke ich.*"

Levon kniff die Augen zusammen. „Dann bleib dabei", sagte er in Richtung der Stimme aus dem Lautsprecher.

„Und was denken Sie?" Eine Frau hatte mitbekommen, dass Levon die Radiosendung verfolgte, und wollte seine Meinung wissen. „Denken Sie, dass man dazu in der Lage ist?"

„Ja", sagte Levon und nickte leicht.

„Warum glauben Sie das?", wollte sie nun wissen.

Er legte die Nudeln in den Einkaufswagen. „Bevor Sie sich das erste Mal in Ihrem Leben verliebt haben – wussten Sie da, wie es sich anfühlt, verliebt zu sein?" Die Frau verneinte. „Wieso wussten Sie es nicht?", fragte Levon weiter.

„Na ja", antwortete sie, „wenn man die Situation noch nie erlebt hat, woher soll man dann wissen, wie sie sich anfühlt?"

Levon nickte langsam und gleichmäßig und schaute die Frau dabei an. „Genau. Das ist der entscheidende Punkt. Wenn man nur stark genug verletzt wird, kann jeder so tiefen Hass empfinden, dass er potenziell zum Mörder werden kann. Die meisten Menschen erfahren eine so starke Verletzung nur einfach nicht. Daher können sie sich auch nicht vorstellen, jemals einen Menschen umzubringen."

„Sie wirken so, als hätten sie sich schon viele Gedanken zu diesem Thema gemacht“, sagte die Frau jetzt. Levon legte den Kopf zur Seite und zog die Augenbrauen nach oben. Die Frau erschrak und wich ein paar Meter zurück. Levon packte den Griff seines Einkaufswagens und ging weiter. Sein Blick fiel auf die Uhr. *Ich muss langsam los*, dachte er und ging zur Kasse.

Nachdem Levon bezahlt hatte, fuhr er nach Hause und räumte die gekauften Lebensmittel ein. Dann nahm er seinen Autoschlüssel aus der Schale im Wohnzimmer, trat aus der Tür und stieg ins Auto. Wieder fuhr er in die Nachbarstadt. Wieder bog er einige hundert Meter vor der Tanzschule links ab. Wieder kam sein Auto auf dem Waldparkplatz zum Stillstand. Wieder lief er zu dem kleinen Vorsprung. Wieder blickte er auf die Uhr. Wieder war es 19 Uhr. Wieder ging um 19:10 Uhr die Tür eines Hauses in der Nähe der Tanzschule auf. Wieder trat Alisha aus der Tür. Wieder verfolgte er ihren Weg – zur Ampel, über die Straße und die letzten 100 Meter zur Tanzschule. Wieder behielt er sie im Auge, bis sie im Innern des Gebäudes verschwunden war. Wieder spürte er danach eine große Erschöpfung. Doch diesmal wurde Levon nicht ohnmächtig. Mit letzter Kraft schleppte er sich zum Auto zurück und ließ sich auf den Fahrersitz fallen. Schnell griff er zur Mittelkonsole und öffnete die dort platzierte Flasche. Das Wasser rann seine Kehle hinunter. *Gut so, Levon*, sagte er sich und setzte die Flasche wieder ab. Dann wartete er einige Zeit, bis sich sein Herzschlag etwas beruhigt hatte. Er öffnete die Klappe des Handschuhfachs. Ein Kugelschreiber und ein Notizblock kamen zum Vorschein. Schnell machte er sich einige Notizen. Zwischendurch überlegte Levon kurz angestrengt, als würde er sich an Details erinnern wollen. Schließlich legte er Stift und Block zurück ins Fach. „Noch einige Male … dann kann ich sicher genug sein", flüsterte er, startete den Motor und fuhr wieder los.

In den nächsten Wochen wiederholte Levon das Prozedere – immer zweimal pro Woche. Mit jedem Mal wurde er ruhiger und ruhiger und konnte seine Beobachtungen ohne großes Herzklopfen durchführen. Auch nach den Sichtungen hatte Levon keine Probleme mehr, zum Auto zu gelangen. Nach dem achten Mal setzte Levon sich, als er zu Hause angekommen war, in sein Arbeitszimmer und blickte auf die Notizen, die er im Laufe der vergangenen Wochen erstellt hatte. Dann ordnete er die Aufzeichnungen und schrieb chronologisch die Nummern eins bis fünf auf ein neues Blatt Papier. Hinter jede Nummer schrieb er einige Stichpunkte. Konzentriert ging er die Liste durch und prüfte kritisch, ob alles der Richtigkeit entsprach. „Das wäre erledigt", sagte er leise und legte das Blatt in die oberste Schublade. Übermorgen kommt Schritt zwei. Dann lief er die Treppe hinunter, kochte etwas am Herd und setzte sich vor den Fernseher.

In den folgenden beiden Monaten fuhr Levon immer wieder in den Wald nahe der Tanzschule. Seine Aufmerksamkeit galt aber nicht mehr Alisha, sondern der Umgebung des Forsts. Er erkundete die Wanderwege und interessierte sich auch für die Areale abseits der offiziellen Routen. Jeden zweiten Tag war Levon stundenlang im Wald unterwegs und machte sich zwischendurch immer wieder Notizen.

Nach mehr als zwei Dutzend Waldbegehungen kannte er das Gebiet wie seine Westentasche. Mehr als zehn Seiten Notizen hatte Levon sich während dieser Zeit gemacht. Akribisch ordnete er zu Hause die Aufzeichnungen. Manchmal arbeitete er nächtelang durch. Sein Antrieb war gewaltig. Während Levon in den vergangenen Monaten etliche Stunden im Wald verbracht hatte, war ein Großteil seiner sonstigen Zeit in den Sport geflossen. Zunächst hatte er im Stadion seines Heimatortes angefangen und war unzählige Runden gelaufen. Nach einigen Wochen hatte er sein Training in den Wald verlagert und die Intensität gesteigert. Er machte Waldläufe, bis er außer Atem war, und bezwang jede Steigung – war sie noch so extrem. Levon ging an seine körperlichen Grenzen und kämpfte, als ginge es um sein Leben.

„Als Nächstes Phase drei", murmelte Levon, als wäre er Teil einer Geheimoperation, während er am Schreibtisch saß und über seinen Unterlagen brütete. Es war 2 Uhr nachts, als Levon von seinem Platz aufstand und in den Keller ging. Im Waschraum zog er einen schweren Rucksack vom Schrank herunter und führte seine Arme durch die beiden Schultergurte. Dann stieg Levon wieder die Treppen ins Erdgeschoss hinauf, stellte den Rucksack ab und ging in den ersten Stock. Dort zog er sich um. Schließlich kam er wieder ins Erdgeschoss zurück und band sich seine Wanderschuhe zu. Als er das Haus verließ, war der Mond hinter dichten Wolken versteckt. Ruhig rollte sein Auto den mittlerweile eingeübten Weg zum Wald der Nachbarstadt entlang. Nachdem Levon geparkt hatte, öffnete er den Kofferraum und setzte den Rucksack auf. Vorsichtig zog er die Klappe des Hecks wieder herunter und schloss sie fast geräuschlos. Kurz blickte er sich in der Dunkelheit um. Kein anderes Auto stand auf dem Parkplatz. Niemand war zu sehen. Dann stellte Levon seine Taschenlampe auf eine niedrige Helligkeitsstufe und setzte sich in Bewegung. Entschlossen und zielsicher marschierte er immer tiefer in den Wald. Schließlich verließ er den Weg und lief ins Dickicht. Nach einem Kilometer erreichte er eine Stelle, an der das Gestrüpp nicht ganz so dicht war. Dennoch war das Areal ringsum von vielen Büschen und Pflanzen umgeben. Einige Meter um ihn herum schoss Wurmfarn in die Höhe. Levon legte den Rucksack ab. Er griff hinein und zog eine Isomatte heraus. Sorgfältig breitete er sie auf dem Boden aus und legte sich auf den Rücken. Mit seiner Hand griff er zur Taschenlampe und knipste sie aus.

Dann begann Levon eine Meditation. Die Augen geschlossen, atmete er konzentriert ein und aus. Fast war es völlig still. Nur leichter Wind zog durch den Wald und ließ die Blätter der Bäume leise rascheln. Die Zweige wippten sachte. Die Wolken am Himmel zogen weiter. Ein Hauch Mondlicht strömte durch das Unterholz. Levons Atem stieg auf und setzte Nebel in die Nacht.

Nach zehn Minuten erhob er sich und griff wieder in den Rucksack. Diesmal zog er ein längliches Paket heraus. Mit ein paar Handgriffen öffnete es sich. Im sanften Schein der Taschenlampe kam ein Zelt zum Vorschein. Kurz schaute er auf die Uhr, dann zog er die Heringe und Stangen aus dem Rucksack und begann mit dem Aufbau.

Nach einer Weile trat er ein paar Schritte zurück und musterte sein Werk. Das Zelt stand. Levon schob den

Ärmel seiner Jacke etwas zurück. 10 *Minuten. Eine gute Zeit.* Dann kroch er ins Zelt, legte sich ein Kissen zurecht und schlüpfte in den mitgebrachten Schlafsack. Einige Male wälzte er sich nach links und rechts, als wollte er prüfen, ob der Untergrund bequem war. Dann kroch Levon wieder aus dem Zelt, packte Schlafsack und Kissen zusammen, baute den Unterschlupf wieder ab und nahm das Gepäck auf den Rücken. Vorsichtig setzte er einen Fuß vor den anderen, bis er wieder aus dem Dickicht heraus war.

Über den Wanderweg marschierte Levon durch den Wald zu seinem Auto zurück. Dort angekommen, öffnete er den Kofferraum, verstaute sein Gepäck und setzte sich in den Wagen. Trotz der Anstrengung war seine Atmung gleichmäßig. Dann startete Levon den Motor. Das Auto setzte sich langsam in Gang und rollte den Hügel hinunter. Regen setzte ein. Die Scheibenwischer tanzten von links nach rechts. In einigen Gärten hing schon Weihnachtsbeleuchtung an den Sträuchern. Er fuhr in eine 30er-Zone. Penibel achtete Levon darauf, nicht zu schnell zu fahren. Mittlerweile war er wieder in seiner Heimatstadt angekommen. „Gut, Levon, gut", sagte er sich kurz und bog auf die Hauptstraße ein. Nach weiteren zwei Minuten kam er an seinem Haus an. Er stellte den Motor ab und blickte auf die Uhr im Auto. 05:20 Uhr. *Aussteigen, die Tür leise schließen, das Hoftor zumachen, den Kofferraum öffnen, den Rucksack auf die Schulter nehmen, die Klappe leise schließen, das Auto verriegeln, zur Haustür laufen, den Rucksack abstellen, die Tür aufschließen, den Rucksack nehmen und reingehen.* Levon ging die nächsten Schritte akribisch durch.

Nachdem er all das getan hatte und im Haus war, zog Levon sich die Schuhe aus und lief ins Wohnzimmer. Das Licht schaltete er nicht an. Erst jetzt überkam ihn eine große Erschöpfung. Die letzten Stunden hatten viel Kraft gekostet. „Die Energie kommt von hier oben", sagte Levon leise und deutete mit dem Zeigefinger an seinen Kopf. „Deshalb das Mentaltraining", flüsterte er und machte es sich auf der Couch bequem. „Geschafft", sagte er und schloss die Augen. Mit der rechten Hand griff er zu seinem Hals und holte den Amethyst unter seinem T-Shirt hervor. Sanft strich er über den Stein, als erhoffte er sich davon eine magische Wirkung.

Plötzlich wurde Levon von etwas geblendet. Er riss die Augen auf. Alles war dunkel. Sein Blick fiel auf die Kette. Hatte der Amethyst gerade geleuchtet? Wieder strich Levon über den Stein – diesmal den Blick fest auf das Schmuckstück gerichtet. Nichts geschah. Er schüttelte leicht den Kopf. *Es war eine anstrengende Nacht*, dachte Levon, *mein Verstand spielt mir langsam Dinge vor. Ich muss hoch – schlafen gehen.*

Mit allerletzter Kraft schleppte er sich die Treppe in den ersten Stock hinauf. Plötzlich fühlte er mit der Hand eine raue Stelle. Levons Augen wurden schlagartig größer. Die Härchen auf seinen Armen stellten sich auf. Er blieb stehen. Minutenlang starrte er nach vorn. Dann lief Levon mit angsterfülltem Gesicht wieder nach unten und holte die Taschenlampe, die er im Wohnzimmer abgestellt hatte. Levon hatte immer noch Gänsehaut, als er nach der fünften Treppenstufe stehen blieb. Sein Herz pochte so stark, dass er das Gefühl hatte, es wäre in der ganzen

Nachbarschaft zu hören. *Wie in einem Horrorfilm*, dachte er. Levon schob den Daumen am Regler nach oben und stellte die niedrigste Helligkeitsstufe ein. Ein kleiner Teil der Treppe wurde in ein sanftes, gelbes Licht getaucht. Noch wagte Levon es nicht, nach rechts zu schwenken. Seine Hand begann zu zittern. *Ruhig, Levon, ruhig.* Er versuchte, sich zu besänftigen. Wieder verstrichen einige Minuten. *Du musst dich trauen*, sagte Levon sich schließlich. *Tu es.* Wie in Zeitlupe fuhr seine rechte Hand, in der er die Taschenlampe hielt, nach außen in Richtung Geländer. Levon presste die Lippen zusammen. Mit der linken Hand kniff er sich vor Anspannung in den Bauch. Kurz bevor der Taschenlampenschein am Handlauf ankam, riss Levon die Hand nach links und leuchtete wieder die Stufen an. Erneut schnaufte er tief. *Mann, mach es jetzt*, befahl er sich selbst. Wieder zog seine Hand langsam nach rechts. *So, gleich sind wir da*, sprach er stumm zu sich selbst. „Alles klar, Levon, gleich wissen wir mehr“, flüsterte er, um sich zu beruhigen. Dann fiel der Schein der Taschenlampe auf das Geländer. Levons Blick fuhr am Handlauf nach oben und wieder nach unten. Zunächst schien alles normal zu sein. Dann nahm er die Taschenlampe in die linke Hand, um mit der rechten das Geländer abtasten zu können. Alles war glatt. Levon spürte keine Kratzer. *Vielleicht stand ich auch gerade an einer anderen Stelle*, dachte er und ging noch mal ganz nach unten. Die Taschenlampe fest auf den Handlauf gerichtet und die rechte Hand am Geländer, lief Levon erneut Stufe um Stufe nach oben. Jeden Moment erwartete er, Furchen zu sehen oder zu fühlen. So konzentriert war Levon, dass er sich kurz erschrak, als er oben ankam und auf den Teppichboden trat. *Nichts*, sagte Levon sich. Er schlussfolgerte, dass er wirklich sehr erschöpft sein musste. Nachdem er die Taschenlampe ausgeschaltet und sich im Bad umgezogen hatte, fiel er völlig entkräftet ins Bett.

Schnell schlief er ein. Im Traum fand Levon sich im Wald wieder. Schwer bepackt lief er aus dem Dickicht hinaus, als ihm eine vertraute Person erschien.

„Was machst du, Levon? Was hast du vor?" Kritisch legte Alvin den Kopf zur Seite.

„Du musst auch nicht alles wissen", entfuhr es Levon.

„Wonach hast du im Dickicht geschaut?", fragte Alvin und ging einen Schritt auf ihn zu.

„Danach, ob die Pflanzen gut wachsen", entgegnete Levon sarkastisch.

„Ich bin dein bester Freund", sagte Alvin jetzt.

„Ich weiß. Das wirst du auch bleiben. Aber selbst mein bester Freund braucht nicht über alles Bescheid wissen." Levon trat nun seinerseits einen Schritt nach vorn.

„Warum hast du ein Zelt dabei? Es ist Dezember."

„Lass gut sein, Alvin." Levon wurde nun ernster. „Was machst du überhaupt im Wald? Bist du mir etwa gefolgt?"

„Ja, bin ich", entgegnete Alvin, „aber das hier ist ein Traum."

Sofort versuchte Levon, sich an die Brust zu fassen, um zu prüfen, ob sein Freund recht hatte. Er konnte seinen Körper nicht spüren, was ihm bestätigte, dass die Situation nicht real war.

„Weißt du, warum du träumst, dass ich dich hier ertappe?"

„Bei was ertappst du mich denn?" Levon spekulierte darauf, dass sein Freund bluffte. Alvin sagte nichts und schaute Levon nur eindringlich an. „Selbst wenn du es weißt – es ist nur ein Traum“, fuhr Levon fort.

Alvin runzelte die Stirn. „Nur?“, entgegnete er und kam wieder einen Schritt näher. „Du weißt selbst ganz genau, dass Träume deine Ängste, Wünsche und Sehnsüchte widerspiegeln. Für dich bedeuten Träume viel.“

Levon hielt den Blickkontakt zu seinem Freund. „Okay, Alvin. Du hast recht. Was man träumt, sagt viel über einen aus. Und was bedeutet dieser Traum?“

Alvin lächelte. „Er spiegelt sowohl eine Angst von dir als auch einen Wunsch wider.“

„Ich verstehe nicht, was du damit meinst“, antwortete Levon.

„Ich weiß. Aber du wirst es noch früh genug verstehen“, sagte sein Freund. Beide schauten sich wortlos an. Wieder kam Alvin einen Schritt näher. Levon legte sein Gepäck ab. Zwei Schritte ging er seinerseits nach vorn, dann breiteten die Freunde ihre Arme aus und drückten einander fest. „Ich werde immer für dich da sein“, flüsterte Alvin.

Tränen rannen Levon aus den Augen und benetzten den Waldboden mit Salz. „Mein Leben ist so schwer“, schluchzte er.

„Ich weiß“, antwortete Alvin. „Flieg mal ein bisschen.“

„Wie denn?“, fragte Levon erstaunt.

Alvin deutete zu einem Felsvorsprung in der Nähe. „Draufstellen, Arme ausbreiten, runterspringen.“

Langsam schritt Levon zum Vorsprung. Dann stellte er zunächst den rechten, dann den linken Fuß auf den Stein. Levon blickte ins Tal. Vorsichtig breitete er die Arme aus. „Und jetzt einfach abstoßen oder wie?“, fragte Levon in Alvins Richtung. Keine Antwort. „Alvin?“, fragte er nochmals. Er drehte den Kopf nach hinten. Doch sein Freund war nicht mehr zu sehen. Levon zögerte. *Was, wenn es nicht klappt?*, fragte er sich. „Andererseits ist es ein Traum, selbst wenn es nicht klappt, passiert dir nichts“, murmelte Levon. *Aber was sagt das dann über dich aus, wenn du es nicht schaffst?*, sagte eine Stimme in seinem Kopf. *Nichts Positives, oder?*, fragte sie weiter.

Plötzlich stieß er sich mit beiden Füßen vom Felsen ab und stürzte in die Tiefe. Mit den Armen versuchte Levon, für Auftrieb zu sorgen. Doch noch passierte nichts und er fiel weiter nach unten. Langsam wurde er nervös. „Los. Bring mich nach oben“, rief er, als wollte er Gott oder eine andere Kraft darum bitten, ihm zu helfen. Aber nichts geschah. Mittlerweile war er nicht mehr weit vom Boden entfernt, als plötzlich jemand zu ihm sprach. *Falsche Stadt*, dröhnte die tiefe, furchteinflößende Stimme in seinem Kopf. Dann schlug Levon auf dem Boden auf. Blitzschnell erwachte er. Schweißgebadet drehte er sich zur Seite, als wollte er die stabile Seitenlage einnehmen. Dann begann Levon zu weinen. Die gesamte Erschöpfung der vielen vergangenen Monate strömte aus ihm heraus. Unten im Wohnzimmer stand der Weihnachtsbaum einsam und verlassen da. Die Engel an den Fenstern wirkten kalt und trostlos. Der Schneefall, der draußen eingesetzt hatte, verwandelte seinen Garten in eine starre und lebensfeindliche Zone.

Levon weinte noch immer. Sein Schmerz saß so tief, dass er das Gefühl hatte, vollends auseinanderzubrechen. *Geht das überhaupt noch mehr, als es jetzt schon der Fall ist?*, fragte er sich. *Du musst jetzt so hart wie möglich bleiben.* Er versuchte, sich zusammenzureißen. *Du warst eigentlich über den Punkt der Trauer schon hinweg.* Aber im nächsten Moment fragte sich Levon, ob dem wirklich so gewesen war. *Rückschläge sind normal*, sagte er schließlich und versuchte, sich zu beruhigen. Durch kreisende Bewegungen seiner Hand über die Brust wurde sein Herzschlag allmählich ruhiger. Schließlich schlief er ein.

- Kapitel 22 -

Weihnachten

Levon starrte auf den zugefrorenen See. Es schneite wieder. Sein Blick wanderte über die hohen Berge, aus deren Wäldern Nebel aufstieg. Levons Atem bildete eine Wolke, die in Richtung See schwebte und dann gen Himmel aufstieg. Langsam spazierte er weiter. Er kam am Eisverkauf vorbei, der schon seit Monaten geschlossen war. Wieder blickte er auf den See. „Hier war damals die Begegnung mit dem Phönix", flüsterte Levon vor sich hin und fixierte einen Punkt in der Mitte des Gewässers. Er dachte an Alvin und ging weiter. Der Schnee unter seinen Winterstiefeln knarzte. Levon blickte auf einen Gebirgspass in der Ferne. Hier war er früher als Kind immer Schlitten gefahren. Auf seinem Gesicht erschien ein Grinsen. „Unbeschwert", entfuhr es ihm. „Noch nicht dieser ganze Stress mit Liebe, Hass, Täuschung und Verdammnis." Verdammnis? Er erschrak ob des gewählten Wortes. „Oje", murmelte Levon vor sich hin, während er die Runde um den See fortsetzte. Es schneite inzwischen stärker. Fast hatte Levon die Umrundung geschafft, als er auf dem angrenzenden Feld plötzlich einen weißen Hasen zu sehen glaubte. Levon kniff die Augen halb zusammen. *Ein Schneehase?*, fragte er sich ungläubig. *Die gibt es hier doch gar nicht.* Inzwischen hatte das Tier Levon bemerkt und schaute ihn eindringlich an. Levon bückte sich etwas und streckte die Hand aus, als wollte er den Hasen anlocken. Noch eine Weile schauten sich die beiden an, dann hoppelte das Tier fort. Levon konnte sich keinen Reim auf die Begegnung machen. Mittlerweile war das Schneegestöber so dicht, dass er nur noch 50 Meter weit schauen konnte. „So romantisch“, flüsterte er. Ein Schauer lief ihm über den Rücken. „Wie schön wäre es jetzt, schützend den Arm um eine Frau …“ Er stockte. „Ab nach Hause jetzt“, sagte Levon und lief zügig die knapp zwei Kilometer heimwärts. Als er Handschuhe, Jacke, Mütze, Schal und Stiefel ausgezogen hatte, ging er nach oben ins Badezimmer. Langsam näherte er sich dem großen Wandspiegel und betrachtete sein Gesicht. „Ach, Levon“, sagte er und seufzte, „warum ist es so gelaufen?“ Sein Blick fiel auf die Uhr hinter sich. 12 Uhr mittags. Sein Bauch grummelte. Langsam schritt er die Treppe hinunter, ging in die Küche zum Kühlschrank und holte die Schale mit den Trauben heraus. Nachdem Levon sie gewaschen hatte, lief er wieder nach oben ins Schlafzimmer. Die Schale mit den Trauben stellte er auf der Kommode ab – dann ließ er sich aufs Bett fallen. Tief atmete Levon ein und wieder aus. Viele Male wiederholte er das Prozedere. *Du musst ruhig bleiben, Levon*, sagte er sich immer wieder. Auf dem Bett sitzend schaute er aus dem Fenster auf den kahlen Ginkgobaum im Garten. Irgendwann rollte Levon sich auf die andere Seite des Bettes und stand auf. Gedankenversunken ging er zum Fenster. Früher hatte er immer dort hinten im Sandkasten gespielt. Levon nickte leicht in die entsprechende Richtung, als wollte er jemandem die Stelle zeigen. *Nach Edelsteinen gesucht*, fuhr er in Gedanken fort und lachte kurz. *Wann verliert man eigentlich diese Faszination? Diese Faszination für das Unbekannte. Für das Unentdeckte. Für Wunder.* Seine Gedanken schweiften und kreisten in seinem Kopf. *Durch größeres Wissen wahrscheinlich. Und durch die Realität*, bemerkte Levon. *Wenn man älter wird, scheint klar, dass man vermutlich keine Edelsteine im eigenen Sandkasten finden wird. Und die Erfahrung zeigt einem, dass Wunder nicht so häufig vorkommen – sonst wären es wahrscheinlich keine Wunder. Ich habe auch lange auf ein Wunder gehofft – doch es kam keins.*

Während er nachdachte und in Gedanken versunken war, bemerkte Levon kaum, wie schnell die Zeit verging. Langsam wurde es draußen dunkler. Es schneite immer noch. Er stellte das Radio an und lauschte der Musik.

Es klingelte an der Tür. Levon schritt die Treppe hinunter und öffnete. Zwei strahlende Gesichter blickten ihm entgegen.

„Schön, dass ihr da seid", sagte Levon und umarmte Elara und Diego.

„Schön, dich zu sehen", erwiderte Elara, während Diego ihm anerkennend auf die Schulter klopfte.

Schnell hatte Levon den beiden ihre Jacken abgenommen. Elara drückte Levon eine große Tasche mit Zutaten für das Abendessen in die Hand.

„Sollen wir gleich anfangen?", fragte Levon grinsend.

Elara und Diego nickten. Zu dritt betraten sie das Wohnzimmer. Der Weihnachtsbaum leuchtete in einem warmen Gelb.

Es dauerte nicht lange, bis das Essen gekocht war und der Geruch von Kartoffeln, Reis, Oliven und weiteren Köstlichkeiten durch das Haus strömte.

„Schön, dass wir hier alle vereint sind", sagte Elara. „Hast du schon überlegt, was für einen Film wir später schauen wollen?", fragte sie Levon.

„Nein, noch nicht, aber ich werde nach dem Essen mal in die Fernsehzeitschrift sehen", antwortete er.

Wie schön wäre es, jetzt mit einer treuen und ehrlichen Frau hier sein und sie Elara und Diego vorstellen zu können?, dachte Levon. *Wie schön wäre es, zu viert einen guten Film zu schauen und später zu zweit kuschelnd im Bett Heiligabend ausklingen zu lassen? Ein guter Film, gutes Essen, gute Liebe – eine gute Zeit.*

„Du wirkst so nachdenklich, Levon", sagte Elara plötzlich. „Beschäftigt dich irgendetwas?"

„Nein, alles gut", antwortete Levon und aß weiter. *Ich bin ungerechterweise bestraft worden – und es zieht einen riesigen Rattenschwanz hinter sich her*, dachte er. Wieder einmal kam Hass in ihm auf. Levon biss sich auf die Unterlippe. Seine Augen wurden größer. *Bald musst du den Hass kontrolliert bekommen*, dachte er. „Sonst wirst du dich selbst damit bestrafen."

„Mit was wirst du dich selbst bestrafen, Levon?" Elara schaute ihm besorgt in die Augen. Er hatte nicht bemerkt, dass er den letzten Satz laut vor sich hingesagt hatte.

„Ach, ich hab nur gerade an eine Stelle in einem Buch gedacht", antwortete er und winkte beschwichtigend ab. „Heute Morgen war so ein starker Schneefall, als ich spazieren war." Er versuchte, abzulenken. „Aber es war sehr schön am See."

„Das glaube ich", sagte Diego. „Und es schneit immer noch, wenn auch nicht mehr so stark wie heute Morgen. Der Garten ist ganz in Weiß getaucht."

Levon schaute aus dem Fenster am Erker nach draußen. Zwischen den elektrischen Kerzen der Weihnachtsbeleuchtung am Strauch lag dichter Schnee auf den Zweigen. Die Eiskristalle funkelten im Licht wie Diamanten.

„Was trägst du da eigentlich für eine Kette?“, fragte Elara plötzlich und riss Levon aus seinen Gedanken.

Erschrocken schaute er an sich hinunter. *Oh nein, ich habe die Kette mit dem Amethyst heute Morgen angezogen und vergessen, sie wieder abzulegen,* fuhr es ihm in den Kopf. „Die habe ich letztens bei mir im Schrank gefunden“, sagte Levon hastig.

Elara schaute skeptisch. „Wirklich? Die habe ich noch nie an dir gesehen“, sagte sie und schien zu grübeln.

„Ich konnte mich auch nicht an sie erinnern. Aber ich fand die Kette und den Stein schön und hab sie dann heute einfach angezogen“, sagte Levon und versuchte, überzeugend zu klingen.

„Was ist das denn für ein Stein?“, wollte Elara nun wissen.

„Das ist ein Amethyst“, entgegnete Levon und nahm den Juwel zwischen Daumen und Zeigefinger.

„Sehr schön und interessant“, sagte Elara und kam mit ihrem Kopf etwas näher, um die Kette genauer betrachten zu können. „Noch ein paar Scheiben Weißbrot?“, sagte sie dann und zeigte auf Levons leeren Teller.

„Ja, gerne“, entgegnete er lächelnd.

Während Elara in der Küche Brot schnitt, musste Levon unvermittelt daran denken, dass bald schon Silvester war. *Wie schön wäre es, mit einer treuen und ehrlichen Frau den Jahresanfang feiern zu kön...* Wieder stockte er. Levon bemerkte, wie groß sein Wunsch war, eine Partnerin zu haben. Wie einsam er sich fühlte. Wie ungerecht behandelt. Wie verlassen und verraten.

„Hier ist dein Brot“, sagte Elara, als sie wieder an den Esstisch kam.

„Vielen Dank.“ Levon lächelte und biss in das Weißbrot. Kurze Zeit später waren die drei fertig mit dem Abendessen.

„Ich habe noch Kekse gebacken“, sagte Elara freudig und ging erneut in die Küche. „Ich hoffe, sie sind was geworden“, rief sie Diego und Levon zu, als sie die Schüssel mit den Plätzchen hereintrug. Diego und Levon boten sich Vanille-, Schoko- und Haselnusskekse in allen erdenklichen Variationen, Formen und Größen.

„Da hast du dir aber sehr viel Mühe gegeben. Vielen Dank dafür“, sagte Levon.

„Gerne, gerne.“ Elara freute sich offensichtlich über das Lob.

Nachdem die drei einen Teil der köstlichen Kekse gegessen hatten, forderte Elara Levon dazu auf, die Geschenke zu holen. Levon schritt zum Christbaum und verteilte nach und nach die Gaben. Dann wurden die Präsente geöffnet und durch das Wohnzimmer hallte fröhliches Lachen. Für einige Momente vergaß Levon den Kummer, die Sorgen, den Hass und die Wut. Für einige Momente umfing ihn die Weihnachtsstimmung vollends. Liebe, Harmonie und Geselligkeit umgaben ihn und ließen seine Augen fröhlich leuchten. Einige Zeit später flimmerte ‚Kevin – Allein zu Haus‘ über den Fernsehbildschirm und sorgte für gute Unterhaltung bei der Familie. Ab und zu wurde Levons Blick leerer und er schaute mit gesenktem Kopf zur Seite. Im nächsten Moment ließ er sich wieder von einer lustigen Stelle im Film aufheitern und lachte los.

Mittlerweile war es 23 Uhr. Die drei waren müde von dem ereignisreichen und harmonischen Abend.

„Ich gehe mich schon mal umziehen", sagte Levon und trottete die Treppe nach oben. Kurz drehte er den Kopf zum Geländer und musterte das Holz. Beim Hinaufsteigen streichelte er den Treppenlauf, als wollte er ihn besänftigen. Langsam legte Levon im Bad seine Sachen ab und zog sich den himmelblauen Schlafanzug an. Dann schritt er zum Fenster und öffnete es. Kalte, kristallklare Luft kam ihm entgegen. Tief atmete Levon ein. Dann stieß er die Luft in die kalte Nacht hinaus und schloss das Fenster wieder. Als er aus dem Badezimmer trat, kamen Elara und Diego gerade die Treppe hoch.

„Gute Nacht", sagte Levon und lächelte die beiden an.

„Gute Nacht und danke für den Abend", sagte Elara.

„Danke *euch*", erwiderte Levon, ging in sein Schlafzimmer und schloss die Tür hinter sich. Fast schon schleichend näherte er sich auch diesem Fenster und öffnete es. Dann zog er sein Oberteil aus. Mit den Knien auf dem Schreibtischstuhl schaute er erneut in die Nacht hinaus. Langsam hob er die rechte Hand zu seinem Herzen. Behutsam legte er sie darauf ab. Seine Haare stellten sich ob der Gänsehaut, die ihn durchfuhr, auf. Dann öffnete sich sein Mund wie von selbst. „Ich", flüsterte er, „bin …" Dann machte er eine lange Pause, in der er den Himmel von links nach rechts absuchte. Tief atmete er durch. „… ein blauer Mensch." Seine Pupillen weiteten sich. Levon spürte, wie die Haut an der Stelle, auf die er seine Hand gelegt hatte, zu brennen begann. Langsam ließ er los. Hitze breitete sich von dort aus und strömte nach draußen. *Verrückt*, sagte Levon sich innerlich. Dann kippte er das Fenster, zog sich sein Schlafanzughemd wieder an und legte sich schlafen.

Nachts träumte Levon zunächst von farbenfrohen Blumenwiesen, über die er schlenderte. Es war Frühling. Levon blickte zum Horizont. Ein kleiner Punkt näherte sich ihm. Mit der Zeit wurde der Punkt größer und schien zu winken. Levon grinste. Nach und nach wurde das Gesicht von Alvin erkennbar, der auf ihn zugerannt kam. Beide schlossen sich in die Arme.

„Wie geht es deiner Frau?“, fragte Alvin, der Levon übers ganze Gesicht anstrahlte.

„Sehr gut“, sagte Levon zufrieden. „Wie sieht es bei *deiner* Frau aus?“

„Alles gut, alles im Lot“, sagte sein Freund und lächelte.

„Das freut mich sehr“, sagte Levon. „Und uns beiden geht es auch gut?“ Er grinste.

„Uns beiden geht es sogar sehr gut, denke ich“, antwortete Alvin. Levon nickte. „Du bist mein Mann“, sagte Alvin.

„Du bist *auch* mein Mann“, entgegnete Levon. „Es ist toll, mit dir hier zu sein“, sagte er und zeigte auf die umliegende Landschaft.

„Über so viele Jahre so gut befreundet zu sein, das ist etwas Besonderes. Es ist mir eine Ehre, dein bester Freund sein zu dürfen“, sagte Levon.

„Du bist ich. Und ich bin du“, stellte Alvin fest. „Ich könnte keinen besseren Freund haben.“

„Geht mir genauso“, erwiderte Levon. „Aber Alvin“, sagte er dann, „was ist die Botschaft dieser schweren Zeit, die hinter mir liegt? Was habe ich daraus gelernt? Was können andere daraus lernen? Bestimmt gibt es weitere Menschen, denen es genauso geht – wäre es da nicht toll, wenn man sich gegenseitig helfen oder zumindest erkennen und Mut machen könnte?“

Alvin überlegte kurz. „Ich habe eine Idee.“ Mit der Hand formte er ein ‚C‘. „Mit diesem Handzeichen“, erklärte er, „kann man Menschen zeigen, dass es einem nicht gut geht. Der Daumen berührt keinen der anderen vier Finger. Das bedeutet, dass etwas in einem gebrochen ist. Die Lücke symbolisiert das. Wenn es einem gut geht, wird das ‚C‘ zu einem ‚O‘ – nun gibt es keine Lücke mehr. So können sich Menschen signalisieren, wie es ihnen geht – überall. Im Supermarkt, auf der Straße, beim Sport. Wenn eine Person, der es nicht gut geht, das Symbol einer Person zeigt, der es gut geht, kann letztere durch Zeigen des ‚O‘ trotzdem ihre Solidarität und Empathie ausdrücken.“

„Und was, wenn jemand das Zeichen nicht kennt?“, fragte Levon.

„Dann wird die Person wohl einfach weiterlaufen. Oder irgendwann mal nachfragen, wenn sie das Symbol wieder gezeigt bekommt. Auf jeden Fall wird das Symbol so bekannter werden.“

„Ergibt Sinn“, stellte Levon fest.

„So erkennen sich Personen, denen es nicht gut geht, und unterstützen einander durch die Geste – oder kommen dadurch sogar ins Gespräch“, sagte Alvin.

„Und Menschen, denen es gut geht, können sich trotzdem mit denen, denen es gerade nicht gut geht, durch Zeigen des ‚O‘ solidarisieren“, ergänzte Levon.

„Exakt“, bestätigte Alvin. „Natürlich löst das nicht die Probleme an sich. Aber es ist eine einfache Verständigungsweise, die man jederzeit nutzen kann.“

Plötzlich trat Levon auf hölzernen Untergrund. Im letzten Moment sah er, wie eine Falltür nach unten wegklappte. Dann wurde er in die Tiefe gerissen. Unsanft schlug er auf dem Boden auf. Sofort tastete er sich ab, um festzustellen, ob alles heil geblieben war. Anschließend schaute er sich in dem Raum um und blieb mit dem Blick an einem Ölbrenner hängen. Levon erstarrte. Es war sein Keller. *Wie kann das sein?*, fragte er sich ungläubig. *Gerade waren wir doch noch auf einem Feld am Rande der Stadt.* Levon blickte nach oben. Nur die weiße, kahle Betondecke starrte ihn an. Keine Falltür war mehr zu sehen. Es schien, als wäre er teleportiert worden. Langsam stand Levon auf und ging zur Tür. Er drückte die Klinke nach unten. Doch die Tür war verschlossen. Er bekam eine Gänsehaut. Wer hatte die Tür verschlossen? War außer ihm noch jemand im Haus? Er drehte sich wieder um und ging zum Fenster am anderen Ende des Raums. Es war gekippt. Levon öffnete es ganz. Erst jetzt erkannte er, dass ein Stahlgitter in den Fensterrahmen eingelassen war. „Oh Gott", entfuhr es ihm. „Wer hat das angebracht?" Levon rüttelte am Stahlgitter, doch das Material war so robust, dass es unmöglich schien, einen Weg nach draußen zu finden. Langsam schritt er in die Mitte des Raumes, setzte sich und versuchte, nachzudenken. Nach kurzer Zeit stand Levon wieder am Fenster und schrie, so laut er konnte, um Hilfe. Niemand schien zu reagieren. Angespannt spitzte er die Ohren, um etwaige Geräusche hören zu können. Doch alles blieb mucksmäuschenstill. Es schien, als wäre er der einzige Mensch auf der Welt. Levon ging zu dem Platz am Ölbrenner zurück. „Und nun?", fragte er sich laut. Auf einmal ging ihm ein Licht auf. *Es ist ein Traum. Die ganze Situation ist nicht real. Ich kann sie mit meinen Gedanken steuern.* Levon dachte an einen anderen Traum, den er schon öfter in seinem Leben gehabt hatte. Darin ging er während starken Schneefalls mit seinem Vater im Gebirge spazieren. Doch plötzlich rutschte er ab und hing nur noch mit einer Hand am Gletschervorsprung. Lange konnte er sich nicht mehr halten. Sein Vater schien verschwunden zu sein. Dann blickte Levon nach unten in die Tiefe und sah eine karibisch anmutende Insel. In diesem Moment realisierte er immer, dass er träumte. Dann ließ er den Vorsprung los, fiel in die Tiefe und wachte auf.

Wenn man loslässt, gewinnt man, sagte Levon sich. *Doch wie lasse ich in diesem Traum los? Ich kann mich nirgendwo hinunterstürzen.* Er wollte sich im Traum ohrfeigen, doch konnte seine Wange nicht spüren. Auch das Kneifen ins Bein funktionierte nicht. *Wie schaffe ich es, aufzuwachen?*, fragte sich Levon mit zunehmender Verzweiflung. Langsam verspürte er Durst. Er suchte den Raum nach etwas Trinkbarem ab, konnte aber nichts finden. Wieder setzte er sich auf den harten, ungemütlichen Betonboden. *Geduld ist eine Tugend*, sagte plötzlich eine Stimme in seinem Kopf. Levon konzentrierte sich und dachte fest an eine Wasserflasche in seiner Hand. Nach einer Weile blickte er nach unten. Eine Flasche Wasser befand sich in seiner rechten Hand. *Es klappt*, dachte er sich. *Ich kann mit Gedanken meine Situation verbessern.* Gerade hatte Levon die Hälfte des Wassers seine Kehle hinunterlaufen lassen, da wachte er auf. Sein Herzschlag war noch erhöht, doch er verspürte großen Stolz. *Mit dem Kopf gelöst,* dachte er sich, während die Matratze seines Betts ihm ein Gefühl der Geborgenheit gab. *Kein Keller, in dem man gefangen ist*, stellte Levon erleichtert fest.

Schnell war Weihnachten wieder vorbei und das Ende des Jahres gekommen. An Silvester stand Levon auf dem Berg seiner Heimatstadt und blickte auf die Lichter der Häuser hinunter. Viele Erlebnisse des abgelaufenen Jahres gingen ihm durch den Kopf. „Du bist immer noch hier", flüsterte er in die kalte Nacht hinaus und blickte zum Himmel. Nach einiger Zeit lief er das Römerpflaster wieder hinunter. Ein Mann kam ihm entgegen. Levon wollte den Mund öffnen und ihm im Vorbeilaufen ein frohes Jahr wünschen, als die Person plötzlich ihre rechte Hand hob und die Finger zu einem ‚C' formte. Erstaunt hob Levon seinerseits die linke Hand und antwortete mit dem ‚C', während beide Männer sich gleichzeitig ein frohes neues Jahr wünschten und aneinander vorbeigingen. Levon runzelte die Stirn. *Aber das damals war doch ein Traum. Woher kennt die Person das Symbol?*, rätselte er. Als Levon wieder zu Hause ankam, war er immer noch verdutzt. *Wahrscheinlich hat der gar nicht das ‚C' gezeigt und ich habe es einfach nur falsch interpretiert.* Levon breitete die Arme etwas fragend aus. *Es war ja auch recht dunkel.* Mittlerweile war es 2 Uhr nachts. Levon trank sein Sektglas aus und ging ins Bett.

– Kapitel 23 –

Showdown im Wald

Es war der 16. März, als Levon morgens um 10 Uhr aufstand, sich im Bad anzog und nach unten lief. Sein Blick wirkte entschlossen. Er öffnete die Haustür und ging zum Briefkasten, um die Zeitung zu holen. Wie jeden Morgen frühstückte Levon danach gemütlich und las die Berichte in der Tageszeitung. Am vergangenen Abend hatte er, als es schon dunkel gewesen war, einige Sachen ins Auto verfrachtet. Nach dem Frühstück setzte Levon sich aufs Sofa und schaltete den Fernseher ein. Sein Blick war an diesem Tag kälter als sonst. Seine Miene finster. Nach zwei Stunden schaltete er den Fernseher wieder aus, lief nach oben ins Badezimmer und ließ Wasser in die Wanne ein. Währenddessen gab er blaues Badesalz hinzu und beobachtete, wie sich das Wasser langsam färbte. Er stellte das Radio auf eine angenehme Lautstärke, legte seine Kleider ab und stieg in das warme Wasser. Langsam legte Levon den Kopf in den Nacken und schloss die Augen. So lag er eine halbe Stunde in der Badewanne. Schließlich stieg er vorsichtig aus dem Nass, trocknete sich ab und kleidete sich wieder an.

Alles war an diesem Tag koordinierter als sonst. Jeder seiner Schritte vermittelte den Eindruck, als hätte er ihn schon Tage vorher geplant. Jeder einzelne Handgriff wirkte wohlüberlegt. Schließlich ging er ins Arbeitszimmer und zog verschiedene Dokumente aus dem Schrank. Auf manchen war die Skizze eines Waldgebiets zu erkennen, auf einigen standen Stichpunkte. Während Levon sich die Blätter ansah, blinzelte er kaum. Nur ab und zu schaute er zur Uhr, die vor ihm auf dem Schreibtisch stand.

Nach einer Stunde steckte er die Unterlagen zurück in die Kuverts und legte sie wieder in den Schrank. Dann kochte Levon Reis und schnitt sich Brot. Mit einigen Tomaten und Gewürzen verfeinerte er seine Mahlzeit und setzte sich an den Esstisch. Während Levon die Gabel zum Mund führte, waren seine Augen wie versteinert. Dann war er fertig mit dem Essen. Es war 17:30 Uhr. Levon schritt nach oben und zog sich eine bräunlich-grüne Hose an. Sein T-Shirt und der Pullover hatten die identische Farbe. Schließlich legte er sich seine Armbanduhr ums Handgelenk und schob den Ärmel des Pullovers darüber. Im Erdgeschoss zog Levon die braunen Wanderschuhe an. Penibel achtete er darauf, dass die Schnürsenkel nicht zu lang waren und band sie zu einem Doppelknoten. Danach ging er wieder ins Wohnzimmer und setzte sich auf die Couch. Immer wieder fiel sein Blick auf die Uhr. Ab und zu drehte er sich auch nach hinten um und schaute aus dem Fenster. „Es ist so weit“, sagte er, als die Zeiger auf 18 Uhr standen. Aus seinem Glas nahm er einen letzten Schluck Wasser. Dann öffnete er die Eingangstür und schritt nach draußen. Zielstrebig lief Levon zum Auto und stieg ein. Er blickte in den Rückspiegel – im Hof der Nachbarn war niemand zu sehen.

Levon startete den Motor. Langsam setzte er das Auto nach hinten und rollte auf die Straße hinaus. Am Vortag hatte es in Strömen geregnet. Die Straße war immer noch nass. *Darauf bin ich eingestellt*, dachte Levon, während er durch die Pfützen fuhr. Ein altbekannter Weg breitete sich vor ihm aus. Um 18:25 Uhr fuhr er mit dem Auto allerdings nicht links Richtung Wald hinauf, sondern bog bereits 500 Meter vorher rechts auf einen Großparkplatz ab, auf dem etliche Autos standen. Hier stellte Levon das Auto inmitten der anderen Fahrzeuge ab. Im Rückspiegel sah er, dass die Sonne unterging. Levon verharrte im Wagen. Dunkelheit brach herein. Um 18:35 Uhr zog er sich die Kapuze seiner Jacke über den Kopf und stieg aus. *Jetzt noch 15 Minuten laufen und dann habe ich 20 Minuten Zeit zur Vorbereitung*, sagte Levon sich und ging los. Seine Augen blickten weder nach links noch nach rechts, sondern waren nur starr auf den Weg vor ihm gerichtet. „Surreal", flüsterte Levon vor sich hin, „aber so fühlt sich das wohl an", hauchte er in den kühlen Abend. *Der Übergang zwischen Winter und Frühling*. Er ging über die Hauptstraße und wanderte den Berg hoch. Levon wusste nicht, wie vielen Menschen er bisher begegnet war. Viele konnten es nicht gewesen sein. Ab und an hatte er eine vorbeilaufende Gestalt bemerkt, aber jeden Augenkontakt vermieden. *Es ist dunkel genug*, dachte er. *Niemand wird dich erkennen.*

18:50 Uhr – er war oben angekommen. Erst jetzt sah sich Levon in alle Richtungen um. *Hier ist keiner*, stellte er fest. Dann schritt er zum Vorsprung, drehte sich um 180 Grad, ging in die Knie, hielt sich mit beiden Händen an der Kante fest und schwang über den Rand, wo er einen Moment baumelte. Schließlich ließ er los. Sanft federte Levon den Sprung ab. Unter dem Vorsprung war ein kleines Plateau. Zielsicher lief er einige Meter nach vorn, kniete sich auf den Boden und holte Arbeitshandschuhe aus seinen Jackentaschen hervor. Nachdem er sie übergestreift hatte, zog er den Reißverschluss des Anoraks nach unten und griff in die Innentasche. Eine Handschaufel kam zum Vorschein. Dann begann er, in die Erdwand zu graben. Langsam wurde eine Öffnung sichtbar. Schließlich zog er die Arbeitshandschuhe aus und verstaute sie wieder in den Jackentaschen. Im Gegenzug nahm er schwarze Schießhandschuhe heraus und zog sie an. Dann griff er mit der rechten Hand in die gegrabene Öffnung und zog eine Tasche heraus. Nachdem er die Handschaufel darin verstaut hatte, entnahm er eine große, längliche Box. Levon blickte sich um. Die Sonne war fast vollständig untergegangen. Nur noch ein Funken Helligkeit drang zu ihm auf die Erde durch. Levon atmete tief ein und blies die Luft dann langsam wieder aus. Einmal. Zweimal. Dreimal. Dann öffnete er die vier Schatullenverschlüsse an dem Koffer. Vorsichtig hob Levon den Deckel hoch. Die Teile eines mattschwarzen Scharfschützengewehrs kamen zum Vorschein. Er schloss den Koffer wieder und platzierte einen Baumstumpf unter dem Vorsprung, den er Wochen zuvor dort deponiert hatte. Nachdem Levon sich mit beiden Füßen daraufgestellt hatte, warf er die Box mit dem Gewehr nach oben. Dann ging er in die Knie und stieß sich vom Baumstumpf nach oben ab. Mit beiden Händen umklammerte er die Kante. Schließlich zog er sich hoch und schnaufte kurz durch. Wie viel Uhr war es mittlerweile? Levon schob die Ärmel von Jacke und Pullover etwas zurück. 19 *Uhr – das passt.* Nun legte Levon sich auf den Bauch und baute das Gewehr zusammen. Am Ende stellte er die Zweibein-Standvorrichtung für die Waffe auf.

Wieder blickte Levon auf die Uhr. Es war 19:05 Uhr. Regungslos lag er in der Stille. Der Vollmond prangte am Himmel. Levon blickte nach unten auf die Lichter der Stadt. *Ich bereue einige Dinge in meinem Leben*, fuhr es ihm durch den Kopf. *Aber am meisten bereue ich die Dinge, die ich nicht getan habe. Die Dinge, bei denen ich mich nicht gewehrt habe. Nichts gemacht habe.* Levon fletschte die Zähne. *Leben und Tod der Alisha*, sagte er innerlich und bewegte die Lippen zu dem Gedachten. Levon wollte ruhig und konzentriert bleiben, wie er es dutzende Male in Vorbereitung auf genau diese Situation geübt hatte, doch es fiel ihm schwer. Immer wieder schossen ihm Gedanken durch den Kopf und rüttelten an seiner Seele. *Sich nichts gefallen lassen*, sagte eine Stimme in seinem Kopf. *Wenn du das hier tust, beendest du zwei Leben*, meinte eine andere. „Nein“, sagte Levon plötzlich laut. „Nie mehr. Nie mehr ungestraft respektlos behandeln lassen, nie mehr ungesühnt etwas vorspielen lassen. Alle wollen erwachsen sein, aber niemand will Verantwortung übernehmen“, sagte er wütend. „Ihr seid alle so unglaublich erwachsen, aber lügt über Wochen. Verletzt Menschen. Und lebt dann einfach so weiter, während andere leiden. Nie mehr.“ Seine Pupillen weiteten sich bei den letzten Worten. Die Zähne blitzten im Mondschein. „Heutzutage sind Menschen erstaunt, wenn man sich wehrt. Weil es keiner mehr tut. Mit den Gefühlen anderer zu spielen und dann abzuhauen, ist normal geworden. Seelen in den Müll zu werfen, ist normal geworden. Kranke Normalität", sagte er voller Abscheu. Längst hatte sein Gesicht einen hasserfüllten Ausdruck angenommen. Vor seinem inneren Auge stellte Levon sich vor, wie er Gewehrsalven in sie hineinpumpte. Levon wollte sie nicht nur töten – er wollte sie auslöschen. Und ein Zeichen setzen, das niemals vergessen werden würde. *Du hast mich getötet – aber jetzt werde ich dich töten*, dachte Levon. Wieder fiel sein Blick auf die Uhr: 19:08 Uhr. Sein Kopf pochte und fühlte sich schwer an. Er hatte Mühe, ihn gerade zu halten. Nun flossen keine Gedanken mehr durch sein Gehirn. Starr schaute Levon auf das Haus, das sich in etwa 300 Metern Entfernung schräg unter ihm befand.

Dann öffnete sich die Tür. Zeitstillstand. Tunnelblick. Alisha. Durch sein Zielfernrohr beobachtete er, wie sie loslief. Alisha trug eine dunkelblaue Jogginghose und ihre schwarze Jacke mit Kunstfell am Kragen. Ihre Haare hatte sie zusammengebunden. Konzentriert verfolgte Levon sie im Zielfernrohr. Sein Kopf nahm nichts anderes mehr wahr. Levons geöffnetes Auge hatte nur sie im Blick. Alisha stand an der Ampel. Gleich würde das Lichtsignal auf Grün springen. Dann waren es nur noch wenige Meter bis zur Tanzschule. Warten. Warten. Die Ampel sprang auf Grün. Alisha begann, die Straße zu überqueren. Levons Kopf dröhnte. Sie betrat den Bürgersteig auf der anderen Straßenseite. Schritt für Schritt näherte sich Alisha der letzten Biegung. Sie ging nach rechts. Noch 200 Meter bis zur Tanzschule. Millimeter um Millimeter schob sich der Lauf von Levons Gewehr nach oben. 150 Meter bis zur Tanzschule. Er hatte das Gefühl, ihre Schritte hören zu können. In ihre Augen schauen zu können, obwohl er sie nur von hinten sah. 125 Meter. „24, 23, 22 …“ Levon zählte die Meter mit. Dann trat völlige Leere in seinen Kopf. Er hatte auf Autopilot geschaltet. Es war, als wäre seine Seele dem Körper entwichen und nur seine Hülle würde noch auf Reize reagieren. Plötzlich schnellte sein rechter Zeigefinger zurück und betätigte den Abzug. Durch den Schalldämpfer an der Waffe gab es nur einen leisen Knall.

Levon schoss aus seiner Position hoch und kniete sich auf. Seine Bewegungen waren schnell, doch für ihn schien alles in Zeitlupe abzulaufen. Sofort begann er, das Gewehr auseinanderzuschrauben und die Teile wieder in den Waffenkoffer zurückzulegen. Um sich herum nahm Levon nichts mehr wahr. Robbend bewegte er sich zum Felsvorsprung, die Box mit einer Hand ziehend. Dort angekommen, streckte Levon den Arm in die Tiefe und ließ den Koffer mit der Waffe gekonnt fallen, sodass er waagerecht auf dem Boden aufkam. Dann drehte er sich im Liegen, ließ sich am Vorsprung hinunterhängen und sprang hinab. Schnell ergriff Levon die Box und eilte erneut zu der Öffnung, die er kurz zuvor freigegraben hatte. Dann packte er den Koffer wieder in seine Tasche. Levon schaute zum Loch in der Erdwand. Erst jetzt wurde sichtbar, dass sich ein Tunnel dahinter befand. Levon hatte gerade so viel freigegraben, dass er hindurchpasste. Eilig zwängte er sich durch die Öffnung. Danach schob er von innen die verdrängte Erde wieder nach oben und festigte die Stelle mit Gestein, sodass die Öffnung wieder verschwand. Mit einer bereitgestellten Gießkanne schüttete Levon immer wieder ein wenig Wasser auf die Erde, um sie noch fester und stabiler zu formen und den Eingang so gut wie möglich zu verschließen. Hierfür wendete er einige Zeit auf.

Dann rannte Levon los. Es war ein Stollen aus längst vergangenen Bergwerkszeiten, durch den er flüchtete. Nur seine Taschenlampe leuchtete ihm den Weg durch den kühlen und feuchten unterirdischen Gang aus. „Gleich bin ich da", sagte Levon nach einer Weile zu sich selbst. Der Tunnel verlief nun steil nach oben. Keuchend bahnte er sich seinen Weg. Schließlich endete der Stollen. Eine Erdwand tauchte vor ihm auf. Behutsam begann Levon, mit seinen Händen an einer Stelle zu graben, die mit einem roten ‚X' markiert war. Tief wühlte er sich in das Erdreich. Plötzlich stieß er mit der Handschaufel durch die Wand. Levon grub vorsichtig weiter, bis das Loch so groß war, dass er hindurchpasste. Die Tasche mit der Gewehrbox ließ er im Tunnel. Wieder griffen seine Hände zu einer bereitstehenden Gießkanne. Dann stieg er durch die Öffnung nach draußen und sah sich um. Es war dieselbe Stelle, an der Levon im vergangenen Jahr nachts im Wald das Zelt aufgebaut hatte. Wieder schüttete Levon das Loch zu und versuchte, es mit dem Wasser aus der Gießkanne gut zu versiegeln. Nachdem das Loch wieder verschlossen war, richtete sich Levon auf und lief einige Meter nach rechts. Seine Zeltausrüstung, die er zwei Tage zuvor nachts an dieser Stelle deponiert hatte, kam zum Vorschein. „So", sagte Levon, dem immer noch das Adrenalin durch die Adern schoss, „mach es wie damals." Er musste das Zelt aufbauen. Obwohl sein Körper in höchster Alarmbereitschaft war, errichtete Levon nach und nach recht ruhig und konzentriert seinen Unterschlupf. Nach 15 Minuten war er fertig. Levon blickte auf sein Handgelenk. Mittlerweile war es 20 Uhr. Aus seinem Rucksack zog er eine Wasserflasche. Dann krabbelte er ins Zelt, legte sich auf den Rücken, öffnete den Verschluss der Flasche und ließ Wasser in seinen Mund laufen. Völlig entkräftet schnaufte er noch immer. *Einen Tag hierbleiben und warten, bis die Polizeipräsenz in der Stadt nicht mehr so hoch ist. Dann das Zelt abbauen, keine Spuren hinterlassen und in der nächsten Nacht vor dem Morgengrauen wieder zurücklaufen* – so formulierte Levon seinen Plan aus dem Gedächtnis. Dann schlief er ein.

Nachts wurde Levon von Albträumen heimgesucht, die ihn immer wieder erschaudern ließen. Mehrmals wachte er davon auf. *Albträume zum jetzigen Zeitpunkt sind normal*, sagte er sich dann. *Es ist eine stressige Situation, da musst du jetzt durch.* Manchmal zitterte er am ganzen Körper. Dann versuchte Levon sich zu beruhigen, indem er seine Brust streichelte. Wenn er im Wald um sich herum etwas hörte, schreckte er auf und rechnete mit dem Eintreffen der Polizei. *Sie werden dich kriegen*, schoss es ihm dann durch den Kopf. *Nein, werden sie nicht*, sagte eine andere Stimme. *Dein Versteck hier ist zu gut. Ringsherum wachsen Wurmfarn und andere Büsche, es ist die tiefste Stelle im Wald, niemand wird hierherkommen. Das Zelt ist von außen nicht einsehbar und liegt einen Kilometer vom nächsten Wanderweg weg.* Er wälzte sich im Zelt von links nach rechts. *Du musst damit aufhören, so viel nachzuden-*

ken. Du hast in deinem Leben schon manches Mal Dinge kaputtgedacht. Dich selbst kaputtgedacht.

In dieser Nacht schlief er nur sehr wenig. Zu groß war die seelische Belastung für ihn. *Es ist normal*, sagte sich Levon immer wieder, *es ist normal.*

Den folgenden Tag verbrachte er fast ausschließlich im Zelt. Obwohl seine Position im Wald sehr geschützt lag, wagte Levon es kaum, seine Behausung zu verlassen, um nicht doch durch einen unglücklichen Umstand entdeckt zu werden. Ab und an kroch er aus dem Zelt und vertrat sich etwas die Beine. Selbst dann lief Levon gebückt umher. *Nicht zu sicher fühlen*, rief er sich dabei immer wieder ins Gedächtnis. *Vorsichtig bleiben und nicht zu sicher fühlen.* Manchmal zog er etwas Proviant aus seinem Rucksack und verspeiste hungrig Knäckebrot, Beeren und Schokolade. Dann legte er sich wieder ins Zelt und versuchte, ein wenig in den mitgebrachten Zeitschriften zu lesen, was ihm kaum gelang. Zu viele Gedanken kreisten in seinem Kopf.

Schließlich bemerkte Levon, dass es langsam wieder dunkler wurde. *Trotz des fehlenden Schlafs musst du jetzt konzentriert bleiben.* Er schwor sich auf die kommenden Stunden ein. Es begann zu regnen. Wassertropfen prasselten auf sein Zelt. Die Beine bewegend, damit sie nicht einschliefen, lag Levon da und starrte an die Zeltdecke. *Weißt du noch damals, als sie bei sich zu Hause den Sternenhimmel an die Decke projiziert hat? Das war so ein romantischer Moment.* Levons Augen wurden glasig. *Nein, Levon*, sagte er sich, *lass das jetzt nicht an dich ran.* Mit der linken Hand betätigte er den Knopf seiner Armbanduhr. Das Ziffernblatt leuchtete auf: 23 Uhr. *Noch vier Stun-*

den, dann baue ich das Zelt ab. Und danach laufe ich zurück. Konzentriert bleiben, Levon. Konzentriert bleiben, sagte er sich innerlich immer wieder. Der Regen löste sich langsam von den Baumwipfeln und fiel auf den feuchten Waldboden herab. Levon schaute nach oben. Ab und zu blitzte der Mond zwischen den Wolken hervor. „Sei niemals ein Gefangener deiner eigenen Gedanken", sagte er leise. „Und lass dich niemals durch jemand anderen in deinem Kopf gefangen nehmen."

Plötzlich spürte er einen Druck im Rücken. Zuerst dachte Levon, dass sein Körper verspannt sei von der Aufregung, dem Rennen oder dem Zeltaufbau. Doch innerhalb kürzester Zeit wurde der Druck immer stärker. Levon streifte sein T-Shirt ab und fasste sich über den Rücken. Schlagartig zog er die Hand zurück. Was er fühlte, ließ ihn erschaudern. Dann spürte er auch im Gesicht einen gewaltigen Druck. Levon konnte die Verformungen spüren. Überall setzten sie ein. Mit schmerzverzerrtem Gesicht wälzte er sich im Zelt hin und her und versuchte, das Schreien zu unterdrücken. Nach zwei Minuten war die Verwandlung abgeschlossen. Langsam ging Levon aus dem Zelt hinaus. Er bewegte sich nicht mehr auf zwei Beinen fort. Er lief auf allen vieren. Die Augen leuchteten gelb. Das Fell glich dem grauen Nachthimmel. Seine scharfen Zähne blitzten immer wieder gefährlich auf. Der Spuk dauerte nicht lange. Nach zehn Minuten bemerkte Levon erneut einen starken Druck im Gesicht und dann an jedem Teil seines Körpers. Nach weiteren zwei Minuten fasste er sich ins Gesicht und tastete seinen Körper ab. Alles war wieder normal.

Müde und erschöpft kroch Levon ins Zelt zurück und stellte sich den Wecker auf 03:00 Uhr. Er schob ihn unter sein Kissen, damit das Geräusch des klingelnden Weckers möglichst nur für ihn zu hören sein würde. Dann schloss er die Augen. Im Schlaf atmete er immer wieder tief ein und aus. Auf dem Rücken liegend und den Kopf auf die linke Seite gelegt, hatte Levon Arme und Beine weit von sich gestreckt. Fast sah es so aus, als treibe er auf dem Meer. Der Regen wurde stärker und stärker und trommelte auf Levons Zelt. Dieser schlief aber so fest, dass er davon nicht wach wurde. Levon träumte von einem Floß. Mit diesem startete er seine Fahrt am höchsten Punkt des Gebiets und fuhr durch den Bach des Waldes, während er immer wieder zum klaren Sternenhimmel hinaufblickte. Mit einem langen Stock steuerte er das Floß, das sich seinen Weg durch das Wasser bahnte. Levons Blick fiel nach rechts auf die Lichter des Tals. Zwischen den Bäumen und Sträuchern fühlte er sich sicher. Die märchenhafte Umgebung ließ ihn träumen, während er dennoch konzentriert durch den Strom trieb. Der Bach mündete in einen See. Levon blinzelte in Richtung eines Stegs. Stand dort jemand? Behutsam steuerte er auf das Ufer zu, um mehr erkennen zu können. Schließlich kam Levon an Land an. Noch immer auf dem Floß sitzend, blickte er auf den Steg. Dort stand wirklich jemand. „Hallo?“, rief er in Richtung der Gestalt. Nichts an ihr regte sich. Levon stieg vom Floß und zog es an Land. Dann lief er die Böschung hinauf. Nun konnte er die Person von hinten sehen. Trotz des hell scheinenden Mondlichts erkannte er nicht, wer es war. „Hallo?“, rief er noch mal, als er etwa 15 Meter von der Person entfernt stand.

Plötzlich stieg ihm der Geruch von Schwefel in die Nase. Levon wich ein paar Meter zurück, ohne die Gestalt aus den Augen zu verlieren. Dann versuchte er, wieder zum Boot zu gelangen. Plötzlich sah Levon, wie die Gestalt mit ihren Füßen am Boden scharrte, als wollte sie Anlauf nehmen. Den Blick hatte sie dabei immer noch auf den See gerichtet. Levon erstarrte. Immer vehementer holte das Wesen mit seinen Füßen aus und scharrte am Boden, bis eine Staubwolke entstand, die meterhoch aufstieg. Bald waren das ganze Ufer und der See von einer dichten Wolke aus Sand bedeckt. *Schnell weg hier*, dachte sich Levon und schlich mit schnellen Schritten zum Floß. Dann zog er es ins Wasser, nahm den Stock, setzte sich und begann zu paddeln. Durch den dichten Staub konnte er kaum etwas sehen, versuchte aber in die Richtung zu gelangen, aus der er gekommen war. Plötzlich hörte Levon einige Meter neben sich ein gluckerndes Geräusch. Kurze Zeit später stieß eine kleine Welle gegen sein Floß. Er stellte das Paddeln ein. Angestrengt schaute Levon sich um. Im Wasser war nichts zu erkennen. *Vielleicht war es ein Fisch, der an die Oberfläche gekommen ist. Oder eine Ente.* Er versuchte, sich damit zu beschwichtigen. Levon bemerkte nicht, dass die sanfte Strömung des Sees ihn immer weiter vom eigentlichen Kurs abbrachte. Zu groß war die Angst, dass etwas Gefährliches im Wasser sein könnte.

Nach zehn Minuten suchte Levon sein Heil in der offenen Flucht und begann, so schnell wie möglich zu paddeln. Seine Arme brannten, während er hoffte, gleich wieder zur Mündung des Baches zu gelangen, über die er ursprünglich auf den See gekommen war. *Eigentlich müsste ich schon längst da sein*, dachte er nach weiteren zehn Minuten. Auf einmal spitzte er die Ohren. Er bemerkte ein Geräusch, das sich wie fließendes Wasser anhörte. *Wo soll das herkommen? Es regnet doch gar nicht*, dachte er und war verwundert. Langsam trieb Levon weiter. Das Geräusch wurde lauter. Und lauter. Und lauter. Er riss die Augen auf. „Nein", rief Levon, als er im Dunkel der Nacht den Wasserfall vor sich erblickte. Sofort drehte er sich auf dem Floß um und versuchte, zurückzurudern. Doch der Strom hatte ihn schon zu stark in seiner Gewalt. Levon konnte mit seinem Stock nicht mehr genug Kraft aufbringen, um das Floß aus der Strömung zu befreien. *Ich kann es nur noch durch Schwimmen versuchen*, dachte er verzweifelt und sprang ins Wasser. Mit kraftvollen Bewegungen versuchte er, gegen den Strom zu schwimmen. Sein Herz pochte. Das Blut schoss ihm durch die Adern. Er kämpfte. Immer und immer wieder versuchte Levon, die Strömung zu besiegen. In ruhigeres Gewässer zu gelangen. Dem Wasserfall zu entkommen. Doch er schaffte es nicht. Levon spürte, dass er nicht vorankam. Er bemerkte, wie Ermüdung eintrat. Lange würde er nicht mehr durchhalten. Schließlich hörte Levon auf, zu schwimmen. Zügig trieb ihn die Strömung auf den Wasserfall zu. Er drehte sich im Wasser um 180 Grad. *Bitte bringen Sie Ihren Sitz in eine aufrechte Position*, hämmerte es in seinem Kopf, während er versuchte, eine möglichst gerade Haltung einzunehmen. Das Brüllen der herabstürzenden Wassermassen dröhnte in seinen Ohren. Dann sah Levon die Kante. Gefühlt unendlich weit ging es nach unten. Levon dachte nichts mehr. Er fühlte auch nichts mehr. Sein ganzer Körper war wie betäubt. Dann fiel er. Und fiel. Und fiel. Seine Arme ruderten in der Luft, so lang war der Fall. Und dann ... Aufprall. Stille.

Levon schreckte hoch. Mit einem Mal riss er die Augen weit auf. *Das Zelt. Der Wald. Habe ich verschlafen? Hat der Wecker schon geklingelt?* Rasch schaute er auf seine Armbanduhr. Es war 02:45 Uhr. „Okay“, flüsterte Levon, „ich werde aufstehen und das Zelt abbauen.“

Da es immer noch regnete, zog er seine Regenjacke aus dem Rucksack. Mit der Kapuze über dem Kopf legte Levon das Zelt nach und nach zusammen. *Gut, dass ich das Ganze bereits in der Vergangenheit geübt habe*, stellte er fest. Um 3 Uhr war Levon fertig und hatte alle Sachen verstaut. Mit der Taschenlampe leuchtete er den Boden ab. *Bloß nichts vergessen.* Levon überprüfte gründlich, ob noch Gegenstände auf dem Untergrund lagen. Nachdem er 15 Minuten dafür aufgewendet hatte, nahm er den Rucksack in beide Hände und ging zu dem Erdloch, das er in der vorigen Nacht verschlossen hatte. Dann zog er die kleine Handschaufel hervor und begann, in die Erde hineinzustechen. Dadurch, dass es regnete, musste er nicht sonderlich viel Kraft beim Graben aufwenden. Nach zehn Minuten war die Öffnung so groß, dass Levon hindurchpasste. Er steckte die Handschaufel in den Rucksack, platzierte diesen neben dem Erdloch und stieg in den Tunnel, der steil abfiel. Als Nächstes nahm er die Taschenlampe und legte sie in dem unterirdischen Gang auf den Boden. Nun hob er den Rucksack ins Innere. Zuletzt schüttete Levon die verdrängte Erde wieder auf und schloss das Loch so von innen. Obwohl es regnete, ließ er mit der Gießkanne immer wieder etwas Wasser auf die Erde laufen, um die Öffnung noch besser zu verschließen. *Nie zu sicher sein, Levon. Nie zu sicher sein*, sagte er sich immer wieder und versuchte, das Loch noch besser zu verschließen. Nach weiteren 15 Minuten war er schließlich fertig und verstaute die Gießkanne im Rucksack.

Jetzt noch das Gewehr und dann ab zum anderen Ende des Tunnels. Levon tastete mit der linken Hand in die Richtung, in der er tags zuvor die Tasche abgestellt hatte. Seine Hand griff ins Leere. Levon runzelte die Stirn. Langsam hob er die Taschenlampe vom Boden auf und leuchtete in die linke Ecke. „Nein", rief er, „das kann nicht sein." Er bewegte seine Hand nach rechts und leuchtete die andere Ecke aus. Schweiß tropfte von seinem Gesicht. „Vielleicht ist die Tasche den steilen Gang hinuntergerutscht, als ich gestern aus dem Tunnel gekrochen bin ... Oder als ich eben wieder hineingestiegen bin ... Vielleicht ist dabei ein bisschen Erde abgerutscht." Levon leuchtete den steilen Tunnel hinunter und ging ein paar Schritte. Nirgends war seine Tasche mit dem Gewehr zu sehen. Unaufhörlich rann ihm der Schweiß vom Gesicht, von seinen Armen und Beinen. *Nicht auf den letzten Metern*, dachte er. *Habe ich sie vielleicht auf der anderen Seite des Tunnels abgelegt?* Levon zweifelte an seiner Erinnerung. *Nein, das kann nicht sein*, dachte er, als würde er mit sich selbst diskutieren. *Ich bin doch damit durch den ganzen Tunnel gerannt. Sie muss oben sein. Warum ist sie dort nicht?* Levons Herz pochte. Mit fahlem Gesicht ging er im Tunnel weiter und leuchtete ihn ab. Levon hatte schon die Hälfte der Strecke zurückgelegt, als er ein dämmriges Licht wahrnahm. Kurz schloss er die Augen und drückte sie zusammen. Dann öffnete er sie wieder. Leicht auf seine Wangen klopfend, stellte er fest, dass er nicht träumte. Die Situation war Realität. Gänsehaut überkam ihn. Langsam schritt er weiter und versuchte, so wenig Lärm wie möglich zu machen. *Du hast deine Taschenlampe an. Wenn da jemand ist, wird er dich sowieso sehen.* Plötzlich kam ihm ein schrecklicher Gedanke. Was, wenn es die Polizei war? Was, wenn ihn jemand gesehen hatte? Was, wenn sie sein Gewehr gefunden hatten? Tausend Gedanken schossen ihm durch den Kopf und hinderten ihn daran, klar zu denken. *Aber was soll ich tun?*, fragte er sich. *Ich muss die Tasche mit dem Gewehr finden.* Langsam ging Levon weiter in Richtung des kleinen, fahlen Lichts. In etwa 50 Metern Entfernung konnte er einen Seiteneingang des Haupttunnels ausmachen. „Der war doch gestern noch nicht hier, als ich durchgelaufen bin", flüsterte Levon und runzelte die Stirn. *Was ist Realität und was Traum?* Er zweifelte nun generell an seiner Wahrnehmung. Wieder griff Levon in sein Gesicht und wollte sich leicht zwicken. Doch er wachte nicht auf. *Es muss die Realität sein.* Dann schaltete er die Taschenlampe aus. Vorsichtig schritt er im Tunnel weiter und stand schließlich wenige Meter vor der Abzweigung. Das Licht kam eindeutig aus dem seitlichen Tunnel. Während er sich mit den Händen an der Wand orientierte, stieg ihm ein unangenehmer Geruch in die Nase. Schwefel. Sein Kopf pochte. Zwei Schritte war er noch von der Abzweigung entfernt. *Und jetzt, Levon? Was jetzt?*, fragte er sich. *Du bist unbewaffnet*, musste er sich eingestehen. Zentimeter für Zentimeter schob er den Kopf hinter der Wand hervor. So nervös war Levon, dass er sich mit der rechten Hand in die linke Brust zwickte. Er spähte in den Seiteneingang. Auf dem Boden erblickte er eine Handlaterne – die Lichtquelle, die Levon aus der Ferne erkannt hatte. Dann fiel sein Blick rechts neben die Laterne. *Meine Tasche!*, dachte er und riss die Augen weit auf. Wie betäubt schaute Levon auf die beiden Gegenstände. Dann zog er den Kopf wieder zurück. Überall in seinem Körper pochte es. *Es ist eine Falle*, sagte er sich. *Der Geruch … Er ist hier. Er will, dass ich die Tasche nehme … Und wird sich vorher nicht zeigen. Vielleicht hat er mich sogar schon gesehen. Wie kann ich ihn austricksen?* Angestrengt versuchte er nachzudenken, konnte aber keinen klaren Gedanken fassen. *Alles durchgeplant. Jeden einzelnen Meter. Jede Sekunde. Um dann am Ende zu scheitern?*, fragte Levon sich. *Das darf nicht sein. Ich könnte hinrennen, mir die Tasche mit dem Gewehr nehmen und weglaufen – aber was, wenn die Waffe gar nicht in der Tasche ist? Was, wenn er sie hat? Aber selbst wenn das Gewehr in der Tasche ist – oben liegt noch mein großer Rucksack. Den darf ich auf keinen Fall zurücklassen. Ich müsste also mit der Tasche zurückrennen, den Rucksack auf die Schulter nehmen und dann wieder hier vorbeilaufen. Am besten wäre vielleicht, zur Tasche zu rennen, das Gewehr herauszunehmen und ihn notfalls zuerst auszuschalten.* Plötzlich fasste Levon sich an den Kopf. *Aber das Gewehr ist ja gar nicht zusammengebaut*, fiel ihm ein. *Selbst wenn es in der Tasche ist, könnte ich es zunächst überhaupt nicht verwenden. Und was ist, wenn er die Munition aus der Tasche genommen hat?* Fragen über Fragen quälten Levon. Wie intensiv er auch versuchte nachzudenken – ihm fiel kein guter Plan ein. *Ich muss hier mit vollständiger Ausrüstung rausgehen – viel zu gefährlich, Beweise zurückzulassen.* Levon fasste einen Entschluss: *Ich werde mein Notfallmesser aus dem Rucksack holen, wieder zurücklaufen, in den Seiteneingang stürmen und schnell meine Tasche nehmen. Überraschungseffekt.* Gerade wollte er losgehen, als er eine Stimme hörte.

„Hallo, Levon. Du kannst ruhig hervortreten."

Levon schauderte. Es war die Stimme von Alvin. „Alvin?", fragte er ungläubig und schaute vorsichtig um die Ecke.

Alvin hatte die Laterne in der Hand und blickte ihn mit seinem gewohnt freundlichen Gesichtsausdruck an. „Ja." Er nickte leicht.

„Was machst *du* denn hier? Wie kommst du hier rein? Woher weißt du, dass ich da bin? Hast *du* mein Gewehr genommen?"

Alvin lachte. „Willst du deinen besten Freund nicht erst mal begrüßen?", fragte er.

Immer noch unsicher, trat Levon hervor. Beide standen nun zehn Meter voneinander entfernt. Levon knipste seine Taschenlampe an, um noch etwas besser sehen zu können. „Ich hätte wirklich nicht erwartet, dich hier zu treffen", sagte er mit ungläubigem Gesichtsausdruck.

„Das glaube ich dir", erwiderte Alvin knapp. „Unverhofft kommt oft."

„Bei dir kann man echt nie wissen, wo du auftauchst", sagte Levon, während er Alvin immer noch mit der Taschenlampe anleuchtete.

„Willst du deinen Freund nicht umarmen?" Alvin streckte die Arme aus.

„Klar“, sagte Levon. „Nur noch eine Sache vorher.“ Er hob die linke Hand und formte damit einen Halbkreis, während er Alvins Augen fest im Blick behielt.

„Was ist das für ein Zeichen, das du da machst?“, fragte Alvin mit verdutztem Gesichtsausdruck.

Langsam sank Levons Hand wieder nach unten. Sein Blick wurde finsterer. Beide Hände ballten sich zu Fäusten. „Auch der Teufel hat seine Schwächen“, entfuhr es ihm plötzlich. Nachdem er diesen Satz ausgesprochen hatte, begann sich das Aussehen von Alvin zu verändern. Hörner stießen aus seiner Stirn. Die Fingernägel wichen Krallen. Die Schuhe lösten sich auf und Pferdefüße erschienen. Die Gestalt nahm eine rötliche Farbe an. Still und konzentriert schaute Levon der Verwandlung zu. Schließlich war sie abgeschlossen.

„Du bist nicht so leicht zu überwinden“, sagte der Teufel mit furchteinflößend gefletschten Zähnen zu Levon.

„Ein Glück“, erwiderte Levon mit überzeugtem Blick. „Was nun?“ Levon versuchte, die Führung des Gesprächs zu übernehmen.

„Du willst dein Gewehr. Hol es dir“, sagte der Teufel und zuckte mit dem Kopf nach hinten. „Dazu musst du aber erst an mir vorbei“, tönte er siegessicher.

„Vielleicht aber auch nicht“, sagte Levon unerwartet, drehte sich nach links und lief durch den Haupttunnel weiter.

„Hey“, schrie der Teufel, „du glaubst doch wohl nicht, dass ich dich einfach so gehen lasse.“

„Dann tu doch was dagegen“, rief Levon und ging unbeirrt weiter. Er konnte hören, wie der Teufel mit den Hufen scharrte, um Anlauf zu nehmen. Doch der Teufel kam nicht. Immer weiter schritt Levon, bis er den ganzen Tunnel durchquert hatte. Im Lichtschein suchte Levon den Gang von links nach rechts ab. Kurz bevor er die rechte Wand angeleuchtet hatte, erblickte er seine Tasche. Levon legte die Lampe auf den Boden und öffnete ihren Reißverschluss. Die Gewehrbox kam zum Vorschein. Er öffnete die Schatullenverschlüsse und hob den Deckel an. Die Waffe lag an ihrem Platz. Ruhig schloss er die Tasche wieder, nahm sie in die linke Hand und hob mit der rechten die Lampe auf. *Jetzt noch den Rucksack holen und dann geht es aber wirklich heim*, sagte sich Levon. *Ich werde nicht mehr viel Zeit haben, bis es hell wird.* Im Dauerlauf begann er, den Stollen wieder zur anderen Seite zu durchqueren. Als er an der Stelle vorbeikam, an der er eben noch dem Teufel begegnet war, stellte er fest, dass der Seitentunnel wieder verschwunden war. Langsam machte ihm die stickige, feuchte Luft zu schaffen. „Du hast es bald geschafft“, flüsterte Levon, um sich Mut zuzusprechen.

Auf dem erneuten Weg zum Ausgang schleppte er sich mit Rucksack und Tasche keuchend voran. Endlich kam er wieder am anderen Ende des Tunnels an. Er zog den rechten Ärmel von Jacke und Pullover zurück und schaute auf sein Chronometer. Es zeigte 5 Uhr an. *Ich habe noch genug Zeit. Aber trödeln darf ich jetzt nicht.* Mit der Handschaufel grub Levon ein Loch durch die Stelle, die er zwei Tage zuvor versiegelt hatte, nachdem er in den Tunnel eingestiegen war. Als er dies geschafft hatte, steckte er vorsichtig den Kopf nach draußen und lauschte. Es waren keine auffälligen Geräusche zu hören, also hob er Rucksack, Tasche und Gießkanne nach draußen und stieg durch das Loch.

Jetzt das Ganze noch gut versiegeln. Im Anschluss an die zwanzigminütige Arbeit prüfte Levon, ob wirklich alles fest verschlossen war. Nachdem er sich davon überzeugt hatte, verstaute er auch die zweite Gießkanne in seinem Rucksack, setzte ihn auf, nahm die Tasche mit dem Gewehr in die Hand und stellte sich wieder auf den Baumstumpf, den er zwei Tage zuvor schon genutzt hatte, um zum Felsvorsprung zu gelangen. Zuerst warf Levon die Tasche mit dem Gewehr nach oben. *Und jetzt kommt der körperlich schwierigste Teil*, sagte er sich. *Ich muss mich mit dem Rucksack auf dem Rücken nach oben ziehen. Der ist zu schwer, als dass ich ihn hochwerfen könnte.* Wieder stieg Levon auf den Baumstumpf. Mit dem schweren Gepäck auf dem Rücken ging er tief in die Hocke und stieß sich schließlich ab. Er versuchte, sich an der Kante des Felsvorsprungs festzuklammern. Doch er griff daneben und rutschte beim Aufkommen mit den Füßen vom Baumstumpf ab. Unsanft landete Levon auf dem Boden. Durch die kräftezehrenden vergangenen zwei Tage war er erschöpft. Seine Augen schimmerten glasig. Er legte den Rucksack ab. Arme und Beine streckte er weit von sich. Dann schloss er die Augen. Gab er auf? So kurz vor dem Ziel? In einer Stunde würde die Sonne aufgehen und er hatte noch den Rückweg zum Auto vor sich. In seinem Zustand würde er bestimmt 25 Minuten dafür brauchen.

Plötzlich veränderte sich Levons Atmung. Er holte tiefer Luft und nahm sich dafür mehr Zeit. Seine Atemzüge verringerten sich, waren dafür aber intensiver. Levons Schultern entspannten sich und sackten nach unten. Er geriet in eine Art Trancezustand. Lief die Zeit nicht unaufhörlich gegen ihn? Immer wieder atmete er tief in seine Seele ein und blies den verbrauchten Sauerstoff dann nach draußen. So ging es zehn Minuten.

Schließlich gab es Bewegung bei Levon. Langsam und ruhig richtete er zuerst den Oberkörper auf. Dann winkelte er die Beine an. Als Letztes hob Levon seine Hüfte und stieß sich gleichzeitig sanft mit den Händen vom Boden ab. Immer noch war seine Atmung tief und gleichmäßig. Er hob den Rucksack hoch und schlüpfte mit den Armen wieder durch die Schlaufen. Meter für Meter ging Levon zum Baumstumpf. Noch trat er nicht auf ihn. Sein Blick war fest nach oben gerichtet. Mit den Augen taxierte er den Abstand zum Felsvorsprung. Wie ein Turner vor einem Reck stand er da und wirkte, als würde er auf jemanden warten, der ihn nach oben hievte. Doch Levon war ganz allein. Schließlich trat er ein paar Schritte nach vorn und stieg auf den Baumstumpf. Wieder visierte er sein Ziel an. Seine Knie beugten sich. Dann streckte er abrupt die Beine durch und katapultierte sich in Richtung Felsvorsprung. Sein Absprung war kraftvoller, dynamischer als beim ersten Versuch. Levons Arme schnellten in die Höhe. Seine Hände ergriffen die Felskante. Mit den Fingern fand er Halt. *Jetzt noch hochziehen.* Er spornte sich selbst an, während er mit schmerzverzerrtem Gesicht am Felsen hing. *Leg alles rein!*, schrie er in seinem Kopf. *Hoch!*

Seine Muskeln brannten, als Levon sich ächzend und mit aller Kraft nach oben zog. Die Augen waren zugekniffen, das Gesicht verzerrt. Es schien zu klappen. Sein Wille war unbändig. Mit dem Oberkörper hievte er sich schließlich über den Felsvorsprung und fiel entkräftet nach vorn. Levon hatte es nach oben geschafft. Nachdem er sich einige Minuten von der Anstrengung erholt hatte, stand er schließlich auf und lief los. Hinunter ins Tal. An Häusern vorbei. Die Kapuze über dem Kopf. Den Blick nur nach vorn gerichtet. Erschöpft und müde – aber immer noch fest gewillt, auch die letzte Kraftanstrengung dieser Episode zu bewältigen. Kühler Wind strich ihm ums Gesicht. Am liebsten wollte Levon sich hinlegen, doch er blieb standhaft. Zur Hauptstraße, über die Fahrbahn. An der gegenüberliegenden Straßenseite entlang. Levon konnte sich gerade noch auf den Beinen halten. Er bog ein letztes Mal ab. Dann sah er den Parkplatz. *Jetzt noch die letzten 200 Meter, dann sitzt du im Auto.* Levon kam an. Autoschlüssel aus der Hosentasche holen. Einstecken. Drehen. Nach hinten gehen. Kofferraum öffnen. Rucksack und Tasche rein. Wieder nach vorn gehen. Fahrertür aufmachen. Er stieg ein. Levon ließ sich nach hinten in den Sitz fallen. Dann schloss er die Tür. Aus dem Handschuhfach zog Levon eine Flasche Limonade und nahm einen großen Schluck. Dann legte er die Flasche zurück, schloss das Handschuhfach wieder und griff mit der rechten Hand zum Zündschlüssel.

„Hallo, Levon."

Levon schreckte hoch. Entgeistert drehte er sich zur Rückbank um. „Alvin! Was machst du denn hier?", entfuhr es ihm, als er seinen Freund sah.

Alvin zuckte nur mit den Schultern und zog die Augenbrauen etwas nach oben.

„Moment mal", sagte Levon, während er die Augen zusammenkniff. „Das Auto war ja sogar abgeschlossen und ich habe es eben erst geöffnet. Wie bist du hier reingekommen?“

Ein paar Sekunden Stille vergingen. „Sollten wir nicht lieber über dich reden?“, fragte Alvin.

Levon überlegte. War es wieder eine Falle? Es roch nicht nach Schwefel. Levon hob die Hand und formte mit ihr den Halbkreis. Dabei sah er in den Rückspiegel und beobachtete Alvins Reaktion. Sofort ging Alvins Hand nach oben. Der Kreis, den er formte, war geschlossen. Levon atmete in der Gewissheit, dass es sich tatsächlich um Alvin handelte, tief durch. „Schön, dass es dir gut geht“, rief er seinem Freund zu. „Trotzdem kein Grund, mich hier so zu erschrecken.“

„Und, Levon, hat alles so geklappt, wie du es dir vorgestellt hast?“

Mit ausdruckslosem Gesicht schaute Levon auf die Windschutzscheibe. „Warum willst du mit mir darüber reden?“, fragte er ausweichend.

„Du willst selbst darüber reden“, entgegnete Alvin ihm.

Levon runzelte die Stirn. „Wie kommst du darauf? Was erzählst du da, Alvin?“

„Du hast sie nicht getötet, stimmt's?“, fragte Alvin.

Im Rückspiegel konnte Levon sehen, dass sein Freund den Kopf leicht nach rechts geneigt hatte. „Es wäre nicht gut, mit dir darüber zu reden“, antwortete Levon mit fester Stimme.

„Warum?“, entgegnete Alvin. „Von mir hast du nichts zu befürchten.“

„Das kannst du nicht wissen“, antwortete Levon. „Die Polizei kann dich genauso vernehmen. Dann müsstest du entweder lügen, dass du nichts weißt, oder sagen, was du weißt. Und das wäre dann weder für dich noch für mich gut. Deswegen ist es besser, wenn du nichts weißt." Kurz machte er eine Pause. „Aber vom Gefühl her würde ich sagen, dass du sowieso schon alles weißt. Du verfolgst mich anscheinend auf Schritt und Tritt. Was soll der Mist, Alvin? Was tust du hier, wie bist du hier reingekommen?"

Alvin ballte die linke Hand zur Faust und stützte seinen Kopf darauf ab, verlor seinen Freund dabei aber nicht aus den Augen. „Ich bin dein bester Freund, Levon", sagte er.

Stille.

„Ich weiß, Alvin. Das weiß ich. Ich bin auch *dein* bester Freund. Aber ich verstehe manches einfach nicht."

„Das weiß ich", entgegnete Alvin. „Dafür bin ich ja hier. Aber du könntest auch selbst darauf kommen."

„Aber warum?", fragte Levon mit etwas Wut in der Stimme. „Was sollen diese Spielchen? Wenn du weißt, was los ist, dann sag es mir doch einfach."

„Das kann ich nicht", antwortete Alvin.

Levons Gesicht nahm einen immer verwirrteren Ausdruck an. „Aber weshalb nicht?", fragte Levon. „Du scheinst doch alles Wissen dazu in dir zu tragen, wieso kannst du es mir dann nicht sagen?"

„Wieso bist du unzufrieden mit deinem Leben, Levon?", fragte Alvin plötzlich.

„Das weißt du doch schon längst", antwortete Levon.

„Sag es mir", sagte Alvin nachdrücklich.

Im Rückspiegel konnte Levon Alvins eindringlichen Blick erkennen. Levon rang nach Worten, doch er wusste nicht, wo er anfangen sollte. Auf einmal spürte Levon Alvins Hand auf seiner Schulter.

„Du suchst seit einem Jahrzehnt nach Glück", begann Alvin, „und seit einem Jahrzehnt findest du es nicht wirklich. Immer wieder wirst du von Menschen enttäuscht. Du hast deine Fehler, bist manchmal zu emotional. Aber im Grunde bist du ein toller Mensch. Du bist intelligent, ehrlich, lässt deinen Gefühlen freien Lauf – aber ehrlich sein und wahre Gefühle zeigen – das wird hier oftmals bestraft."

Hier, dachte Levon, *hier*.

„Immer wieder hast du Menschen eine neue Chance gegeben", fuhr Alvin fort. „Und immer dann, wenn du dich auf sie eingelassen hast, haben sie dich weggeworfen. Irgendwann hast du dich dann gefragt, ob es an dir liegt. Ob du irgendetwas Falsches an dir hast. Aber eigentlich hast du nie wirklich an dir gezweifelt. Du kennst deine Qualitäten. Weißt, was du kannst. Und weißt auch, was du noch nicht so gut kannst. Grundsätzlich hast du die Fähigkeit, dich selbst reflektieren zu können. Aber in manchen Situationen schaffst du es nicht, einen Schritt zurückzutreten. Manchmal sind deine Gefühle so stark, dass du etwas machst, was du später bereust. Dann fragst du dich, ob es anders gekommen wäre, hättest du dich unter Kontrolle gehabt. Ob es dann mit ihr ... oder mit ihr ... geklappt hätte. In der Vergangenheit hast du dich dafür verflucht und dir geschworen, es beim nächsten Mal anders zu machen – aber als das nächste Mal kam ... konntest du es wieder nicht anders handhaben. Aber dennoch bist du nicht schuld, Levon. Gerade, was die letzte Sache angeht. Und das weißt du auch."

Mit glasigen Augen nickte Levon, während er immer noch auf die Windschutzscheibe starrte.

„Nach der Angelegenheit diesmal hast du eine Sache anders gemacht", fuhr Alvin fort.

„Ich habe die Sache aufgearbeitet und auch mich selbst reflektiert", sagte Levon. Alvin nickte mit einem Lächeln. „Aber dafür bin ich dann auch wieder bestraft worden", fügte Levon hinzu. „Was ist denn los mit diesen verdammten Leuten?", rief Levon plötzlich laut aus und schlug auf den Sitz. „Wochenlang können sie nicht die Wahrheit sagen, spielen dir etwas vor, täuschen dich. In der Zwischenzeit öffnet man sich immer mehr und zeigt auch mal Fehler von sich. Dann werfen sie dich weg. Und wenn du dich danach selbst reflektierst und bei den Personen für deine Fehler entschuldigst, ignorieren sie dich sogar. Wie respektlos kann man überhaupt sein?"

„Das ist normal hier", kommentierte Alvin. „Hier gibt es oberflächliche Beziehungen und man wirft Dinge lieber weg, als sie zu reparieren. Statt jemandem die Wahrheit zu sagen, bleibt man lieber still, weil man sich ja ansonsten überwinden müsste. Hier wollen alle schon früh erwachsen sein, aber niemand möchte Verantwortung übernehmen."

„Genau dasselbe habe ich mir auch schon gedacht", sagte Levon.

„Ehrlichkeit, Interesse, Empathie, Wertschätzung, Hingabe, Leidenschaft, Romantik, Intelligenz, tiefgründige Gespräche, grenzenlose Liebe – das sind die Dinge, die dir wichtig sind, Levon. Das bist du. Aber das findet man hier selten."

Levon nickte. Dann zog er seine Augenbrauen nach unten. „Alvin", sprach er seinen Freund an, „warum betonst du die ganze Zeit, dass *hier* so etwas normal ist und dass man Dinge *hier* selten findet? Klingt fast so, als wären wir

Fremde auf der Erde." Sein Freund antwortete nicht. Eine seltsame Stille trat ein im Auto.

„Alvin?", fragte Levon unsicher.

„Ja", sagte dieser nur knapp.

„Ich habe dich etwas gefragt."

„Ich weiß", antwortete Alvin nur.

„Wieso gibst du mir dann keine Antwort darauf?"

„Du kennst sie schon, Levon", sagte Alvin nun, während er seinen Freund intensiv ansah.

Dieser schüttelte den Kopf. „Nein, ich kenne sie nicht, Alvin. Sag sie mir."

„Weil wir nicht von diesem Planeten kommen."

Levon drehte sich um und schaute auf die Rückbank. Alvin sah ihn mit steinernem Blick an. „Das kann doch gar nicht sein", erwiderte Levon. „Was erzählst du mir denn da?"

„Weißt du noch damals, Levon ... auf dem Feld? Als du mir von Viola erzählt hast."

„Natürlich", antwortete Levon. „Du hast mir gesagt, dass du an mich glaubst und ich mich niemals wegwerfen darf."

„Genau", bestätigte Alvin, „aber was ist am Ende passiert? Kurz bevor wir gegangen sind?"

Levon dachte intensiv nach, konnte sich aber an nichts weiter erinnern. „Was soll danach gewesen sein?", fragte er Alvin schließlich.

„Haben wir da nicht etwas am Himmel gesehen?", erinnerte ihn sein Freund.

Wieder dachte Levon nach. „Hilf mir auf die Sprünge."

„Habe ich dir nicht etwas ins Ohr geflüstert? Und haben wir dann nicht am Himmel etwas gesehen?", sagte Alvin nun.

„Das habe ich doch bei mir zu Hause geträumt“, antwortete Levon skeptisch.

Auf Alvins Gesicht erschien ein leichtes Grinsen. Er kniff die Augen etwas zusammen und fixierte Levon noch immer. „Erzähl mir, was damals war“, forderte Alvin ihn auf.

Durch Levons Kopf schossen Erinnerungen. Er versuchte, sie zu ordnen, doch für jenen Tag fiel es ihm schwer.

„Es fällt dir schwer, die Erinnerungen jenes Tages zu ordnen, stimmt's?“, sagte Alvin plötzlich.

„Ja“, sagte Levon überrascht. „Woher weißt du so genau, was ich gerade denke?“

„Was haben wir an dem Tag gesehen, Levon?“

„Ich kann mich nur an einen Traum erinnern, den ich in jener Nacht zu Hause in meinem Bett hatte – in diesem warst du auch.“

„Dann erzähl mir von dem Traum“, forderte Alvin ihn auf. „Was kam darin vor?“

Levon ordnete für einige Sekunden seine Gedanken, dann begann er: „In meinem Traum waren wir wieder im Feld. Du hast dich zu mir rübergebeugt und mir ins Ohr geflüstert, dass es einen Grund dafür gibt, warum ich mit den Menschen auf der Erde so große Probleme habe.“ Levon verstummte.

„Und was habe ich dann gesagt?“

Levon schluckte. Dann öffnete sich sein Mund. „Weil wir nicht von der Erde sind.“ Levon zitterte.

„Was habe ich danach gesagt?“ Alvin ließ nicht locker.

Levon schüttelte sich. „Du hast gesagt ...“ Er musste sich für die Worte sammeln. Die Haare an seinen Armen richteten sich auf. Er holte ein paar Mal tief Luft. „Du hast gesagt, dass jetzt kurz unser Raumschiff zu sehen sein wird, das uns damals auf der Erde abgesetzt hat. Und dass wir immer wieder zurückkönnen, falls ich hier scheitere." Ein paar Sekunden sagte keiner der beiden etwas.

„Genau", meinte Alvin schließlich.

„Aber Alvin ... Das war ein Traum ... Das war nicht Realität."

„Doch, war es", erwiderte Alvin.

„Aber warum habe ich den Eindruck, das Ganze nur geträumt zu haben?", fragte Levon mit zittriger Stimme.

„Weil du hier auf der Erde unbedingt Erfolg haben wolltest. Hättest du zwischenzeitlich realisiert, dass du jederzeit zurückkannst, wärst du Gefahr gelaufen, das Angebot anzunehmen. Wolltest du aber nicht. Deshalb hast du das Erlebnis als Traum verbucht – damit du hier auf der Erde weitermachen kannst, ohne in Versuchung zu geraten, zu unserem Heimatplaneten zurückzukehren."

„Okay", sagte Levon nun, während er versuchte, sich zu konzentrieren, „aber warum hast du mir dann überhaupt davon berichtet? Das ergibt doch überhaupt keinen Sinn. Dir muss doch klar gewesen sein, dass ich Gefahr laufe, das Angebot anzunehmen und zurückzukehren – und zwar ohne Erfolg gehabt zu haben."

Im Rückspiegel konnte Levon sehen, wie Alvin die Lippen zusammenpresste und nach unten sah. „Na ja", sagte er dann mit leiser Stimme, „streng genommen habe ich dir nicht davon berichtet."

„Was?", sagte Levon und schüttelte den Kopf. „Du hast doch gerade eben selbst gesagt, dass du mir das alles erzählt hast. Dass du mir ins Ohr geflüstert hast. Mir gesagt hast, dass wir nicht von der Erde kommen. Und dass wir gleich das Raumschiff sehen." Wieder vergingen einige Sekunden, die Levon wie eine Ewigkeit erschienen.

„Levon", sagte Alvin schließlich. „Gibt es für dich eine Möglichkeit, in der das alles Sinn ergibt?"

„Nein", antwortete Levon, „diese Möglichkeit gibt es nicht."

„Gibt es *mich* überhaupt?", fragte Alvin ihn plötzlich.

Levons Kopf wurde schlagartig schwerer. Sein Blick wanderte langsam nach oben und er schaute in den Rückspiegel. „Alvin", sagte er, „von was redest du da? Wir kennen uns schon seit zig Jahren. Du bist mein bester Freund."

„Der beste Freund, den du nie hattest", antwortete Alvin trocken. Mit starr nach vorn gerichtetem Blick saß Levon regungslos auf dem Fahrersitz, während Alvin fortfuhr. „So jemanden wie mich hast du dir immer gewünscht. Damals hast du eine schwere Phase durchgemacht. Du wolltest, dass deine Freunde dich verstehen. Für dich da sind. Dir Trost spenden. Dir Halt geben können. Haben sie aber nicht gemacht. Und du wolltest ..." Alvin machte eine kurze Pause. „... einen besten Freund, der Dinge weiß, die du nicht weißt. Ahnst du, warum?"

„Weil ich nicht weiterwusste und deshalb jemanden brauchte, der mir helfen konnte – also Wege kannte, von denen ich nichts wusste", sagte Levon.

„So ist es", antwortete Alvin. „Deshalb hast du mich vor zehn Jahren erschaffen. Alvin – das ist die weiterentwickelte Version von Levon. Der Levon, der immer einen Rat weiß. Der sich selbst helfen kann. Der aus einer misslichen Lage herauskommt, wenn er mal wieder verletzt worden ist. Aber diesmal war es besonders schlimm. So schlimm wie noch nie. Deshalb haben wir uns noch häufiger gesehen als sonst. Noch öfter Dinge zusammen unternommen. Aber eigentlich …" Wieder machte Alvin eine kleine Pause. „… unternimmst du Dinge mit dir allein."

Gedanken sprudelten aus Levons Kopf: „Und im Krankenhaus – ICH war …" Mit geöffnetem Mund starrte er nach vorn.

„Ja", entgegnete Alvin, „DU warst im Krankenhaus."

„Aber die Tasche – der Reißverschluss …" Levon versuchte, das damalige Ereignis, als Alvin den Inhalt seiner Tasche vor ihm verborgen hatte, zu verstehen.

„Du hast dir immer wieder Notizen gemacht damals", begann Alvin. „Du wolltest festhalten, was dir widerfährt und wie du dich fühlst. Um daraus vielleicht Schlüsse ziehen zu können und Maßnahmen zu ergreifen, die dein Leben in eine bessere Richtung führen. Aber etwas in dir hat sich dagegen gewehrt, dass du dich mit den Notizen befasst. Dann wärst du nämlich vielleicht schon früher auf die Möglichkeit gestoßen, dass es mich gar nicht gibt. Du brauchtest mich aber. Deshalb hast du dir selbst verboten, die Notizen anzuschauen, die in deiner Tasche waren. Und als dir vorhin im Tunnel der Teufel in meiner Gestalt erschienen ist, hast du ihm die Geste mit der Hand gezeigt – das ‚C' –, um zu prüfen, ob wirklich ich es bin, da ich die Geste kennen müsste, der Teufel jedoch nicht. Aber die Geste ist in einem Traum von dir entstanden. Auch wenn ICH in diesem Traum den Einfall für diese Geste hatte, hätte ich in der Realität eigentlich nicht von ihr wissen können. Es sei denn …"

„Es sei denn, wir sind *eine* Person. Dann konntest du doch davon wissen", vervollständigte Levon. Lächelnd nickte Alvin.

„Warum warst du zwischendrin so eine lange Zeit weg?", fragte Levon ihn nun.

„Na ja", antwortete Alvin, „ich bin immer dann weg, wenn deine Emotionen überhandnehmen und du keinen klaren Gedanken mehr fassen kannst. Denn *wenn* du einen klaren Gedanken fassen kannst, überlegst du, wie du herauskommen könntest aus dem Schlamassel – und dann erreichst du mich auch. Oder besser gesagt: dich. Am besten ist es, wenn man den Kopf nicht zu voll werden lässt – aber das ist leichter gesagt als getan. Manchmal passiert es einfach. Da kann man nichts gegen machen. Die Kunst ist es, gar nicht in solche Situationen hineinzukommen. Aber auch das ist manchmal unvermeidbar."

Tränen kullerten Levons Wange hinunter. „Alvin", sagte er, „ich will hemmungslos lieben und mich fallen lassen können. Und hemmungslos geliebt werden und aufgefangen werden. Ich will Halt geben und Halt bekommen. Fliegen. Träumen. Für immer der Typ bleiben, der nur das eine Mädchen möchte – nur die eine Frau lieben will. Der für immer mit ihr zusammenbleiben möchte – ohne Endpunkt. Ich will an sie denken und immer wieder dieses Kribbeln spüren. Im Café, im Restaurant, im Kino, daheim. Zu zweit. Allein. Ich will den Sonnenschein genießen und im Regen spazieren. Im Nebel des Herbstes durch den Wald laufen und im Winter mit meinen Schuhen durch Schnee stapfen. Den frischen Duft des Frühlings riechen. An meine Kindheit denken, an die Gegenwart und die Zukunft. Ich will gutes Essen, leckere Getränke, in der Hängematte liegen und mich wohlfühlen. Ich will kuscheln, küssen, Sex, mit ihr einschlafen, mit ihr aufwachen und mit ihr mein Leben verbringen. Ich will das Leben spüren – ich will *mich* wieder spüren. Ich will laufen, rennen, springen, Abenteuer und Entspannung. Ich will alles erleben, was ich erleben möchte. Meine Träume zur Realität werden lassen. Ich will rausgehen und einfach glücklich sein. Ich will Ehrlichkeit geben und Ehrlichkeit empfangen. Ich hasse Oberflächlichkeit und liebe das Tiefgründige. Ich will tolle Gespräche führen, Probleme zusammen lösen und kluge Entscheidungen treffen. Spaß haben, Blödsinn machen und einfach nur genießen. Ich will den Kopf verdreht bekommen und ihr den Kopf verdrehen. Ich will heiraten, mit den Kindern im Garten spielen und ihr Stirnküsse schenken. Ich will ihr ins Ohr flüstern und ins Ohr geflüstert bekommen. Ich will ihr alles sagen, was ich sagen möchte. Ich will alle Gefühle rauslassen."

„Irgendwann wird diese Person kommen", sagte Alvin. „Wichtig ist eine Sache: Gib ... niemals ..." Levons Mund öffnete sich. „... auf", vervollständigte er den Satz. Dann blickte er in den Rückspiegel und auf die leere Rückbank. Langsam legte Levon den Gurt an und startete den Motor. Sein Auto rollte vom Parkplatz herunter und kurze Zeit später auf die Hauptstraße. Gerade ging die Sonne auf. „Du darfst niemals aufgeben", flüsterte er, während die Strahlen des leuchtenden Himmelkörpers die Erde erreichten. „Du darfst niemals aufgeben."

ISBN 978-3-7584-8094-2
9 783758 480942 00001
www.epubli.com